軍記と史学のあいだ

軍記ハ史学ニ益アリ

軍記と史学の関係を探る

関幸彦 編

教育評論社

はしがき——本書について

●書名『軍記ハ史学ニ益アリ』について

ご無沙汰しております。本日は、編者としての立場からお答えいただきたいことがあったもので、研究室にお伺いしました。早速ですが、今回の内容について教えていただけますでしょうか。まず、書名についてですが、歴史の専門家ではないので、これがどんな意味なのか、すぐには理解できなかったもので、その辺りからお聞かせください。

関　久しぶりでしたね。今回の本では、多くの執筆者が参加しており、テーマもバラバラだから原稿整理も大変だったと思う。この企画については編集会議でもいろいろ議論があったみたいですね。

そうですね。「軍記ハ史学ニ益アリ」という書名は一般の人には〝ピン〟とこないから、別の書名にした方が良いのでは？　そんな意見もありましたが、著者のたっての希望ということで社内で検討しました。でも会議の席上で援護する意見もありました。昨今の出版物は専門書は別にしても、ノウハウ本が溢れていて文化力が弱体化しているとも言われます。

固く歯ごたえのあるものを嫌う傾向があるから、共同執筆の場合、ある主題の下でのハードな一般書があっても良い、という意見もありました。だから、一見奇妙な書名だけど、意外と受け入れられるかもしれないということになりました。

関 それは有難いご意見だ。ともかく『軍記ハ史学ニ益アリ』との書名を一読して〝ピン〟と来る読者は、それなりの〝ツウ〟だろうね。この書名は「太平記は史学に益なし」(「史学雑誌」明治二十四年)をパロディー化したものだからね。久米邦武という近代史学の確立に尽力した歴史家がいる。この人物は高校の教科書にも登場する「神道ハ祭天ノ古俗」の筆者としても知られている。この著名な論文が物議をかもし、帝国大学の職を失う。久米が活躍した明治期は、実証主義を旨とする近代史学の誕生期にあたっていた。だから、江戸期以来、多くの人々が軍記、とりわけ『太平記』の〝ワクワク感〟のある叙述に引っ張られ、史実と虚構の関係が区別されなかった。『太平記』などの軍記作品の事件が、「あった歴史」のごとく錯覚され、理解されてきた。けれども、史実は確実な史料より提供されねばならない。そのことを主張したのが、久米邦武《くめくにたけ》「太平記ハ史学ニ益ナシ」の『史学会雑誌』に掲載された論文だった。ともかく確実な史料に依拠しない内容については、根拠なしとした。いはば『太平記』に対してのネガティブキャンペーンだったわけだ。「実証」を標榜した近代の歴史学にとっては、至極当然だったけれど、刺激的題名だったことも手伝って、『太平記』のみならず軍記作品全体までもが、歴史という学問には不用であるかのごとき、意識が定着することになった。

なるほど。ということは「軍記ハ史学ニ益アリ」という書名の背後には、そうした意図があったわけですね。知らなかったです。久米邦武の名前は聞いたことはありますが、明治初年の岩倉使節一行の遣外使節の書記役として、随行した人物でしたよね。たしか、『米欧《べいおう》回覧実記《かいらんじっき》』の執筆者でもあったとか。

関 そのとおり、よく知っているね。久米邦武は近代史学の父と目される重野安繹《しげのやすつぐ》とともに、初期の帝国大学の国史学科創設のメンバーで、その編纂による『国史眼』は裸眼で史実を見極めることで、わが国の通史はどのように叙述されるべきかのモデルを提供した。なにしろ最初の本格的日本史概説書だからね。久米もこれに参画している。重野や久米は当時、世間から〝抹殺博士〟の異名をもらうほどに、徹底した考証・実証主義を標榜した。そんななかで軍記の代表『太平記』の記事には、信用できないものが多い。だから古文書や古記録の一級史料により、歴史像の再構築がなされるべきとの立場だった。

正論であり、〝筋肉〟主義とも呼び得る研究姿勢は評価されるべきだろう。けれども一方では〝筋肉〟という役にたつ史料（一級史料）のみを追求した結果、〝ゼイ肉〟に属する軍記史料については、歴史学にとっては、無用で役に立たないとの考え方が、広まったことも事実だった。

つまりは極論ではなく、ある種の〝塩梅〟を考えて、時として豊かな歴史像の提供のためには『太平記』を含めた軍記を、いま一度見直すべきではないか。本書執筆にさいし、参加して頂いた研究者の多くは、その趣旨に沿った形で執筆をお願いした。当然、温度差はあるにしても、軍記の有した史学の有効性、あるいは有益性についても是とする立場で参加をお願いした。

●本書の構成について

そういうことなわけですね。深いですね。ただ問題は深すぎて、パロディー風味の書名が、どれほど読者の理解を得られるかに、かかっているようですね。だからここでは別段『太平記』ではなく、「軍記」と表現を変えているわけですね。具体的にはどんな軍記を想定していますか。

関

たしかに久米の論題は、あくまで『太平記』が有したある種の〝クサ味〟が、その感化力の故に、人々をミスリードさせることへの危惧が出発点だった。そのことは『太平記』の罪ではないけれど、でも、薬が効き過ぎて、逆に副作用も出始めた。それが『太平記』はおろか、軍記全般に内在する要素であるかのような雰囲気を醸し出したことも事実だった。重要なことは「軍記」の史料としての限界を知ったうえで、その活用の仕方如何が、ポイントということになる。

その点では、この企画に参加して頂いた方々にはそれを踏まえたうえで、当方の守備範囲の中世の軍記全般について、歴史学（中世史）と国文学それぞれの立場から、両者の垣根を払って各自の興味深いテーマを選択し、論じてもらった。

ブロックとしては大きく中世を画する二つの内乱期に取材した代表的軍記、『平家物語』及び『太平記』のいずれかに力点を置き、記述してもらった。とはいえ、限定しすぎてもゾーンが狭くなり問題が残ると考え、読者のなかには十世紀の『将門記』などに興味をいだく方もいれば、戦国期の分野の軍記に関心を有する方々も少なくない。そのため、ここではⅠブロックに『平家物語』及び『太平記』的世界を対象としたものを置いた。そして、Ⅱブロックとして、それ以外の軍記やその周辺にかかわるテーマを配させていただいた。全体のバランスは片寄るかもしれないが、各執筆者の関心に対応する形での構成となっている。

当初の編者を交えての編集会議では、三本立ての構成だったのですが、実際にはなかなか思い通りにはゆかなかったみたいですね。今回の書物は論文集と仕上げてはいないのですが、当初の目的よりも、難しい表現も多いようです。

関　ここはあくまでも一般の人にも読んでもらいたかったため、できるだけやわらかめの文章にお願いしたのだが、各執筆者には無理な注文もさせていただきました。

それはともかく、先生ご自身は編者の立場は分かりますが、「軍記ハ史学ニ益アリ」の名付け親として、どんな「益」があるのか、ご自身の考えを具体的にこの場で教えて下さいませんか。この本は先生の大学定年にさいして、ご縁ある方々に参集して頂き、出来上がったものでしょうから、やはりせっかくですから軍記の有用性なり有効性を語って頂きたいのですが……。

関　おやおや、最後にキビシイ注文が入りましたね。編者として皆様たちから主題に即した内容を読ませて頂きました。テーマを選択し、執筆に参加された各自の真摯さが伝わってくるようで有難い限りでした。それはそれとして、今回のこの仕事を通じて、軍記を介し普遍化できるものとは何か、そんなことを考えてきました。そこで大学教育に携わる者として、常に頭を悩ませるのが入試問題ですね。出題の度に問題の難易度云々が指摘されます。しかも、それが教科書にある用語か否かも吟味される。全てがそこに帰着せられるわけです。〝思考力を問う〟ような問題と、金科玉条のように言われ続けますが、そのゾーンに該当する歴史の問題には行き当らないのが現状です。そこで、唐突かもしれないけれど、多くの軍記作品には、まさにある史実をパロディー化した「落首」(狂歌や俳句)といったものが、『平家物語』や『太平記』には散りばめられています。それを読み解かせ、設問を作成すれば、古典的読解能力に加えて、歴史的文脈性その他もろもろの力を試すことが可能ではないか、そんなことを思ったりしています。

なるほど、なるほど、おっしゃる意味はよく分かりますね。よく教科書に載っている、江戸時代の田沼意次の政策を揶揄し、「白河ノ清キニ魚モ住ミカネテ、モトノ濁リノ田沼恋シキ」のようなヤツですね。

関 そうですね。別に史実の重要さ云々ではなく、箸休み的要素として「川柳」と呼称された、政治担当者を皮肉った風刺ですね。この他には「泰平ノ眠リヲサマス上喜撰

（蒸気船）、タッタ四杯《しはい》デ夜モ眠レズ」との幕末ペリー来航についての世相を伝える川柳も必ず教科書に出てくる。これなどは別段暗記せずとも中学校の教科書には人々の〝知恵〟を象徴する時代の〝文化力〟として定着しているものです。これらは軍記ではありませんが、そうした風刺的パロディーが有した時代の力ともいうべきものを、歴史の入試問題として提案できないだろうか、ということなのです。

だんだん記憶が学生時代に戻ってきたようです。中世の時代でいえば、有名な二条河原の落書というのがありましたね。たしか「此ノゴロ都ニハヤル物」の書き出しで始まる、まさに「落書」です。考えてみれば、何かしらの〝落ち〟を付すことで、読み手の一般民衆の嗤《わら》いをさそう、そんな健《したた》かさがあったわけですものね。

関　そうですよね。教科書でお馴染みの落首はもう多くが生徒の皆さんが目にしているわけですから。でも、『太平記』とか『平家物語』などの軍記は、落首の宝庫でもあるわけです。そこには、ある史実を下敷きとしており、それを理解しなければ「落首」の深い内容にまで踏み込めないということがあります。だから、その「落首」を選びながら、入試問題にしたら、興味深い内容になるのではないかと思います。そこには〝一門一答〟方式では対応できない様々な能力を総動員して解決するという、昨今指摘されている「問題解決型学習」にもリンクするはずだろうと……。

それでは、「軍記」に用いられる幾つかの「落首」からどのように問題を作成するのでしょうか。

関　例えば、これは『愚管抄』の平治の乱での義朝の敗北にかかわる内容についての落首です。

「下ツケハ、木ノ上ニコソ、ナリニケレ　ヨシトモミエヌ　カケヅカサ哉《かな》」この落首は義朝が尾張の長田一族に裏切られて、その首級《しゅきゅう》が都に送られ獄門の木に懸けられた場面を揶揄した内容です。問題としては「この落首にはある武将の名が読み込まれているが、その武将と推測される手がかりを与えてくれる語句はどれか」とか、また「その武将が敗死するに至った反乱名は何か」とか、さらには「その反乱の説明として正しい内容はどれか」等々三つの設問が用意できるかと。

これらの設問の解答群には正しいもの、正しくないものをふくめた文章を作成して、平治の乱の内容から源義朝の敗死、さらに義朝が下野守であったこと、などが理解できていれば解答可能ですので、ある歴史的史実を踏まえさせつつ、当該落首の背後にある歴史上のアクセントを推測させる問題となるはずです。

なかなか難問ですけど、全ての落首の内容を理解していなくとも、解答の文章群を参考に布石を施してゆくやり方なわけですね。

関　そうですね。当然そこには付随する問題として『平治物語絵巻』も提示しつつ、他の関係する絵巻との異同を関連させつつ、問題とする設問もあり得るわけですね。「軍記」については、次のような『太平記』に載せる「落首」も問題とし易いかもしれません。

「吉野山、峯ノ嵐ノ、ハゲシサニ　高キ梢ノ、花ゾ散リ行ク」

これは足利尊氏の側近だった高師直《こうのもろなお》が吉野攻略に成功後に、やがて吉野（南朝）側の反撃や、足利一門内部の観応《かんのう》の擾乱《じょうらん》で、高氏一族が敗退してゆく宿命を落首にしたものです。当然、そこにも高校生レベルでの設問に対応して「高キ梢」以下の句が語ろうとしている内容として、どのような中身が推測できるか。といった問題も可能でしょうね。さらにこの落首全体が伝える内容として妥当と思われるものはどれか、として以下のような設問を挙げ、正しいものを選択させる問題もできそうですね。

・天武天皇により、吉野方面からの壬申の乱がこの歌の背景にある。

・吉野南朝の後村上天皇が劣勢のなかで、足利勢力へと反抗する動きが背景にある。
・義経が吉野に逃れ、鎌倉勢力に追討されることが背景にある。

以上から一つを選択させる。

このように「軍記」のなかには、歴史上名高い事件について、敗者に着目しつつ落首が提供されている例も少なくないのです。要は考えさせたり、推測させつつ、解答を導き出させる材料として、「軍記」のなかの「落首」に注目度を上げてみるのも興味深いと思います。

その点では、単に教科書に載せてある内容だけを問題にするのではなく、周辺にある史実のピース（断片）を集め、これを再構築するための素材として『軍記』のなかの「落首」を利用してみるのも、一つの試みかと。それは別段、入試問題云々に限定する必要はないわけで、「軍記」作品が当時の人々の知力、あるいは文化力を推し広げる要素を提供しているものだという理解が共有できれば、よいかと思うのです。

その点では、古代から中世、中世から近世と歴史の転換には争乱や内乱がつきものですが、そこには必ず軍記の作品群も登場するわけで、一般の高校の授業などにも多く用いられている「落首」に再度注目すれば、一層の興味も出てきそうですね。

長い時間、有難うございました。本書の目的とするところは大体わかりましたが、それが全体として調和があるものとして、歯車がかみ合うことを期待したいですね。

●目次

Ⅰ　『平家物語』と『太平記』の世界を探る

義経生存説の展開

佐伯真一

源義経は、文治五年（一一八九）、奥州平泉の高館《たかだち》で、藤原泰衡《やすひら》の差し向けた兵によって殺された。その凄惨な最期は、『義経記』や幸若舞曲「高館」などで語られ、広く知られていたと見られる。しかし、近世になると、義経は高館では死なず、逃れたのだという義経生存説が登場する。義経生存説が生まれた当初は、義経が蝦夷《えぞ》ヶ島（北海道）へ逃れたのだとする入夷説であった。その後、さらに満州（中国東北部）へ渡ったのだとする渡満説が生まれ、義経清王朝始祖説、さらには義経ジンギスカン説へと展開する。

史実と無縁な義経生存説はなぜ生まれ、展開したのか。民衆が悲劇の英雄義経を偲んで生み出したなどといった説明がなされやすく、そういう面も全く無いとは言えないが、現在では、近世の国家意識に発すると考えた菊池勇夫などの説が主流と言えるだろう。それは義経だけの問題ではなく、源為朝が琉球へ逃れ、王朝を開いたとする為朝渡琉説と合わせて「北の義経・南の為朝」などと把握でき、朝比奈三郎義秀の高麗渡航説も含めて、日本人の周縁地域に対する意識を表している。以下、その展開を駆け足で追ってみたい。

一　義経生存説・入夷説

義経生存説が語られ始めるのは、義経死後数百年を経た後のことと見られる。現在、義経生存説を記す最初の文献として知られるのは、林鵞峰《はやしがほう》が寛文十年（一六七〇）に完成させた『続本朝通鑑』の、「衣河之役義経不レ死、逃到二蝦夷島一存二其遺種一」という記事である。為朝渡琉説は十六世紀にはできていたし、朝日奈高麗渡航説も十七世紀前半には生まれていたようだが、義経入夷説は、それらの影響を受けて成立し、十七世紀後半に有名になったものと見られる。つまり、義経入夷説は、そうした英雄渡航伝承の一つなのである。

だが、金田一京助が指摘するように、入夷説が生まれた一つの理由としては、御伽草子『御《おん》曹子《ぞうし》島渡《しまわたり》』の内容が、語り物として北方へも広く伝わり、アイヌの人々にも広まったことがあろう。『御曹子島渡』は、若い頃、平泉で養われていた義経が、北方の奇妙な島々を経巡った末、「かねひら大王」から兵法の秘伝の巻物を持ち帰ったという物語である。もとより空想的な物語だが、北方の島は北海道や千島列島を想像させる。しかし、義経はこの巻物を奪ったことにより平家を倒したという物語なので、義経が高館から逃れて北海道に住み着いたという話にはつながらない。にもかかわらず、これが義経入夷説の根拠になっていくあたりに、この説の荒唐無稽さが表れている。

しかし、義経生存・入夷説は人気を博した。まず取り上げるべきは、『異本義経記』と『義経知緒記』だろう。この両書の内容はよく似ている。十五世紀に成立した『義経記』とは全く別の作品で、義経の生涯に関する多くの異説を集めたものである。作者や成立年代など、あまりよくわかっていないが、おそらく十七世紀のうちには成立し、『異本義経記』などと呼ばれていたものと見られる。

『異本義経記』では、義経は、常陸房海尊《ひたちぼうかいそん》などを蝦夷ヶ島（北海道）へ遣わして渡る準備をし、自害したように装って脱出したのだとも述べる。義経が逃げた具体的方法に関心があるようで、こうした関心は、『太平記理尽秘伝抄』など、近世前期に流行した軍記評判書の影響を受けたものと見られる。

十八世紀に入ると、『義経勲功記』や浄瑠璃「源義経将棋経」などが続々登場、義経生存・入夷説は一気に著名になる。

馬場信意《ばばのぶのり》の『義経勲功記』（正徳二年〈一七一二〉刊）は、全二十巻の大作で、冒頭に「夢伯《むはく》問答」一巻を置く。不老不死の仙人となった「常陸房海存」の体験談が、本書のもとになっているという設定である。常陸房海存（海尊）は、『義経記』ではほとんど活躍しない人物だが、最後に逃げたとされることが近世の作家たちの想像力をそそったのだろう。人魚の肉を食って不死となり、義経の時代から何百年も生き続ける不思議な仙人として有名になる。『義経勲功記』の場合、この仙人の物語を本気で信じさせようとしたわけではなく、あくまで物語の趣向として用いたのだろうが、こうした虚構を前提とした物語も、その流布と共に、義経入夷説を信じる人々を増やしていったのだろう。

近松門左衛門の浄瑠璃「源義経将棋経」は、初演の年次が確定していないが宝永期（一七〇四〜一七一一）頃か。義経は仙人となった常陸房海存（海尊）の進言によって、蝦夷ヶ島を経て、かつての妻・浄瑠璃姫が待っている女護島《にょごがしま》に渡る。末尾は「さてこそ源氏の繁昌は、大日本の外までも、隔てず変はらず退転なく、治まりなびく安全の国土の民こそ豊かなれ」と結ばれる。女護島をも含めて、日本周辺の島々は、「大日本」の「源氏」の武力がもたらす平和によって繁昌するのだという世界観が見えるのである。

しかし、義経生存説は、こうした幻想的物語のみに見えるわけではない。当代随一の知識人ともいうべき新井白石の『読史余論《とくしよろん》』（正徳二年〈一七一二〉成立か）は、義経生存説を紹介している。「事実かどうかは別として、世間ではこう言っている」という言い方ではあるが、どうやら白石は、この説に魅力を感じていたようである。

大学者・新井白石が、義経入夷説に魅かれてしまった要因を三つ挙げたい。第一に、日本史を武士の歴史として編成し直した『読史余論』の、すぐれた武士の力が歴史を動かしてきたという歴史観。第二に、日本が諸外国から自国を守るために蝦夷（北海道）と南島（沖縄）をどう利用するかという関心から、日本の英雄がかつてこの地を支配したという説に魅力を感じたこと。第三に、辺境の野蛮人は、義経や為朝のようなすぐれた武士に従ったはずだという観念である。第三点は新井白石の限界を示しているとも言えようが、それは白石個人の問題ではなく、日本人全体の世界観の問題でもあるだろう。

二　義経渡満説

さて、十八世紀前半、義経入夷説の流行とほぼ同じ頃、義経が大陸に渡ったとする義経渡満説も生まれた。その最初の文献としては、しばしば『可足記《かそくき》』という書物が挙げられる。佐藤彌六が『陸奥《むつ》評林《ひょうりん》』という書の中で紹介・引用するもので、これによれば、『可足記』は、津軽藩主津軽信義の十一男である京都養源院の住職・可足権僧正《かそくごんのそうじょう》が、津軽の家老に答申した文書だという。同書は、義経が蝦夷ヶ島の「オカムイ」から金の国へ渡ったとする説を記す。「金」は、女真族が十二世紀初めに中国東北部に建てた国で、宋を南方へ追いやったが、十三世紀前半に蒙古に滅ぼされた。したがって、義経の生存年代と重なる。「オカムイ」とは積丹半島の先端の神威岬（オカムイ岬）のことだろう。

『可足記』の成立年代は、佐藤彌六によれば延宝年間（一六七三〜一六八一）以後だが、岩崎克己は、養源院歴代住職の墓石から、可足の生没年を一六七一〜一七〇三年と確認し、元禄

（一六八八〜一七〇四）頃の著作とすべきだと指摘している。いずれにしても、十七世紀末から十八世紀初め頃に、義経渡満説が存在した可能性はある。しかし、『可足記』は『陸奥評林』以外では読めない資料で、信頼性も十分ではない。渡満説については、『鎌倉実記』を中心に考えるべきだろう。

『鎌倉実記』は、享保元年（一七一六）自序、同二年刊。作者は「洛下隠士」とあるが、幕末の『近代著述目録後編』以来、加藤謙斎（一六六九〜一七二四）の著作とするのが通説である。頼朝の伊豆配流から義経の蝦夷渡り・大陸渡りまでの歴史を描いた読み物で、序文によれば、「諸家《ショケ》の秘録《ヒロク》」により、「治乱盛衰《チランセイスイ》の要《カナメ》となるべきもの」を集めたという。

この「諸家の秘録」が信頼できる史料であれば、『鎌倉実記』は大変貴重な書物ということになるはずだが、実は捏造だったようである。

『鎌倉実記』は、巻十七で、義経が高館を落ちたと記した後、突如として『金史列将伝（金史別本）』なる書物を引用する。義経は蝦夷を経て中国東北部に渡り、金の国で将軍になった、この書物がその証拠だというのである。しかし、この書は偽物であった。『金史』はれっきとした中国の正史の一つだが、その中にそんな記事はない。巧妙なのは、「金史別本」を称していることである。中国の正史に「別本」などというものはないが、本物の『金史』を見て、こんな記事はないと不審がる人に対して、これは普通の『金史』とは違うバージョンなのだと言い抜けられるように作っているわけである。

それによれば、「範車国」の大将「源光録義鎮」が「日東ノ陸華仙《リツクハセン》権冠者《コンクハンシヤ》義行《キカウ》ノ子」なのだという。「義行」は義経を指す。義経が都を落ちた時、朝廷が九条兼実の次男・良経と同じ「ヨシツネ」の訓みを嫌って改名したものである（その後さらに「義顕」と改名）。『鎌倉実記』は、それを踏まえて書いているのだろうが、義経が自ら「義行」と名乗るわけはなく、むしろ『鎌倉実記』の信用を落としている。その後、金の章宗は義行を「総軍曹事」の官にとりたて、「範車」の国を治めさせた。「義行」は北の「龍海」という海を渡り、美しい神仙の島に着いて長寿を得たのだという。

新井白石は『金史別本』の偽作をすぐ見破った。義経生存説・入夷説に魅力を感じていた白石だが、安積澹泊《あさかたんぱく》とやりとりした書簡「與安積澹泊書」（新安手簡）の中で「文字の拙き、一句として見るに足るべく候ふ所なく覚え候ふ。世にはかかる妄人も候ひて、世を誣《し》ひ、人を欺き候ふ事、いかなる事に候ふか」と、『金史別本』に激怒している。

だが、『義経勲功記』や「源義経将棋経」が虚構性を隠そうともしない物語だったのに対して、『鎌倉実記』は手の込んだ偽作で、史実性を装っている。誰もが白石ほどの具眼の士であるわけもなく、義経が大陸に渡って金の将軍となったと信じてしまった人も多かったと見られる。

では、この『金史別本』は誰が作ったのか。沢田源内説もあったが、岩崎克己は『鎌倉実記』の著者加藤謙斎が『金史別本』も書いたのではないかと考えた。おそらく岩崎の言うとおり、加藤謙斎自身が、この『金史別本』も書いた（『鎌倉実記』に見える部分のみ創作した）と考えるべきだろう。『鎌倉実記』以外に『金史別本』を引用する書物はなく、逆に、『鎌倉実記』には『金史別本』以外にも捏造を疑われる書物がいくつもある（堀竹忠晃指摘）。但し、加藤謙斎がこうした偽作を行った目的は不明である。

三　義経清王朝始祖説

義経渡満説は、さらに、義経が清王朝の先祖であったという説に展開する。金と清は同じ女真族の王朝なので、義経が金王朝に仕えたとする説から清王朝の先祖であるという説へは、さほどの距離はなかった。義経清王朝始祖説は、物語としては明和五年（一七六八）刊の滕英勝《とうよしひろ》『通俗義経蝦夷軍談』等にも見られるが、その根拠については、戸部良熙『韓川筆話』（明和六年〈一七六九〉跋）、蓑笠庵《さりゅうあん》梨一《りいち》『奥細道菅菰抄《すがごもしょう》』（安永七年〈一七七八〉刊）、森長見『国学忘貝』（天明七年〈一七八七〉刊）等を参照せねばならない。これらの書は根拠として、清王朝の作った「欽定《きんてい》図書集成」「図書大成」「図書輯勘《しゅうかん》」などと称する書物に、清の皇帝が「私の先祖は源義経である」と書いた箇所があるという。これらは、おそらく清王朝が長い時間をかけて一七二六年に完成させた類書『欽定古今図書集成』一万巻をモデルとしたものだろう。『欽定古今図書集成』は、日本にも宝暦十三年（一七六三）に三部輸入され、紅葉山文庫などに収められた。しかし、実際にこれを読むことができた日本人は僅かだっただろう。『桂林漫録』

(寛政十二年〈一八〇〇〉刊)の著者・桂川中良のように、苦労して『欽定古今図書集成』を実見し、清の皇帝が自分の先祖を義経だと述べたなどという記述が無いことを確かめた人物もいるにはいるが、それは珍しい例というべきだろう。

もう一つ、『甲子夜話《かっしやわ》』は、松浦静山(一七六〇〜一八四一)が二十年間書き続けたという膨大な書物で、義経入夷・渡満説にふれる箇所がいくつかある。そのうち正篇巻六十三では『金史別本』が偽書であることを指摘するのだが、正篇巻八十八では、「普門律師」という人物の話として、「義経韃靼《だったん》に往しは実事なるべし」と、渡満説を肯定する。それによれば、「蝦夷草紙」という書物に、こんな記事があるという。「義経一行が長白山(白頭山)に登ったところ、たまたま合戦をしていたので、白衣を着て「天兵降れり」と叫んで山を駆け下り、参戦して大手柄を立てたので、それから金に仕えた」(大意)。しかし、「天兵降れり」と何語で叫んだというのか。明らかにたわいのない作り話である。「蝦夷草紙」の正体は不明だが、この時代にはこのような書物ができており、松浦静山ほどの知識人がそれを信じてしまったわけである。

さらに、続篇巻十八では、清王朝の姓「愛新覚羅《あいしんかくら》」は、もともと「アシハラ」という音で、日本の「葦原中国」にちなむのだという説まで記して、義経清王朝始祖説を肯定している。「中国の皇帝の祖先は日本人だ」という話を信じたいという願望が、如何に強かったかを思い知らされるのである。

四　義経ジンギスカン説の成立と展開

義経ジンギスカン説を日本で最初に記したのは、嘉永三年（一八五〇）の序のある永楽舎一水の『義経蝦夷軍談』であるとされる（島津久基）。だが、この書物はおそらく現存しない。義経渡満説の延長上に、十九世紀前半には存在した説が、通俗読み物に反映されたのだろう。もっと早い時期にジンギスカン説を記した人物として、シーボルトがいる。

シーボルトは、文政六年（一八二三）から文政十一年（一八二八）に長崎の出島で商館に勤務するかたわら、長崎郊外鳴滝に鳴滝塾を開設、多くの蘭学者を育てた。その後、オランダに戻り、日本に関する研究成果を整理して、オランダのライデンで大著『Nippon』（日本）を刊行する（一八三二～一八五一）。その『日本』第一編第五章で、北海道や琉球などとの関係を述べる中で、義経ジンギスカン説に言及する。

『日本』の本文では、義経は蝦夷ヶ島に渡ったのだと記し、それに対する長い注記の中で、義経とジンギスカンが近い年代の人物と言えることに言及し、慎重な物言いながら、義経がジンギスカンである可能性に言及しているわけである。この注記の最初には、これは「非党派的な歴史家」や通訳の吉雄忠次郎から聞いたことだとしている。つまり、シーボルトが日本に滞在している時期に、義経生存説・入夷説・ジンギスカン説を吹き込んだ日本人がいるわけで、その年代は、右記の『義経蝦夷軍談』よりも明らかに古い。おそらく、義経ジンギスカン説は一八二〇年代には既に広まっていたのだろう。

ただ、従来、シーボルトがこの説の元祖であるように言われることもあるが、この注記によれば、彼はあくまで吉雄忠次郎らの言ったことによって考えている。また、同書の本文で大きく扱われる為朝琉球王朝始祖説に対して、義経ジンギスカン説は注記で記されるに過ぎないことには注意しておきたい。もっとも、シーボルトが義経ジンギスカン説を信じていたことも確かなようである。松浦武四郎『西蝦夷日誌』二編には、「矢勃尒杜」（シイボルト）氏から義経ジンギスカン説を聞いたという記述があるが、これはシーボルトの再来日（一八五九〜一八六二）の時のことと見られる。日本人が蘭学を学ぶ上で非常に大きな功績のあったシーボルトがこのような説を唱えたことにより、今度は日本人が影響を受ける。

シーボルトが再来日した時、幕府の蕃書調所でシーボルトの義経ジンギスカン説を聞いた一人だった手塚律蔵は、明治維新後、瀬脇寿人と改名し、外務省の役人になった。瀬脇寿人は、明治九年（一八七六）に貿易事務官としてロシアのウラジオストックに赴任、『浦潮港日記』を記す。その中には、シーボルトの影響を受け、義経入夷説・渡満説を発展させて、ウラジオストック近くに義経の墓があるという説などを記していた。

そして、外務省の書記官であった富田鐵之助が、この日記の写しを持って、明治十一年（一八七八）にロンドンに赴任し、同年、ロンドンの日本公使館に末松謙澄《すえまつけんちょう》が赴任した。

その末松謙澄が、一八七九年にイギリスで発表した英文論文がある。“The Identity of Great

Conqeror Genghis Khan with the Japanese Hero Yoshitsune"（大征服者ジンギスカンは、日本の英雄義経と同一人物である）という。末松は、シーボルトの影響を受けた瀬脇寿人の説や、グリフィス（William Elliot Griffis）というアメリカ人の説を参照しつつ、義経ジンギスカン説を唱えたようである。末松謙澄の著作動機はよくわからないが、人種差別への反発があったことは想像できる。義経入夷説には素朴な自国優越意識があっただろうが、このあたりから、西洋に対する意識を反映するようになってくる。

明治十八年（一八八五）、末松謙澄の論文を日本語に訳した『義経再興記』が出版される。これは「内田弥八訳述」とはあるものの、原書の著者も題名もなく、訳者だけが記されるという不思議な書物である。宮武外骨によれば、末松謙澄は右記の英文論文を日本でも配り、贈られた福沢諭吉が面白がって塾生の一人の内田弥八に訳させたが、英国人の著述らしく見せかけた方が売れるだろうと考えて、末松謙澄の名は出さなかったのだという。実際、この書は版を重ね、大変よく売れたようである。

『義経再興記』の内容は、これまでの義経渡満説などに輪をかけて空想的なものだが、その結論は、英雄というものは「定住ナキ猛悪ノ蛮族」から出るはずはなく、「文明ノ進歩」した民族が激しく戦う中から生まれるのだから、文明の進歩した日本人からジンギスカンが生まれたのだというものである。愚劣な議論だが、脱亜入欧に必死だった当時の日本人としては、このような愚説によってでも、日本人が西洋に並ぶ「文明」的民族だと信じ込みたかったのだろうかと思えば、いささかせつないものがある。

そして、義経ジンギスカン説の知名度を一気に上げたのは、小谷部全一郎『成吉思汗《ジンギスカン》ハ源義経也』である。小谷部は二十一歳で渡米し、エール大学で哲学と神学を専攻して哲学博士の称号を受けた。帰国後、アイヌ民族の救済に強く関心を寄せ、北海道の虻田《あぶた》で学校を開くが、経営に失敗、東京に帰り、義経ジンギスカン説の「研究」を始める。少年時代に『義経再興記』に出会い、強い印象を受けていたが、アイヌの古老の口から『御曹司島渡』のような物語を聞いて、義経生存説を信じ込み、この道に入ったようである。小谷部は、大正八年（一九一九）に陸軍省の通訳試験を受けて合格、シベリアに派遣されて、通訳業務の傍ら現地踏査を果たす。帰国後、関東大震災の苦難を乗り越えて、大正十三年（一九二四）に同書を刊行した。

小谷部は信念に基づいて大真面目に書いているのだが、同書の内容は、これまで見てきた義経生存説・入夷説・渡満説・ジンギスカン説を適宜拾って継ぎ合わせ、自分の現地踏査で得た知見などを付け加えたものに過ぎない。ただ、その「論証」を支える情熱は激烈なものであり、「日本人は有色人種を代表して白人と戦うのだ」という好戦的な自信に満ちている。本書の末尾を引いてみよう。


嘗《かつ》ては成吉思汗《ジンギスカン》の源義経を産したる我が神洲は、大汗が鉄蹄を印して第二の家郷となせる亜細亜洲の危機に際し、之を対岸の火視して空しく袖手《しゅうしゅ》傍観するものならむや。成吉思汗第二世が、旭日昇天の勢を以て再び日東の国より出現するは、蓋し大亜洲存亡の時機にあるべき耳《のみ》。

つまり、かつてジンギスカン＝源義経を生んだ日本から、再び世界を征服する英雄が現れるはずだというのである。この書は大ベストセラーになり、歴史学者らがこぞって批判しても、多くの人々が小谷部を支持した。当時の日本人にとって快い説だったからである。義経生存説は、このように、近世日本人の国家意識から生まれ、西洋列強に対抗しようとした近代日本人にとって快い説として流行した。それは、史実の義経を考える上では全く無意味なものだが、日本人の精神史を考える上では、きわめて興味深い題材を提供しているわけである。

◎主要参考文献

岩崎克己『義経入夷渡満説書誌』（私家版、一九四三年）
葛西賢太「（研究ノート）小谷部全一郎資料の整理」（『東京大学宗教学年報』三六号、二〇一九年三月）
菊池勇夫『幕藩体制と蝦夷地』（雄山閣出版、一九八四年）
金田一京助「義経入夷伝説考」「英雄不死伝説の見地から」（『金田一京助全集、一二』三省堂、一九九三年）
佐伯真一『「武国」日本―自国意識とその罠―』（平凡社新書、二〇一八年）
佐藤彌六『陸奥評林』（菊屋出版部、一九二五年）
島津久基『義経伝説と文学』（明治書院、一九三五年）

関幸彦『蘇る中世の英雄たち』（中公新書、一九九八年。改題して『英雄伝説の日本史』講談社学術文庫、二〇一九年）
原田信男『義経伝説と為朝伝説―日本史の北と南―』（岩波新書、二〇一七年）
堀竹忠晃「『鎌倉実記』の性格―源平の実録と虚構―」（『立命館文学』五八三号、二〇〇四年二月）
宮武外骨『面白半分』（文武堂、一九一七年）

平資盛・貞能主従と『平家物語』

川合　康

平清盛《たいらのきよもり》没後の平家一門において、故重盛《しげもり》の子息・郎等によって構成される小松家が、清盛の異母弟頼盛《よりもり》の池家とともに、平家一門の嫡宗である宗盛に対して高い自立性をもち、独自の行動をとっていたことは、よく知られている（上横手一九七三・一九八七、川合二〇〇四、田中二〇〇九）。また、『平家物語』諸本間で小松家の描写に種々の違いがあり、それらが史実と合致しないことについても、文学研究の立場からたびたび言及されている（佐々木一九九八、塩山二〇一九年）。

本稿は、そのような小松家の動向について、寿永二年（一一八三）七月二十五日の平家一門の都落ち以降を対象に、当時、家督として小松家を統率していた平資盛《すけもり》（重盛次男）と、資盛を補佐していた譜代相伝の有力家人平貞能《さだよし》を中心に考察することにしたい。そして、彼らについての『平家物語』諸本の描写を検討し、内乱史研究や『平家物語』研究の今後の課題を提示しようとするものである。

なお、平重盛には平治元年（一一五九）に生まれた長男維盛《これもり》があり（『玉葉』承安二年二月十二日条）、応保元年（一一六一）に誕生した資盛は二歳年下であったが（『職事補任』）、維盛が東国追討使として出陣した治承四年（一一八〇）十月の駿河富士川合戦で、甲斐源氏武田信義の大軍を前に敗走したため、祖父清盛の怒りをかい、小松家の家督は弟資盛に変更されたと考えられる（佐々木一九九八）。ちなみに、『平家物語』は維盛を平家一門全体の嫡流に位置づけ、その子六代の死をもって「此ヨリ平家ノ子孫ハ絶《たえ》ハテ給ニケリ」と結んでいるが（延慶本『平家物語』第六末「六代御前被誅給事」）、史実としては、維盛は小松家の家督ですらなかったのである。

一　都落ちをめぐる逡巡

寿永二年（一一八三）四月半ば、平家軍（官兵）は「四万余騎」の大軍を擁して北陸道遠征に向かい、五月十一日、越中礪波山《となみやま》合戦（倶利伽羅峠《くりからとうげ》の戦い）において、木曾義仲らの「五千騎」足らずの反乱軍に思わぬ大敗を喫した（『玉葉』同年六月五日条）。続く六月一日の加賀篠原合戦でも敗れ、反乱軍に追われるように京に敗走した平家軍は、木曾義仲らの進撃に備えて京周辺の防備を固めた。

こうしたなか、七月二十一日、平資盛は弟の師盛《もろもり》、一族の平貞俊を家子《いえのこ》として従え、家人平貞能をともなって、三千余騎の軍勢を率いて近江方面に出陣した。いま注目したいのは、そのことを伝える『吉記』(藤原経房の日記)同日条には、「資盛卿の雑色、宣旨を頸に懸く」と記され、資盛率いる小松家の軍勢が、朝廷からの宣旨による出兵命令を直接受けていた点であり、また「法皇密々御見物有り」とあるように、後白河院が資盛の出陣を密かに見物していた事実である。資盛が治承二年(一一七八)以降、箏を通じて後白河院の寵臣となり、急速に地位を上昇させたことは、すでに指摘されている通りであるが(大林一九七四)、この段階の小松家の軍勢は、宗盛の指揮下ではなく、まさに後白河院の「親衛軍」の役割を果たしていたのである(上横手一九八七)。

このような小松家の性格は、平家都落ちにも大きな影響を与えた。七月二十四日、都落ちを翌日に行うことに決めた宗盛は、各地に派遣していた一門の諸将をいったん京に呼び戻したが、「資盛卿においては、宣旨を給はる人なり。院より召し遣はすべし」(『吉記』同日条)と、資盛に対しては院から帰参命令を出してほしいと奏請した。近江から摂津に転戦していた資盛が、院の命を受けて、兄維盛や貞能とともに、八百余騎の軍兵を率いて京に戻ってきたのは、平家一門がすでに都落ちしたあとの二十五日夕刻であった(『吉記』同日条)。

資盛らは蓮華王院に入り、比叡山に逃走していた後白河院と連絡をとって、京に留まるべきか否かについて院の指示を得ようとしたが、結局連絡がとれず、翌二十六日早朝に京を出て、都落ちした平家軍本隊に合流していく（『愚管抄』巻第五）。資盛と同様に、京に留まって院と連絡をとった池家の平頼盛が、院の指示にしたがって都落ちに参加しなかったことを考えると、資盛たちにも別の未来の可能性があったように思えるのである。

七月三十日、後白河院は都落ちした平時忠に使者を送り、三種の神器の返還を条件とした和平交渉を始めるが、都落ちに遅れて合流した資盛家人の貞能にも、内々に連絡をとったことが知られる（『吉記』同日条）。貞能がしばらく都に留まって交渉の仲介役をしたとする見解も存在するが（髙橋二〇〇九）、貞能が資盛と別行動をとった形跡はなく、和平派として平家軍内部における説得が期待されたものと思われる（以倉一九七二、上横手一九七三）。八月十日、備前児島に駐留する平家軍から平時忠の返書と貞能の請文が京に届けられたが、時忠の返書は、①安徳天皇の還幸は京が落居したのちに実施する、②神器の返還は宗盛と交渉してほしい、といわば門前払いする内容であったのに対して、貞能の請文は、「能き様に計らひ沙汰すべし」とあり、院の意向に沿って善処を約束するものであった（『玉葉』同月十二日条）。時期は不明であるものの、資盛は後白河院に対して「今一度華洛に帰り、再び竜顔を拝せんと欲す」と伝える使者も送っており（『玉葉』寿永二年十一月十二日条）、資盛と貞能は、都落ちしてからも、和平を実現して早期に京に戻ってくる意欲を示していたのである。

なお、『平家物語』諸本は、平家一門の都落ちと入れ替わりに、平貞能が最後の一戦を戦うために軍勢を率いて入京するも、平重盛の墓を掘り起こして遺骨を首にかけ、再び都落ちする場面を描いている（延慶本『平家物語』第三末「筑後守貞能都へ帰リ登ル事」）。その後、平家軍本隊に合流した貞能が院から内々の指令を受け、平家軍内で和平工作を進めようとしたことを、古態本の延慶本のみが記しているが（第四「平家一類百八十余人解官セラル、事」）、他本には見えない。それればかりか、覚一本・屋代本などの語り本系は、貞能が重盛の遺骨を高野山に送ったのち、自らは都落ちに合流せず、宇都宮朝綱を頼って東国に下向したと描いている（覚一本『平家物語』巻第七「一門都落」）。「盛者必衰のことはり」から平家一門の必然的滅亡を説く『平家物語』は、貞能のような源平両軍の和平を模索する平家家人の活動を、リアルに描くことはできなかったのである（川合二〇一五）。

二　豊後における投降

さて、都落ちした平家軍は、百余艘の船団で備前児島にしばらく駐留したのち、八月二十六日には九州に上陸したが、肥後の菊池氏や豊後の臼杵氏・緒方氏などは、平家に帰服しなかったと伝えられる（『玉葉』十月十四日条）。そしてわずか二カ月後の十月二十日、平家軍は九州を追い出され、その際には「出家の人、其の数有りと云々」（『吉記』十一月四日条）とあり、出家して平家軍から離脱する者が数多く出たことが知られる。閏十月二日には、周防・伊予両国の飛脚が、平家軍が九州を離れて四国に向かったという報告を京に届けているが、そこには

「貞能は出家して西国に留まり了《おわ》んぬ」という重要情報も含まれていた（『玉葉』同日条）。

また右大臣九条兼実は、日記『玉葉』の翌寿永三年（一一八四）二月十九日条に、「また聞く、資盛・貞能等、豊後住人等のために生きながら取られ了んぬと云々。此の説日来風聞すといへども、人信受せざるのところ、事すでに実説と云々」と記している。ここでは、資盛・貞能が豊後の在地武士に生け捕りにされたという噂が京で流れており、兼実はこれを信頼性の高い実説として日記に書き留めているのである。貞能が出家して九州に留まったという先の情報も勘案すると、資盛・貞能主従がともに九州において平家軍から離脱し、豊後の在地武士のもとに投降したと考えることができそうである。平家軍内部の和平派であった資盛・貞能は、宗盛を中心とする主戦派を説得することができず、離脱の判断をしたのであろう（上横手一九八七）。

そしてさらに、読み本系『平家物語』の異本である『源平盛衰記』には、次のような注目すべき記述がある（巻第四十二「義経纜《ともづな》を解き四国に渡る附資盛清経の首京都に上すべき由の事」）。

> 斯《かか》りし程に豊後国の住人等、舟を艤《ふなよそ》ひして官兵を迎へければ、三河守範頼已下彼の国へ入りにけり。又三位中将資盛入道、幷に左中将清経朝臣を当国の輩討捕つて、首を範頼の許《もと》へ送りけり。清経朝臣は心劣らず、死を顧みず、敵を討ち、自害し給ひたりけるを、資盛入道の頸と取具して京都へ献ずべき由、其沙汰有りけり。

元暦二年（一一八五）一月二十六日、平家追討使として西国遠征していた源範頼軍は、豊後国住人の臼杵惟隆《これたか》・緒方惟栄《これよし》兄弟から八十二艘の兵船の提供を受けて、周防国から豊後国へ渡っているが（『吾妻鏡』同日条）、右の盛衰記はその時の様子を描いたものである。これによれば、豊後の在地武士（臼杵惟隆・緒方惟栄）は、源範頼軍を同国に迎え入れた際に、資盛と弟清経を討ち取って、その首を範頼のもとに送ったと記しているのである。この記事は、他の『平家物語』諸本には見られない盛衰記独自のものであるが、すでに検討してきた『吉記』や『玉葉』の内容を踏まえると、九州を離れる際に平家軍から離脱し、豊後の在地武士である臼杵惟隆・緒方惟栄のもとに投降していた資盛入道と清経が、範頼軍の豊後入国に合わせて殺害されたことを示しているのではないだろうか。

なお『源平盛衰記』は、他の『平家物語』諸本と同様に、平家が九州を離れる際、清経が豊前柳ヶ浦で入水自殺したことを描いており（巻三十三「平家太宰府落幷平氏宇佐宮の歌附清経入海の事」）、盛衰記のなかで矛盾する。このことは、臼杵惟隆・緒方惟栄が資盛・清経の首を範頼に送ったことを記す文献が、『平家物語』とは別に存在し、それを『源平盛衰記』が取り込んだ結果であると思われる。この記事は、『玉葉』『吉記』などの同時代史料と符合する点も多く、史実を反映していると判断しておきたい。

ちなみに、資盛とともに出家して平家軍から離脱したと推測される貞能は、資盛たちとは異なる運命をたどり、半年後には関東の宇都宮朝綱のもとにあらわれ、朝綱の執り成しによって源頼朝から罪を許されている（『吾妻鏡』元暦二年七月七日条）。貞能と宇都宮朝綱との親密な関係は別に論じたことがあるが（川合二〇〇七）、豊後の臼杵惟隆・緒方惟栄が、なぜ貞能についてては殺害せずに釈放したのか、という点についても、東西武士の日常的な交流やネットワークから考えることができるのかもしれない。

三　『建礼門院右京大夫集』と平家滅亡譚

通常、平資盛は、元暦二年（一一八五）三月二十四日の長門壇ノ浦合戦で討死したと理解されている。本稿はその常識に異を唱えるものであるが、資盛と貞能が九州で平家軍から離脱した可能性を早くから指摘していたのは、上横手雅敬氏であった。ところが、その理解に立ちはだかったのが、『建礼門院右京大夫集』という私歌集である。上横手氏は「資盛の愛人であった建礼門院右京大夫は、私の推測に有力な反証を提出した」とし、『建礼門院右京大夫集』に、「維盛・清経の死後、右京大夫と資盛との間に和歌の贈答のあったことを記し、資盛の歌まで掲載している以上、資盛が屋島に赴いたことを認めざるを得ない。歴史の状況から考えるとそれは可能性の少いことであり、文学作品としての右京大夫集の虚構にまで思い至らぬでもないが、国文学の先行業績がまったくそのようなことを論じていない以上、暫く通説に従わざるを得ない」と述べている（上横手一九八七、一三五頁）。

建礼門院右京大夫について、近年の研究成果をもとに概観しておくと、彼女の父は従五位上宮内少輔藤原（世尊寺）伊行、母は大神基政娘夕霧で、生年は不詳である。兄弟に、正四位下宮内大輔藤原伊経や延暦寺僧尊円、姉妹に、藤原頼実の妻（家宗の母）や藤原経房の弟光綱の妻（七条院権大夫の母）などが知られ、彼女の「右京大夫」という女房名は、曾祖父藤原定実の官職によったことが指摘されている。彼女は、仁安元年（一一六六）に催された『中宮亮重家朝臣家歌合』に登場する歌人「右京大夫殿下女房」、翌仁安二年十一月二十六日の平盛子（故藤原基実室）の准后侍始に女房として名前が見える「正六位上藤原伊子大夫」（『兵範記』同日条）と同一人物と推測され、はじめは摂政藤原基実、基実死後は准后平盛子の女房となり、承安三年（一一七三）以前に、盛子の御所から、盛子の姉妹である中宮徳子の御所に移ったものと理解される。治承二年（一一七八）秋以前には中宮御所から退出、その後、建久年間（一一九〇～九九）後半に後鳥羽天皇に再出仕し、建永元年（一二〇六）七月には「七条院右京大夫」（『明月記』七月十二日条）と見え、後鳥羽院生母である七条院の女房となっていたことが判明する（田渕二〇〇四）。

『建礼門院右京大夫集』は、貞永元年（一二三二）に『新勅撰和歌集』編纂の下命を受けた藤原定家から、「書き置きたる物や」と尋ねられた右京大夫が、それに応じて提出した作品である（三六〇、数字はその詞書をもつ『新編国歌大観』の歌番号を示す）。したがって、提出前の最終段階において、加筆・修正はもちろん、虚構や物語的表現、最新和歌集の表現などが取り込まれたのは、むしろ当然である（田渕二〇〇四）。佐藤恒雄氏は、『右京大夫集』の上巻中に、元久二年（一二〇五）に撰進された『新古今和歌集』の影響を受けた歌が散見することに注目し、「最終段階における加筆に際し、作者は多分に、物語化の志向、あるいは創作的な意図（それらはすべて自己の半生を美化して語り、自らもそう信じたいと願う素朴な心に発しているであろう）をもってのぞみ、結果として、部分的にかなり事実からは遠ざかった、明らかに読者を意識した文学として完成することをえたのであった」と鋭く指摘している（佐藤一九七九）。

　このような現在の研究状況を踏まえると、例えば、『平家物語』に描かれている柳ヶ浦での平清経の入水を、『右京大夫集』の詞書（二一七）にそれをうかがわせる内容があることを根拠に、史実と判断する姿勢（髙橋二〇〇九、一五六頁）には、大きな疑問を感じる。寿永二年（一一八三）七月の平家都落ちから、元暦二年（一一八五）三月の壇ノ浦合戦にいたるまで、京に届く平家一門に関する情報が錯綜するなかで、ひとり右京大夫だけが、清経の自害や維盛の熊野での身投げ（二一五）までを「正確」に把握したうえで、慰める和歌を資盛に送ることができたとは、到底考えられないのである。また、都落ちした資盛が、和平を実現して京に戻ってくる意欲を後白河院に示していたことは、前述した通りであるが、『右京大夫集』では、資盛は都落ち前から自らの滅亡を予言し、右京大夫に後世の供養を依頼している（二〇五）。これらを総合すると、『右京大夫集』は、維盛・清経の自害、資盛の壇ノ浦での討死という定型化された平家滅亡譚を前提に、編集されているとしか思えないのである。

『右京大夫集』は『平家物語』と親近性が高く、『平家物語』の形成に早い段階で影響を与えたことが指摘される一方、『右京大夫集』の細部にわたるすべてを平安末期の生の記録と考えることについても、慎重さが求められている（櫻井二〇一〇）。『右京大夫集』が最終的に編集された貞永元年段階においては、『平家物語』に組み込まれる定型化された平家滅亡譚がすでに成立しており、『右京大夫集』はそれを取り込んだ可能性が高いのではないだろうか。そしてそのことは、『平家物語』成立圏と呼ぶべきネットワークのなかに、右京大夫が存在していたことをうかがわせるのである。

四　おわりに　――壇ノ浦合戦の再検討へ――

延慶本『平家物語』は、壇ノ浦合戦における平資盛の討死について、「小松内大臣ノ御公達ハアシコ《(彼処)》ココ《(此処)》、ニテ失給ヌ。今三人オワシツルガ、末ノ御子、丹波侍従忠房ハ、屋島ノ軍ヨリイヅチ《(何処)》カ落給ケン、行方ヲ不知。新三位中将資盛ハ、敵ニ被取籠ケル所ニテ、自害シテ失給ヌ。弟少将有盛、人々海へ入給ヲ見給テ、ツヾキテ海へ入ラレニケリ」（第六本「壇浦合戦事付平家滅事」）と記している。この記載をよく見ると、壇ノ浦で入水したことを明記されているのは有盛一人で、忠房は屋島から逃走、資盛は敵に囲まれた場所で自害と書かれているにすぎない。資盛が豊後の臼杵惟隆・緒方惟栄のもとで自害していたとしても、このように表現されることはありうるであろう。覚一本などが描く、資盛・有盛・行盛の三人が手を取り合って壇ノ浦の海中に沈む印象的な場面は、延慶本の段階ではまだ成立していなかったのである。鎌倉幕府が編纂した『吾妻鏡』は、壇ノ浦入水者として資盛・有盛・行盛の名をあげるが（元暦二年四月十一日条）、より同時代に近い『醍醐雑事記』巻十の合戦記録には、有盛・行盛の討死は伝えるものの、資盛の名を記していない。壇ノ浦合戦における入水者は、通常理解されているほど自明ではないのである。

そのほか、『平家物語』諸本が、鎧のうえから碇を背負い、手を取り合って海中に沈んだとする経盛・教盛兄弟についても、『醍醐雑事記』は経盛を「行方知れざる人」にあげており、『吾妻鏡』は経盛を、「戦場を出で、陸地に至り出家し、立ち還りてまた波の底に沈む」（元暦二年三月二十四日条）と記している。経盛・教盛の最期の描写も、『平家物語』の形成とともに整えられていったことが知られるのである。

◎主要参考文献

以倉紘平「平貞能像」（『谷山茂教授退職記念 国語国文学論集』塙書房、一九七二年）

上横手雅敬『平家物語の虚構と真実　上』（塙書房、一九八五年、初出一九七三年）

上横手雅敬「小松殿の公達について」（『和歌山地方史の研究』安藤精一先生退官記念論文集、一九八七年）

大林潤「平資盛小伝（その二）」（『呉工業高等専門学校研究報告』一〇巻一号、一九七四年）
川合康「治承・寿永の内乱と伊勢・伊賀平氏」（『鎌倉幕府成立史の研究』校倉書房、二〇〇四年）
川合康「中世武士の移動の諸相」（『院政期武士社会と鎌倉幕府』吉川弘文館、二〇一九年、初出二〇〇七年）
川合康「治承・寿永内乱期における和平の動向と『平家物語』」（『文化現象としての源平盛衰記』笠間書院、二〇一五年）
櫻井陽子「『建礼門院右京大夫集』から平家物語へ」（『『平家物語』本文考』汲古書院、二〇一三年、初出二〇一〇年）
佐々木紀一「小松の公達の最期」（『国語国文』六七巻一号、一九九八年）
佐藤恒雄「建礼門院右京大夫集の成立」（『国文学 言語と文芸』八七号、一九七九年）
塩山貴奈「小松家の物語をめぐる一考察」（『学習院大学大学院 日本語日本文学』一五号、二〇一九年）
髙橋昌明『平家の群像』（岩波書店、二〇〇九年）
田中大喜「平家一門の実像と虚像」（『歴史と古典　平家物語を読む』吉川弘文館、二〇〇九年）
田渕句美子「建礼門院右京大夫試論」（『明月記研究』九号、二〇〇四年）

平重衡の往生と鎮魂

鈴木 哲

『源氏物語』の蛍の巻には、作者紫式部の注目すべき物語論が語られている。紫式部はそこで、「物語は神代《かみよ》より世にある事を記し置けるなり。日本紀などはただかたそばぞかし。これらにこそ道々しくくはしき事あらめ」と、光源氏《ひかるげんじ》をして言わしめている。すなわち、国家の正史としての国史などは、世にある事のほんの一面だけを記したに過ぎず、物語にこそ物の道理や人生の実相が活写されていると説き、物語が後世の人々に語り継がねばならない「物」を語るものであることを強く言い張るのであった。

代表的な鎮魂文学として語り継がれてきた『平家物語』には、平家一門の多くの武者たちの死の有様《ありさま》と鎮魂の思いが記されている。源頼朝《みなもとのよりとも》への怨念に取り憑《つ》かれ、「あっち死」という壮絶な悶死《もんし》をした清盛《きよもり》、重盛《しげもり》没後の平家の総帥として一門を統率する立場にありながら、壇ノ浦合戦で捕われの身となり、生への未練に固執しながら処刑された宗盛《むねもり》、武者としての「死の行儀《ぎょうぎ》」を見事につらぬき入水した剛毅な知盛《とももり》、平家の敗戦を自覚し、愛するがゆえに妻子を京に残し、自身だけが出家の後に那智《なち》の海に入水して果てた維盛《これもり》などである。

ここでは『平家物語』(「日本古典文学大系」32)の巻十から十一にかけて数多く取り上げられた清盛の五男重衡《しげひら》の往生と鎮魂に焦点を絞り、『平家物語』が重衡の往生への道筋を通して何を語り残そうとしたのかを考えてみたい。

一　虜囚としての平重衡

従三位・左近衛中将であったことから、「三位中将」と称された重衡は、美濃墨俣《すのまた》・備中水島・播磨室山《むろやま》での合戦に勝利を得、合戦の指揮者として平家一門を率いたが、元暦元(一一八四)年二月の一ノ谷合戦で源範頼《のりより》と源義経《よしつね》に率いられた源氏の大軍により、生け捕りにされ虜《りょ》囚《しゅう》の身となり、京へと移送された。彼は前後の簾《すだれ》を巻き上げられた粗末な牛車《ぎっしゃ》に乗せられる屈辱的な姿で京の町を引きまわされた後、八条堀川の阿弥陀堂で土肥実平《どひさねひら》の監視守護下におかれた。

この幽囚の立場の重衡に対し、後白河《ごしらかわ》法皇は平家が安徳《あんとく》天皇とともに持ち去った三種の神器の返還とひきかえに、重衡の身柄の解放を条件とした和平案を屋島にいる宗盛に取り次ぐよう提案したのであった。重衡は逡巡しながらも宗盛に法皇の院宣を伝えるとともに生母の二位殿（平時子）に書状を送り、その心中を吐露《とろ》する。

「もう一度私をご覧になろうと思われるなら、三種の神器の一つの神鏡の事を大臣殿（宗盛）によく〳〵お話しして下さい。そうして頂かなければ、この世でお会いできるとは思えません。」（巻十「請文」）

ここで重衡は、二位殿の母としての愛にすがり、宗盛に和平案への同意を願うが、宗盛は「たとえ三種の神器を返還したとしても、重衡が返されることはないであろう」との知盛の意見に従い、法皇の意向に添うことはなかった。こうした宗盛の和平拒否の決断に接した重衡は、当然の決断であり、どんなに平家一門の人々が自分をふがいなく思ったであろうと自らの軽挙《けいきょ》妄動《もうどう》を後悔せざるを得なかった。

こうして和議が不調に終わり、味方からも見放された重衡の身柄は、源頼朝の命で梶原景時《かじわらかげとき》により鎌倉へと護送されることになった。彼は鎌倉下向に先だち後白河法皇に出家を嘆願する。この時代にあって、仏道に心寄せることは、貴族の好ましい品性であり、嗜《たしな》みでもあった。平家一門の中で「牡丹《ぼたん》中将」と称され、とりわけ風流心を備えた貴公子の重衡が、生への未練を断ち切れず、虜囚という絶望的な現実から逃避する道として、かすかな望みを託したのが、出家という選択肢であったと思われる。しかし、法皇は頼朝に出家に対する諾否を転嫁した形で、自身の決断として出家を許可することはなかった。頼朝もまた「朝敵の重衡の処遇を自らの一存で決められぬ」として決断を避けた。

和平交渉の成功による延命の道、そして、出家による延命の道を絶たれた重衡の死は、こうして避けることが叶わぬ事態に追いこまれた。この絶望的な状況に及んでかれの胸中に去来したものは、彼岸への往生の観念であった。平安時代中期以降、浄土への極楽往生を願う信仰は、次第に社会全体に根をおろし、来世への観念を発達させていった。現世を厭《いと》い来世を願う欣求《ごんぐ》浄土《じょうど》の心は、寛和元（九八五）年に天台僧の源信《げんしん》が『往生要集《おうじょうようしゅう》』を著し、地獄の恐ろしい有様と、天女が舞う極楽世界を対比し、人々が念仏を唱えて往生を遂げるよう説いた。それにより人々の間に上下を問わず、地獄に堕《お》ちることに対する恐怖感からの救いを念仏に求める風潮が広まっていった。

並外れた強弓をもって、敵味方を越えて称《たた》えられ、恐れられた猛将の源為朝《ためとも》でさえ、地獄の恐怖感からは逃れることはできず、現世での悪業を懺悔《ざんげ》し、一心に念仏を唱え、極楽往生を願う有様であった。

重衡のように東大寺・興福寺の諸堂宇の焼き討ちという大罪を犯した者でも例外ではなく、彼の最大の関心事は、いかにして地獄の苦果《くか》から逃れ、極楽往生を果たすことが可能なのか、その一点に絞られていた。彼はたっての願いとして、来世のことを相談すべく東山の法然上人《ほうねんしょうにん》との面会を申し出、土肥実平の温情により許されることになった。

当時の京では法然が称名《しょうみょう》念仏により、誰でもに極楽往生が約束されるとして救済の平等を説き、階層を超えた多数の人々の帰依《きえ》を集めていた。重衡は法然に向かい、

「よくよく一生の行いを振り返りみると、罪業《ざいごう》は須弥山《しゅみせん》よりも高く、善行の蓄《たくわ》えは微塵《みじん》もありません。こうしてむなしく人生を終えたならば、死後に地獄・畜生《ちくしょう》・餓鬼《がき》の三悪道に落ち、苦しみを受けるのは疑いありません。どうか私のような罪人でも助かる途《みち》があればご教示下さい。」

と、自身の否定すべき現世での罪業を懺悔し、極楽往生の術《すべ》を問うのであった。

この重衡の訴願《そがん》に対して法然は、

「俗世から離れる道はまちまちだが、末法の濁《にご》り乱れた時機には、南無阿弥陀仏と念仏を唱える身こそすぐれた方法としている。どんな愚か者でも唱えることができる。罪が深くとも卑下《ひげ》するべきではなく、悪逆を犯したものでも改心すれば往生ができる。ただし往生ができるか否かは、信心の有無によるものです。ただ深く信じて決して疑ってはならない。もしこの教えを信じて、つねに心に弥陀《みだ》の名号《みょうごう》を念じ、口に仏名を唱えるならば、浄

土往生は全く疑いはない。」(巻十「戒文」)

と説くのであった。

このような法然の説諭《せつゆ》により、確実な死を前にした極めて切実な不安から、こうして解き放たれた重衡は、迷いを去り確かな死の覚悟をもつに至った。

元暦元年三月、重衡は頼朝の命により鎌倉へと送られ、頼朝と対面した。頼朝は勝者としての立ち位置から、「南都を焼き討ちにした事は、もっての外の罪業である」と、重衡の大罪を糾弾《きゅうだん》し、平家一門の罪の重さに対する自責の念を強く求めた。それに対して重衡は虜囚でありながら頼朝に卑屈に恭順《きょうじゅん》することなく、一歩も引かぬ毅然とした態度でその胸中を吐露するのであった。頼朝の詰問《きつもん》に応じたその返答からは、彼の不屈の存念を知ることができる。

その一つには、南都焼き討ちは、父清盛の指示でもなく、自身の愚かな考えからの所業でもない。それは、平家軍の同士討ちを回避するために民家に放った火が、折からの強風に煽《あお》られて南都の諸寺院に燃え移った不慮の事態であったとした事であった。『平家物語』において、彼は犯す志なく犯した罪(南都焼き討ち)を四度口にする。法然に深く帰依し、仏道に心を寄せた自身にとって、焼き討ちを実行した「仏敵」とされた不条理への弁明をせずには納得できなかったのであろう。

二つには、平家一門の王家に対して重ねてきた忠義にもかかわらず、朝敵とされ追討される憂《う》き目に遭うに至った歴史的不条理への憤りであった。

最後には、こうした重なる不条理の結果、虜囚として鎌倉に下る身の上になったことは、「先《せん》世《せ》の宿業《しゅくごう》」かと口惜しいが、古来同様の例があり、末世の今では当然の事だとして、弓矢を持つ武者が敵の手で討たれるのは恥ではない。せめての情として、「早く首を斬られよ」と凛然《りんぜん》たる覚悟を示した。平安時代の王朝文学には、「宿世《すくせ》」という言葉がしばしば見受けられる。「宿世」とは、前もって定められた人の運命であり、人の意志では決して変えることが不可能なものとして考えられていた。重衡も同様に頼朝との問答の中で、自身の虜囚としての立場にあることを、「宿世」と同義の「宿業」だと答えている。ここでの彼の宿業観は、平安貴族社会の「宿世」という自らの人生を無常なもの、儚《はかな》いものとして考えた宿世観とは異なり、戦闘者たる武者として、死地にむかう敗者の宿縁と恥じ入ることなく対峙《たいじ》する宿業観であった。こうして頼朝による詰問にいささかもはばかることなく、武者としての存念と覚悟を陳弁《ちんべん》した振舞《ふるまい》は、頼朝のみならずなみ居る鎌倉武士の心を揺るがすものであった。

二　重衡の往生と鎮魂

頼朝との対面を終え、重衡は伊豆の住人狩野介宗茂《かのうのすけむねもち》に預けられ、しばらく伊豆に滞在することになる。頼朝は貴人として京の風雅を身に着けた重衡へのもてなしとして、千手前《せんじゅのまえ》という女性を宛てがい、身の回りの世話を命じた。情に厚い宗茂は、酒宴を設けて重衡を丁重に接待するが、重衡は酒を口にせず、宗茂は千手前に何か遊芸を披露し、重衡の心を宥《なだ》めるよう求めた。「みめ形、心ざま優にわりなき者」と称され、その器量、気立て共に都風《みやこふう》の優雅で多彩な芸を見に着けていた千手前は、その場のうち解けぬ空気を和らげるべく漢詩を吟じた。彼女の選んだ曲は、この曲を朗詠した人は北野の天神がその命を守ってくれるといわれた『和漢朗詠集《わかんろうえいしゅう》』に収められた菅原道真《すがわらみちざね》の漢詩であった。

彼女の心配りを悟った重衡は、「現世では天神から見捨てられた自分だが、来世で救われるという歌なら共に詠じよう」と心を開きはじめてゆく。千手前はこの注文に応じて「たとえ十悪を犯した者でも阿弥陀仏はこれを救い極楽往生に導いてくれる」という歌を朗詠し、続けて「極楽ねがわん人はみな、弥陀の名号を唱うべし」という今様《いまよう》を四・五回心をこめて歌うのであった。こうして初めて盃《さかずき》が交わされ、やがて千手前が琴を、重衡は琵琶を弾き合い、二人の心の通い合う瞬間が訪れてゆく。史書としての『吾妻鏡《あづまかがみ》』にあっては、この時の酒宴には千手前だけでなく、京の風情《ふぜい》に通じた藤原邦道《ふじわらくにみち》と工藤祐経《くどうすけつね》が遣わされ、祐経は鼓《つつみ》を打ち今様を吟じて千手前と共に重衡を慰む姿が記されている。一方『平家物語』では、邦道、祐経は登場せず、残された限りある生の時間にあって、何より心の鎮まりを求める重衡と、その心に寄り添いた い千手前の思いとの交感に光が当てられている。

『平家物語』に語られている重衡と千手前との心の交感の背後には、明らかに彼の魂を慰撫し、滅罪し、死者を西方浄土へ赴《おもむ》かせようとする意図を見ることができる。
翌朝、千手前は、狩野宗茂邸での酒宴の次第を頼朝に報告する。

「平家の方々は、武芸だけの無粋な人々だと思っていましたが、重衡卿の琵琶や朗詠の技芸に夜通し接すると、真に風雅な人であられました」（巻十「千手前」）

一夜の遊興でありながら、彼女の心中には重衡への思いが強く刻まれることになった。他方、京に生まれ育ち、貴族官人社会への政治的進出を果たす中で、京風の貴族文化への同化を進め、「京に馴染《なじ》んだ」京武者へと成長した重衡にあっても、千手前の存在はかけがえのないものになっていた。当時の京の世界においては、武芸のみならず詩歌管弦《しいかかんげん》の和漢の才を兼ね備えた男子こそ、京武者として理想的な才子《さいし》であった。重衡は平家一門のなかでも際立つ才子として知られており、千手前もまた、重衡が「あづまにもこれほど優なる人のありけるよ。」と感激したほどの多才多芸に恵まれた人であった。

法然の説諭により、地獄への畏怖《いふ》と往生への不安からは解放され、死の覚悟を固めた重衡であったが、避けられぬ死に直面し、憂愁に閉ざされてゆく心からは逃れることが難しかった。そうしたいまだ鎮まることなき心に惑う彼をつかのまの逢瀬《おうせ》の場で、漢詩・今様・琴などの技芸的な遊戯に誘い、心の浄化に導いたのが千手前であった。人は心を通じ合った人物の不条理で無念の死に向かい合った時、その最後の気持ちに寄り添いたいと思う。そうした点からして、互いに認め合う京風の優雅な詩歌管弦の嗜《たしなみ》みを備えた彼女は、彼の思いを理解し寄り添うには相応しい女性であった。

その後、先手前は重衡への思いが募り、物思いの日々を送るが、重衡が処刑されたとの噂を伝え聞き、信濃国善光寺《ぜんこうじ》で出家をして彼の来世での冥福を弔ったという。

『平家物語』が語り継ぐ重衡の魂の浄化は、現世否定的な浄土教の阿弥陀念仏による仏教的救済だけに終わるものではない。そこには自らの気持ちを重衡に同化させ寄り添うことで、その生と死が意義あるものであることを人々に伝える使命を帯びた千手前の存在が添えらえていた。

伊豆の宗茂の元に預けられていた重衡の身は、南都焼き討ちの断罪を求める東大寺・興福寺衆徒の要求により、処刑のために奈良へ引き渡されることになった。奈良への道筋の日野《ひの》には、重衡の北の方大納言佐《だいなごんのすけ》が姉のもとに身を寄せていた。北の方は壇ノ浦で捕われ、日野で夫重衡の身を案じながら悲嘆に暮れる日々を送っていた。重衡は、「来世の我が身の供養を言い置きたいと、北の方との対面を護送の武士に乞うて許される。

虜囚用の藍摺《あいずり》の直垂《ひたたれ》を身に着け、やつれ切った重衡の姿を哀み、彼女は袷《あわせ》の小袖と白の死装《しにしょう》束《ぞく》を用意し、重衡は脱いだ直垂を形見にと言い、妻への愛惜《あいせき》の思いを伝えた。北の方はそれよりも一筆残していただくのが永遠の形見になるとの願いから硯《すずり》を差し出したので二人は別れの歌を贈答する。

和歌は、平安時代前期の醍醐《だいご》天皇の治世下で、最初の勅撰《ちょくせん》和歌集として『古今和歌集』が編纂されて以来、その高い文芸性から王朝文化の中核的存在を成してきた。紀貫之《きのつらゆき》は『古今和歌集』の中心的撰進者として、和歌は「男女の仲を和《やわ》らげ、猛《たけ》き武人の心をも慰《なぐさ》むるは、歌なり」(『古今和歌集』仮名序)と記し、和歌のもつ意義を説いている。

京の風情に馴染んだ京武者の重衡が、初めて王朝の貴族文化に接して比較的容易に摂取し、自己のものとして身に着けたのが和歌であった。彼にとっての和歌は、王朝社会における昇進・社交の具としてだけでなく、思い人との恋愛を成就させるに欠かせぬ必須の素養でもあった。京の生活のなかで貴人としての品性と教養とに恵まれた二人にとって、歌を贈答し、来世での契《ちぎ》りを約しての別れは、何より相応しい別離の作法であったと言える。

『平家物語』は、重衡の死に至るまでに千手前・北の方を含め四人の女性との交流を語る。そこには彼の「色好み」の姿を見ることができる。ここに描き出された「色好み」は、彼の多情さを語るためではなく、それぞれの女性たちとの向き合い方の内に、京の生活で培《つちか》われた粋《いき》で雅《みやび》に洗練された情趣を強調するものであった。

こうした「色好み」の心根《こころね》は、当時の王朝社会の貴族を貴人たらしめる属性の一つでもあり、京武者として、「ますらをぶり」と「たおやめぶり」を兼ね備えた重衡の貴人たる証《あか》しの意味をもっていた。

文治元（一一八五）年六月二十三日、重衡は南都の大衆に引き渡され、処刑の日を迎えた。刑場に駆けつけた旧臣の木工右馬允知時《もくうまのじょうともとき》は、重衡のたっての結縁《けちえん》の願いに応じて阿弥陀仏を持ち寄り、自身の狩衣《かりぎぬ》の紐《ひも》で仏の御手と、重衡の手を結ぶ。重衡はこの紐を手に取り、仏に向かって「願わくは自分の逆縁《ぎゃくえん》を順縁《じゅんえん》とし、今より唱える念仏によって極楽往生を遂げられるように」（巻第十一「重衡被斬」）と言い、声高らかに念仏を十回唱えながら覚悟の斬首に処せられた。この重衡の死は、数千人の南都の大衆や守護の武士たちの涙を誘うほどに見事な最期であった。

その後、北の方は首と遺体を乞い受けて火葬に付し、日野の地に墓を設け、自身も尼となって重衡の来世の冥福を弔う鎮魂の日々を過ごしたのであった。

『平家物語』は、重衡の生を死を通して何を語り継ごうとしたのであろうか。

勝者である頼朝との対面の場で、自己の信念に忠実に虜囚の身を恥じることなく対峙した重衡の武者的気概に、物語として意義を認めたことを知るのは容易である。しかし、それ以上に語るべきとしたものは、刑死に至る道筋に見られた重衡の往生の有様であったと思われる。

千手前との朗詠と琴・琵琶の合奏、そして北の方との辞世の和歌の交換とに見られた「色好み」の情愛と品性。さらに、法然の説諭から導かれた仏道心に寄り添った最期。そのいずれもが、貴人的優雅さと武人的気骨とを兼ね備えた京武者の重衡が体現した「往生の作法」に結実している。この多数の人々を感動させ、鎮魂の心を呼び起こした「往生の作法」こそが、往生の物語といわれた『平家物語』が人々に語り継ぐに値する「物」であったと思われる。

◎主要参考文献・引用文献

板坂燿子『平家物語』（岩波書店、二〇〇五年）
上横手雅敬『平家物語の虚構と真実』（塙書店、一九八五年）
高木市之助他校注『平家物語』下（「日本古典文学体系」岩波書店、一九六〇年）
高橋昌明『平家の群像』（岩波書店、二〇〇九年）
栃木孝惟『軍記と武士の世界』（吉川弘文館、二〇〇一年）
松尾葦江『軍記物語原論』（笠間書院、二〇〇八年）

大庭景親と大庭景義の歴史的選択

――『平家物語』『源平盛衰記』にみる中世武士の姿から――

伊藤一美

源頼朝の挙兵時に対照的な行動をとった武士に大庭景親《おおばかげちか》と大庭景義《かげよし》がいる。ともに鎌倉権五郎景正の子孫で、兄弟とする系図もある。平安末期、流人頼朝をめぐる対応がその後の運命を大きく変えていくこととなる。

本稿は、軍記物『延慶本平家物語』（以下『平家』と略）や『源平盛衰記』（以下『源平』と略）に描かれた相模武士大庭氏の姿を検討する。これらの軍記物を求めた中世人の想いが「武士の生き方」をどのように受け止め、それを好意的しろ、否定的にせよ、社会に認知されていったことが重要と考えるからだ。もちろん、鎌倉幕府の正史『吾妻鏡』（以後『鏡』と略）からも両大庭氏らの立場をも考える。

一　挙兵時、大庭景親の登場

『平家』二末九「佐々木者共佐殿ノ許《もと》ヘ参事」には、佐々木兄弟が伊豆の頼朝邸に寄り、時政と挙兵の相談をする最初の場面が描かれる。上総《かずさ》広常《ひろつね》・千葉《ちば》常胤《つねたね》・三浦義明の三人が味方になれば、「土肥・岡崎・懐嶋《ふところじま》ハ本ヨリ、志思ヒ奉ル者共」が集まってくるはずだ、と時政が述べる場面である。すでに相模国西部地域の三武士名があげられていることは象徴的だ。この「懐嶋（懐島）」こそが大庭景義をさす。

さらに当時、畠山・稲毛・小山田氏など、武蔵国の有力者たちの名があがる。彼らは「平家ニ仕ヘテ京ニ候ヘハ、ツヨキ敵ニテ候」と警戒されていた。特に相模国では、「鎌倉黨（党）大庭三郎景親三代相伝ノ御家人ニテ候ヘトモ、当時平家ノ大御恩者ニテ候」と特記される人物、これが大庭景親であった。ここでは、「三代」（為義―義朝―頼朝）と継承されるべき人間として描かれる。『平家』の異本たる『源平』一九「兵衛佐催家人事」でもほぼ同じ内容で記される。

景時の擁する「鎌倉黨（党）」の実態はどのようなものだったのか。『鏡』では「但し彼の凶徒に一味せしむるの輩は、武蔵・相模の住人ばかりなり」とあり、そのうち既に「三浦・中村」氏は頼朝に従っている。大庭景親側の勢力は「相従輩ニハ大庭三郎景親、舎弟俣野五郎景尚、長尾新五、新六、八木下五郎、香川五郎以下ノ鎌倉黨（党）一人モ不漏ケリ」とある（『平家』二末一三「石橋山合戦事」）。

『鏡』の同日条からも、大庭氏の基本勢力は「鎌倉党」一門であり、河村・渋谷・糟屋・海老名・曽我・首藤《すどう》・毛利・原宗・熊谷ら、相模・武蔵の「平家被官の輩」を率いて「三千余騎精兵」と表記する。

従軍武士の数字三千騎とは多すぎる気もするが、景親が「平家被官」を招請引率できる立場にあったことは後述する。基盤は「鎌倉党」という一族集団だった。にもかかわらず大庭景義、後の懐嶋氏がそのグループとは離れて頼朝に属していた理由は別に考えなくてはならない。

十月、景親の軍勢は平家軍に合流せんとする。既に頼朝勢は足柄山を越えており、景親軍は河村山から「アヒ沢（藍沢）ノ宿」（御殿場市新橋又は小山市竹の下）に待機することとなる。頼朝勢と甲斐源氏に挟まれて動きが取れない状況だった。途中、従軍者の欠落・脱落などの様相に景親は「鎧ノ一ノ草摺《くさずり》」を切り落として二所権現に奉納、その陣容維持を図ろうと苦慮している（『源平』巻二三）。

実態は戦況を見計らいつつ、景親方から離脱する者たちが頼朝のもとに降参していく。頼朝は「降人」には「谺ヲ行フニ及ハス」と、逆に「馬鞍《うまくら》」などを与え「宥《なだ》メ具シ給」い、「命ハカリハ生ヘキニコソトテ、各先陣ニ進ミテ忠ヲ抽テント思ヒケリ」と、新たな家臣団編成を行っていく。

こうした軍記物の記述は『鏡』を下敷きにしていると考えられている。相模国府での勲功賞安堵に際して、頼朝から多くの武士らが恩賞に浴している（『鏡』一〇・二三条）。敵対してきた武士であっても処罰に及んだ者は、十分の一ほどだとも記す。

この時期、頼朝の寛大さを表すというよりは、従軍者確保が切実な課題であったと言うべきだろう。この処置そのものは『源平』が「宗徒ノ大場ヲスカシ出サン為ニ宣ケル」ことと既に看做《みな》している。その後の頼朝の戦争には、こうした寛大処置が消えていくことがわかっているからだ。

以上から大庭軍に従う兵も次第に脱落し減少状況であったこと、「降人《こうにん》」らへの処罰を避け、景親を誘い出す作戦をとったことは前述の『鏡』から事実としてよい。

こうした作戦が効果を呼ぶのは、従軍者が大庭景親から「召集」された勢力であることがその背景にあるといえる。

このののち大庭景親は上総広常預かりとなり処刑に至る。他人の手にかかるよりはと、兄の景義が片瀬の浜で斬首に及ぶ。『源平』は情感込めて記述するが、『鏡』はそっけない。

舎弟の俣野景久は志を平家方に潜に逃れ出ていったとある。後に景久後家が堂舎や仏の崩壊を嘆き、三浦義澄がこれを頼朝に伝えるという。そこは俣野郷内大日堂であった（『鏡』建久六・一一・一九条）。頼朝は仏聖燈油料として田畠を寄進する。景久の崇敬していた梵閣であり、本仏は伊勢神宮心御柱《しんのみはしら》を利用したものという。頼朝は「柳営護持」（頼朝政権守護）の役目を彼女に託したという。

二　大庭景親・大庭景義の役割とその位置

大庭景親の立場

挙兵直前、大庭景親宅に佐々木秀義を招いての面談記事に「長田入道状」の内容を彼に知らせる場面がある（『鏡』治承四・八・九条）。景親在京時に「上総介忠清〈平家侍〉」から、この情報を得たのだ。北条時政や比企掃部允が頼朝を大将軍に立てて反逆計画があるという内容だった。なお忠清からは諸国源氏動向調査に及ぶこの時期、これは清盛にすぐ知らせるべき情報だ、と伝えられたという。この時に景親は忠清への回答に、北条は既に頼朝縁者となっており、比企氏は早世していると伝えた。

上総介忠清とは藤原氏（伊藤氏）で平家家人・侍大将の地位にあった（『玉葉』治承二・正・二七条）。子の忠綱は検非違使で、富士川合戦直前に武田方使者を斬殺、さらに源義仲との交渉役として活動している（同寿永二・一二・二九条）。

この忠清は「坂東侍奉行」で、大庭景親は「国奉行」と位置付けがなされている。当時の記録からは、「大庭三郎景親と云々、是禅門（平清盛）私に遣すところなり」（『玉葉』治承四・九・一一条）とある。まさに景親は平家侍忠清から極秘情報を知ることができる立場にあったのだ。

なお大庭景親の館跡は、県道藤沢厚木線沿いの蟠龍《はんりゅう》山宗賢院《さんそうけんいん》入口左側の台地付近で、字隠《かくれ》里《さと》付近と筆者は考えている。この付近は、かつて屋号「小城」「大城」の伝承もあり、小字城下《たてした》内に位置する場所であった。なお地元宗賢院には伝大庭景親所持の陣釜などが『新編相模国風土記稿』に記載され、寺にはいまに伝存している。

大庭景親と大庭景義の考え方

軍記物では、大庭景親と景義の二人は、どのような考え方をもっていたと描かれるのだろうか。

景親の場合、時政から「三代相伝ノ君ニ向奉リテ弓ヲモ引、矢ヲ放ヘキ」と問われた時、「昔ハ主、今ハ敵」「恩コソ主ヨ」と答えている（『平家』二末一三「石橋山合戦事」）。『源平』（二〇「石橋山合戦事」）でも「世ニナキ主ヲ顧テ今ノ恩ヲ忘ヘキ、勇士ハ諂《おもね》ルコトシト云事アリ」として平家の恩を前面に出す設定だ。

『源平』（二〇「佐殿大場勢汰事」）では、安達盛長の使者が波多野馬允康景や大庭景義に連絡を行ったときの回答が参考となる。波多野氏は「源平共ニ勝負ヲ知サレハ後悔ヲ存スル故」と断り、景親は平家方に捕らえられた後に「平家ニ宥ラレ奉テ、其恩山ノ如シ」と強調する。さらに「東国ノ御後見シ妻子ヲ養モ争カ忘レ奉ルヘキナレ」と、清盛との私的な関係から「東国ノ御後見（国奉行）」としての立場であったことが語られている。

景親から尋ねられた懐島（大庭）景義は、「軍ノ勝負兼テ知カタシ、平家猶モ栄ヘ給ハハ、和殿ヲ憑ヘシ、若又源氏世ニ出給ハハ、我ヲモ憑給ヘ」として、弟の豊田景俊をつれて頼朝方となる。大庭景親は俣野景久を連れて平氏方に別れていく。

これら軍記物の設定では、「恩」が「相伝ノ君」をも捨てさせるほどの意味を持ち始めていたこと、さらに初めは平家方の催促で頼朝勢攻撃に走った関東武士らも平氏に見切りをつけて変わっていく。その際に多くの武士が「世ニ出給」勢力につくべき意思を表していると考えられるのだ。それは彼らの「イエ」の存続という意思がその基盤にあるというべきだろう。同時にそれは「兄弟」であっても「イエ」は別という意識の表れとも考えられる。

ではこうした考え方が大庭景親と大庭景義の場合、いつ頃から表れてくるのだろうか。

大庭景親と大庭景義の自立性

時代は保元合戦に遡る。後白河方の源義朝に従軍した若き大庭景義は、崇徳上皇方で源為朝の強弓に膝を切られて動けなくなった(『保元物語』〈中・白河殿攻め落す事〉)。この時の二人の行動に注目する。

負傷した景義を担いで河原の近くの小家に置いて再び戦場に向かおうとする弟景親に嘆願する。「軍の庭」で足腰の立たない武士が「いひ甲斐なき奴原にをさへて頸をとられん事の口惜さよ」と、景義は安全な場所まで共に連れていくことを願ったのだ。物語の中では普段から「兄弟の中不快」とあり、景親は景義から「咎あやまりなけれども不思議の者ぞとて、つねは不審」

と見られていたのだった。同書中に「殿に過ぎたる奉公の人やはあるべき、何事なりといふ共、の給はんにこそしたがはめ」と景義が「怠状」（陳謝）を述べたとある。「奉公の人」、「怠状」とあることから、景親がより上級の者への「奉公」という立場（役割）を持っていたことを想定させる。

さらに「兄が鎧も重代なり、我きたるも相伝の鎧なり、命にかへてもおしく思ひ、兄にぬげといはんも心もとなくて」とあることも重要だ。兄弟とはいえ、それぞれに「イエ」として独立した状況が窺えるのである。ここでは「重代」「相伝」という表現で「イエ」の象徴たる武具が各家に伝えられていることが語られる。つまり両者は自立した「イエ」をもつ独立武士という存在として描かれているのだ。

中世では、こうした「重代の鎧」が家の継承に大きく象徴されるものであることは周知のことだろう（元徳三・三・五、熊谷直勝譲状『熊谷家文書』など）。

平安末期の大庭景親・大庭景能の歴史的前提

大庭兄弟が軍記物の世界では、日頃から対立状況があるとの設定で語られていることは叙述から明らかだ。ではそのようなことがあったのだろうか。

平安末期の天養元年（一一四四）相模鵠沼《くげぬま》郷にあった大庭御厨《みくりや》で、国府の役人、源義朝名代らとともに三浦吉次（継）の男吉明（義明）・中村宗平・和田助広らの乱入事件を『天養記』は詳細に記す。この時、乱暴狼藉された御厨側下司だったのが平景宗である。鎌倉期成立で信頼のある『桓武平氏諸流系図』に、鎌倉景村の子景明（長尾太郎）－景宗（大庭権守）とある人物だ。景宗が「大庭権守」と号していることは、彼が大庭御厨を拠点としていたことを明示している。

さらに景宗の子どもが「景能（義）・懐嶋平権守」、「景俊・豊田次郎」、「景親・大庭三郎」に相当する。彼らの名字に注目すれば、大庭御厨中心地区を継承したのが景親で、兄の景義は懐嶋（茅ヶ崎市）、弟景俊も豊田（茅ヶ崎市）名字を後に名乗っている。さらに大庭景親に従っていたのは「舎弟股野五郎景尚・長尾新五・同新六・八木下五郎（季俊）・漢柳五郎以下」と『源平』（二〇「石橋山合戦事」）は記す。股野は藤沢市と横浜市にまたがる俣野、長尾は横浜市栄区、八木下は小田原市、漢柳は不詳である。処罰を被る「長尾新五」は『長尾系図』（続群書類従六上）から「長尾為景」、新六は「定景」に当てられる。

このように並べてみると大庭御厨の武蔵国寄り（東側）と相模川を越えた地区の領主たちが大庭景親に従っていたと想定できる。

こうした視点から見ると、大庭御厨で乱暴を受けた下司大庭景宗及びその子供たちにも、頼朝の父義朝や三浦氏・中村氏（土肥氏兄弟）とは距離を置く関係がそこに生まれていたと考えられるのだ。そうした中で景義がのちに頼朝につくことの説明は、先述したように「イエ」の存続を彼は源氏に賭け、景親とは袂《たもと》を分けたと考える。

三　大庭景義・武家有職故実家の誕生

大庭景義の騎馬技術

建久二年（一一九一）の八月、雨の一日だった。歴々の御家人らと若い世代との宴会が御所で行われた。頼朝から武術に関する昔話を勧められ、景義は保元合戦での体験を語る。相模大庭野で育った景義の、大庭御厨での牧馬訓練などもその中にあったのだろうか。特に武士（武者）として「騎射」と「馬術」の習得は、基本的な技術原則であった。また在京経験もあると思われるので、関東と西国での騎馬技術等の差異なども熟知していたのだろう。

> 勇士ただ騎馬に達すべきことなり、壮士等耳の底に留むべし、老翁の説嘲笑する勿《なか》れと云々、常胤以下当座みな甘心す（『鏡』八・一条）

歴戦の勇士が語る武芸の「昔話」だが、若手御家人らにとって大きな意味を持っていたはずだ。

頼朝への進言・武家の古老の誕生

文治五年（一一八九）六月、頼朝は平泉藤原氏への進出を狙う。後白河院の勅許が下りなかった。「武家の古老」といわれ、「兵法の故実」を知る景義は思案する頼朝に呼ばれる。「古老」とは、古代末期、地方荘園の中から出てくる言葉で組織上、ある権限を持つ者を意味することが多い。ここでは『邦訳日葡辞書』の「老年にして経験を積んでいること」の意味に近い。特に「兵法故実」を実体験として語ることのできる人物として、頼朝はじめ鎌倉武士層には熟知されていたと想定できる。彼は「将軍は戦いの場においては天子の命令を聴く者ではない」という著名な詞を残す。「武士」が実力をもって他勢力を排除する存在として、その現実を生き抜いてきた東国新興勢力として、彼の「一家言」は説得力を持って受け止められていったはずだ。

その後、頼朝から鞍置きの御厩《みまや》御馬を賜る。小山朝光は差縄《さしなわ》の端を取り、景義の前に投げる。行歩のままならない景義は居ながらこれを請けて郎従にとらせた。景義は小山氏の芳志を「直(値)千金」(『鏡』七・三〇)と感謝したという。頼朝もまた朝光の所為を褒めている。実戦的な馬の扱いを知る小山朝光もまた「古老」的存在の一人といえる。

大庭景義、初期鎌倉での職務と活動

鎌倉初期、大庭景義の職務をあげてみる。大倉御所の完成に伴う儀式では、景義は「御移徒《おわたまし》(徙)の儀」に関する「奉行」として臨む(『鏡』治承四・一二・一二条)。頼朝と鎌倉御家人との晴れの儀礼の場の総責任者だった。

さらに、鶴岡八幡宮若宮造営では、土肥実平と景義が奉行として材木沙汰を管理（『鏡』養和元・五・一三条）、また幕府小御所御厩儀式では、御所内の「小御所御厩等」建物設置のための地曳きで景義・梶原景時・一本坊昌寛らが奉行となる（『鏡』養和元・五・二四条）。さらに鶴岡西側に別当坊の柱棟上儀礼を景義が奉行担当（『鏡』寿永元・九・二六条）、「新造の公文所」の「立門」儀式も行う。景義は、完成後の祝杯宴に大江広元ほかも呼んで采配もしている（元暦元・八・二八条）。

完成以後も鶴岡馬場の小屋造成作業を監督する（文治四・一〇・二〇条）。これは八幡宮警固のための「小屋」設定であった。頼朝は「移徙（徙）の儀」を実施、庭の植樹も見事と褒めている。

その後、八幡宮奉行人（建久五・一二・二条）として大庭景義・安達盛長・中原季時《すえとき》・清原清貞四人が「御願寺社」担当奉行となっていく。勝長寿院・永福寺・阿弥陀堂・薬師堂担当も同時に決定する。

以上列記したように、初期鎌倉の公的建物など建設事業に大庭景義が多くかかわっていることがわかるだろう。特に鎌倉内に新たに建立されていく、幕府役所建物・厩舎、御願寺などの、儀礼的事業の「地曳《じびき》」や技術的監督の「上棟」「立門」など、おおよそ「有職故実」を踏まえた事務執行に携わっていることが特徴的といえる。

また建設資材（材木等）の確保に土肥実平とともに景義が関わっていることも、彼らの所領環境が、前者は伊豆方面、後者は相模川（大庭氏）や境川（俣野氏所領）流域との関連性をも視野に入れて考えられていることも窺える。

引退する景義

建久六年（一一九五）二月、景義は「疑刑」によって「鎌倉中」からの既に三年もの追放処分をうけていたのだ。「中文」によれば、その時期は建久三年（一一九二）となる。入道しての逼塞《ひっそく》生活であった。

では建久三年に何が起きたのか。その原因は「鶴岡問題」とみる。

この年、鶴岡別当円暁が上洛（一・一三条）、鶴岡の神楽秘曲継承に大江久家の京都派遣（三・四条）があった。さらに鶴岡神鏡問題による紀藤太狂乱による放火事件が発生する（五・一条）。この事件によって神への陳謝として頼朝は神馬を奉納する（五・一二条）。

さらに御台所出産につき、鶴岡への祈願（七・一七条、八・九条）、また鶴岡放生会・舞楽奉納（八・一四〜一五条）、鶴岡の長日聖観音供養（九・四条）等が行われていく。

特に頼朝が鶴岡八幡宮寺の整備や荘厳化をすすめ、また諸祈願筆頭の氏神社としての位置づけを行おうとしているこの時期に、関係者の放火事件など発生したことは、大庭景義の「疑刑」処分の可能性を十分に考えてよいだろう。

大庭景義は既に文治四年（一一八八）十月二十日以来、鶴岡八幡宮寺警固担当者であり、こうした役目が果たせなかった責任を取らされた結果と考えてよい。

その後、罷免の取り消しとなり、改めて建久五年（一一九四）十二月二日、頼朝は御願寺社整備の一環として、勝長寿院・永福寺・同二階堂奉行人を新規に定め、特に鶴岡八幡宮寺奉行人には、先述した大庭景義以下の四人を任命していく。

『鏡』建久六年三月十日条には、景義の姿が簡潔に見える。


懐崎（島）平権守入道、カチン（褐）ノ直垂、サキノミノケ（鷺蓑毛）ニテトツ、押入烏帽子、弓手鐙ハスコシミシ（短）カシ、保元ノ合戦ノ時、イ（射）ラルル故也。


頼朝は東大寺供養の儀式に出席する。頼朝・政子・大姫ら家族賑わいの上洛でもあった。「御随兵」のなかに、将軍頼朝の乗る「御車」の直前に北条義時、そして差縄での拝賀馬で恩義ある小山朝光とともに三人並んでの、勇士姿の景義がここにいた。

これを最後に公式行事から姿を消す大庭景義。既に出家して「懐島」と呼ばれていた。茅ヶ崎市円蔵には「懐嶋館跡」という伝承地もあり、鬼門には「円蔵神明大明神」社もあった。

承元四年（一二一〇）四月九日、「懐嶋平権守景能入道、相模国に於て卒す」と『鏡』は簡略に記す。

四　むすびに

大庭景親の立場は、平清盛の「私侍」であり、相模武士を召集・引率する指揮権を委託されていた武士だった。

大庭景親と景義の選択と思考は、ともに「イエ」の存続を図る目的があった。その際に以下のようにその選択を行ったのだ。

○景親➡「当時（いま）の主」＝「いまの恩こそ主」を選ぶ。

○景義➡「相伝（過去）の主」＝「重代の主」を選ぶ。

生き残った大庭景義の役割とは、初期頼朝政権の意向を請けて「武家の古老」として「武家儀礼」（武者・寺社儀礼）の創設と整備に意を尽くした武士といえる。

最期に大庭景親と大庭景義の生き方と選択は、中世初期、「武士」が新たな「政権」に取り込まれる時の課題として、「イエ」の維持と存続を達成しようと努力していたことと評価される。

軍記物に描かれた、上記のような中世武士の生き方を、読者である中世人はその日常的な姿と見て、受け入れていたことは間違いない。「中世武士」とは「イエ」の存続こそが命題であり、その後の「一所懸命」「相伝」「重代」という語彙を生み出させる原動力となっていったのだ。

◎主要参考文献

網野善彦『東と西の語る日本の歴史』(そしえて、一九八二年)。
伊藤一美「鎌倉武士大庭氏の人物像」(鎌倉第74号、一九九四年)
伊藤一美『大庭御厨に生きる人々』(藤沢市文書館、二〇一五年)
蔵持重裕「中世古老の機能と様相」(歴史学研究563号、一九八七年)
近藤好和『中世的武具の成立と武士』(吉川弘文館、二〇〇〇年)
野口実「『平氏政権』の坂東武士団把握について」(鎌倉28号、一九七七年)

源頼朝の挙兵をめぐる諸問題

久保田　和彦

　治承四年（一一八〇）八月十七日、源頼朝は平氏政権打倒のため挙兵し、伊豆国目代《もくだい》山《やま》木《ぎ》兼隆《かねたか》およびその後見《こうけん》堤《つつみ》権守信遠《ごんのかみのぶとお》を討ち取った。頼朝は三十四歳となっていた。平治の乱で父義朝が敗死し、逃亡の途中、頼朝は父義朝一行とはぐれ、平頼盛《たいらのよりもり》の家人《けにん》平宗清《むねきよ》に捕えられ京都に連行された。本来ならば死罪であった頼朝は、清盛の継母である池禅尼《いけのぜんに》（頼盛の母）の嘆願によって助命され、永暦元年（一一六〇）三月十一日、配流先である伊豆に向けて京都を出立した。頼朝十四歳であった。以来、挙兵に至るまでの二十年と五ケ月余、頼朝は伊豆国伊東および北条で、流人《るにん》ではあるが平和な日々を送っていた。

　頼朝の人生の半分以上は伊豆における流人生活であり、治承三年（一一七九）十一月のクーデタで後白河院政を停止し、同四年二月に外孫安徳天皇を即位させ、軍事独裁政権を樹立した平氏政権に対し、頼朝はなぜ今さら挙兵しなければならなかったのか。源頼朝・

鎌倉幕府の研究は膨大な数にのぼるが、頼朝がなぜ挙兵したか、いかなる根拠であるか、また当時の史料はいかに語っているのか、源頼朝の挙兵をめぐる諸問題を検討してみたい。

一　源頼朝挙兵の理由・根拠は何か

源頼朝挙兵の理由・根拠はいかなるものか、膨大な源頼朝・鎌倉幕府の研究がどのように説明しているか調べてみる。代表的な著作を十冊選んでみた。以下の研究・著作である。

1. 永原慶二著『源頼朝』（岩波新書・青版、一九五八年）
2. 安田元久著『源頼朝─武家政権創始の歴史的背景』（アテネ新書、弘文堂、一九五八年）
3. 石井　進著『鎌倉幕府』（日本の歴史7、中央公論社、一九六五年）
4. 大山喬平著『鎌倉幕府』（日本の歴史9、小学館、一九七四年）
5. 河内祥輔著『頼朝の時代─一一八〇年代内乱史』（平凡社選書、一九九〇年）
6. 関　幸彦著『源頼朝─鎌倉殿誕生』（PHP新書、二〇〇一年）
7. 高橋典幸著『源頼朝─東国を選んだ武家の貴公子』（日本史リブレット・山川出版社、二〇一〇年）
8. 元木泰雄著『源頼朝─武家政治の創始者』（中公新書、二〇一九年）

9．川合　康著『源頼朝―すでに朝の大将軍たるなり』（ミネルヴァ日本評伝選、二〇二一年）

10．呉座勇一著『頼朝と義時』（講談社現代新書、二〇二一年）

従来の源頼朝・鎌倉幕府の研究は、頼朝挙兵の理由・根拠をどのように述べているか表にまとめてみた。（表参照）

表を見ると、多くの研究が、頼朝挙兵の理由・根拠を頼朝自身の身辺の危機と以仁王《もちひとおう》の令旨《りょうじ》

○**表「頼朝挙兵の理由・根拠」**

No.	著者	書名	発行年	挙兵の理由	挙兵の根拠	史料
1	永原慶二	『源頼朝』	一九五八	身辺の危険	以仁王の令旨	『吾妻鏡』
2	安田元久	『源頼朝』	一九五八	時機の切迫	以仁王の令旨	『吾妻鏡』
3	石井　進	『鎌倉幕府』	一九六五	身辺の危機	以仁王の令旨	『吾妻鏡』
4	大山喬平	『鎌倉幕府』	一九七四	平家追討	以仁王の令旨	『吾妻鏡』
5	河内祥輔	『頼朝の時代』	一九九〇	身辺の危機	以仁王の令旨	『吾妻鏡』
6	関　幸彦	『源頼朝』	二〇〇一	身辺の危機	以仁王の令旨	『吾妻鏡』
7	高橋典幸	『源頼朝』	二〇一〇	身の危険	以仁王の令旨	『吾妻鏡』
8	元木泰雄	『源頼朝』	二〇一九	総合的な判断	後白河院の密使	『平家物語』
9	川合　康	『源頼朝』	二〇二一	身辺の危険	最勝親王の宣	『延慶本平家物語』
10	呉座勇一	『頼朝と義時』	二〇二一	平家の圧迫	以仁王の令旨	『吾妻鏡』

に求めていることがわかる。『吾妻鏡』は、治承四年四月九日条から記述が始まるが、以仁王が、平家を滅ぼすため頼朝以下諸国の源氏に蜂起を呼びかける令旨を下し、源為義《みなもとのためよし》の末子行家（頼朝の叔父）に伝達を命じる、という内容である。同月二十七日条では、以仁王の令旨が伊豆国北条館に届けられ、頼朝は身なりを整え、北条時政とともに令旨を読み、平清盛に幽閉されている後白河上皇救済のため義兵を挙げることを時政とともに決意したと続き、令旨の全文が引用されている。

従来の研究では、①令旨の日付が四月九日、頼朝挙兵は八月十七日で、この間四ヶ月以上が過ぎており、令旨が挙兵の理由という説は疑問である。②九条兼実の日記『玉葉』で、以仁王の令旨は偽作とされている。③『吾妻鏡』所載の以仁王令旨は令旨の様式と異なり、官宣旨《かんせんじ》・院庁下文《いんのちょうくだしふみ》の様式である。など、さまざまな議論があり、以仁王令旨は疑わしいという説が有力であったが、近年は、様式はむしろ官宣旨・院庁下文であり、「最勝親王《さいしょうしんのう》」の呼称も散見することから、将来の天皇候補として発給されている。よって、頼朝挙兵の根拠としては十分である、ということになる。

また、頼朝が挙兵に踏み切った理由としては、『吾妻鏡』が主張する「以仁王の激に感動し義兵を決意した」のではなく、令旨到着から挙兵までに四ヶ月以上が過ぎており、この間頼朝は事態を静観していたが、三善康信《みよしやすのぶ》からの情報（令旨を受けた源氏追討の命令が出されたため、頼朝に奥州亡命を勧める）や源有綱《みなもとのありつな》（源頼政の孫、仲綱の子）追討のため大庭景親《おおばかげちか》が相模に下向したことなど、頼朝に身辺の危機が迫ったためやむをえず挙兵したというのが通説である。しかし、頼朝個人の思惑だけでなく、知行国主の交代に伴う北条以下在庁官人の危機、伊豆に限らず周辺諸国の平氏家人に対する反発、そして大庭下向で予想される身辺の危機の増大などから総合的に判断し、頼朝は挙兵を決断したとする元木泰雄説（表の8）が適確であると思う。

頼朝挙兵の理由・根拠に関する通説に対して、本格的に異論を唱えたのは河内祥輔《こうちしょうすけ》氏である。河内氏は、著書『頼朝の時代―一一八〇年代内乱史』（表の5）では、多くの研究者と同じく以仁王の令旨を挙兵の根拠としており、令旨の真偽についても、強いて偽作と疑う必要はないと述べていたが、二〇〇七年刊行の論文集『日本中世の朝廷・幕府体制』（吉川弘文館）「Ⅳ以仁王事件について」で旧説を訂正した。

河内氏の新説を要約する。『吾妻鏡』と平家物語諸本との関係は極めて近く、『吾妻鏡』の以仁事件関係記事は、『源平盛衰記』『延慶本平家物語』などの平家物語諸本を主たる編纂材料に使って作成された。平家物語と慈円著『愚管抄』を比較すれば、平家物語は『愚管抄』より後出の文献であり、しかも創作的志向性が濃い作品である。それに対し、『愚管抄』は慈円の体験的証言であり、かなり精度が高い著述であるとし、『愚管抄』の次の記事に注目する。

三条宮［以仁王］、寺［園城寺］に七・八日おはしましける間、諸国七道へ宮の宣とて、武士を催さるる文どもを、書ちらかされたりけるを、もてつぎたりけるに（『愚管抄』、日本

古典文学大系86、岩波書店）※［　］は筆者注

『愚管抄』でも、以仁は「武士を催さるる文」を発したとし、それを「宮の宣」と呼んでいるが、「宮の宣」は以仁が園城寺に入った五月十六日以降に作成された文書である。よって「宮の宣」の日付は五月十六日以降である。また、『延慶本平家物語』に治承五年（一一八一）五月十五日付源行家願文が収録されているが、行家は三月に平家と墨俣《すのまた》で戦って敗れたのち、伊勢神宮にこの願文をささげた。この願文に「最勝親王の勅」と呼ばれる以仁の発給文書が引用されている。これは五月十六日以降に園城寺で作成された文書であり、『愚管抄』の「宮の宣」と同じ文書である。また、「前伊豆守源仲綱《なかつな》」が最勝王の勅を奉じているので、この文書が作成された時期は、源頼政・仲綱父子が園城寺に入ってから出るまでの五月二十二日から二十五日までの期間に限定できる。

以仁の発給した文書は、『吾妻鏡』所収の四月九日付「令旨」と『愚管抄』所載の五月下旬の「宮の宣」（「最勝親王の勅」）、二つの文書を発給したことになる。源行家は「最勝親王の勅」を受けて行動したのであり、四月九日付「令旨」の実在は希薄化する。

ややまわりくどい論証であるが、河内氏は『吾妻鏡』所収四月九日付「令旨」の存在を完全に否定した。河内氏の研究を受けて、頼朝挙兵の理由・根拠に関する新説を展開したのが伊藤正義氏である。伊藤氏の新説は、鶴見大学発行の『文化財学雑誌』九号（二〇一三年）に「治

承四年・頼朝権力の創世記―以仁王令旨の史料批判と後白河院宣の可能性―」という題名で発表された。

伊藤氏は、河内論文を足掛かりにして三点の目標を設定し、治承四年四月と五月に発給された二通の「以仁王令旨」の史料批判と、現在は偽書として存在を否定されている七月五日・六日付の「後白河院宣」が真書であった可能性について検討する。三点の目標とは、以下の通りである。

（1）『吾妻鏡』治承四年の「源頼朝記」で頼朝の挙兵と東国支配権の根拠とされた、以仁王の「四月令旨」と後白河院の「七月院宣」の関係性と真実性を検証する。
（2）『吾妻鏡』の「四月令旨」の素材となった史料と編著述過程を分析する。
（3）『吾妻鏡』の編纂者が「七月院宣」の存在を否定した理由と背景を探る。

論証過程は省略するが、伊藤説の結論を要約すると、『吾妻鏡』治承四年の本当の主題は、北条得宗家の統治権を正当化するために、「以仁王令旨が頼朝の東国政権・王権の正当性の唯一絶対の根拠である。時政が頼朝とともにこの令旨をひもといたこと（北条氏の夢とウソ）こそが、北条氏の由緒と筋目の淵源である」と主張することである。改竄《かいざん》した「四月令旨」を聖典化するために、頼朝の挙兵と東国当知行の本当の根拠である後白河院の「七月院宣」を抹消して、

「パンドラの箱」に永遠に封じ込める歴史捏造《ねつぞう》の犯罪をおかした、と述べる。
源頼朝挙兵の根拠となる文書は、『吾妻鏡』所収の四月九日付「令旨」と『愚管抄』所載の五月下旬の「宮の宣」、『源平盛衰記』『延慶本平家物語』所載の七月五日・六日付後白河院宣（両書は日付が一日ずれる）、さらに誰も論ずることのない『覚一本平家物語』所収の七月十四日後白河院宣の四つの文書がある。章を改めて、四つの文書を比較してみたい。

二　源頼朝挙兵の根拠となる四つの文書

（史料1）『吾妻鏡』治承四年四月廿七日条（『神奈川県史』資料編1・古代・中世1、八七六号）

下　東海東山北陸三道諸国源氏并群兵等所
　応早追討清盛法師并従類叛逆輩事
右。前伊豆守正五位下源朝臣仲綱宣。奉　最勝王勅稱。清盛法師并宗盛等以威勢。起凶徒亡国家。悩乱百官万民。虜掠五畿七道。幽閉　皇院。流罪公臣。断命流身。沈淵込楼。盗財領国。奪官授職。無功許賞。非罪配過。或召釣於諸寺之高僧。禁獄於修学之僧徒。或給下於叡岳絹米。相具謀叛粮米。断百王之跡。切一人之頭。違逆　帝皇破滅仏法。絶古代者也。于時天地悉悲。臣民皆愁。仍吾為一院第二皇子。尋天武天皇旧儀。追討　王位推取之輩。訪上宮太子古跡。打亡仏法破滅之類矣。唯非憑人力之構。偏所仰天道之扶也。因之。如有「帝王」三宝神明之冥感。何忽無四岳合力之志。然則源家之人。藤氏之人。兼三道諸国之間堪勇士者。同令与力追討。若於不同心者。准清盛法師従類。可行死流追禁之罪過。若於有勝功者。先預諸国之使節。御即位之後。必随乞可賜勧賞也。諸国宜承知依宣行之。

治承四年四月九日　前伊豆守正五位下源朝臣

（史料2）『延慶本平家物語』所載 治承五年五月十五日付源行家願文（勉誠出版）

正六位上源朝臣行家、去治承之比蒙最勝親王勅云、（中略）為一院第二皇子、当国器称、同四年五月十五日夜俄可奉取籠之由風聞、園城寺仁退入給之処、以左少弁行隆、恣構漏宣、（中略）早尋天武皇帝旧儀、討押取王位之輩、訪上宮太子古跡、亡仏法破滅之類、如元奉任国政於一院、諸寺仏法令繁昌、諸社神事無懈怠、以正法治国、令誇万民鎮一天那利、（後略）

（史料3）『延慶本平家物語』（『神奈川県史』資料編1・古代・中世1、八八三号）

可早追討清盛入道並一類事

右、彼一類非忽緒朝家、失神意、亡仏法、既為仏神怨敵、且為王法朝敵、仍仰前右兵衛佐頼朝、宜令追討彼輩早奉息逆鱗之状、依　院宣執達如件

治承四年七月六日　前右兵衛督藤原光能奉

前右兵衛佐殿へ

（史料4）『覚一本平家物語』（日本古典文学大系32、岩波書店）

項年より以来、平氏王皇蔑如して、政道にはばかる事なし。仏法を破滅して、朝威をほろぼさんとす。夫我朝は神国也。宗廟あひならんで、神徳是あらたなり。故朝廷開基の後、数千余歳のあひだ、帝猷をかたぶけ、国家をあやぶめむとする物、みなもって敗北せずといふ事なし。然則且は神道の冥助にまかせ、且は勅宣の旨趣をまもって、はやく平氏の一類を誅して、朝家の怨敵をしりぞけよ。譜代弓箭の兵略を継、累祖の奉公の忠勤を抽で、身をたて、家をおこすべし。ていれば、院宣かくのごとし。仍執達如件

治承四年七月十四日　前右兵衛督藤原光能が奉り

謹上　前右兵衛佐殿へ

史料1・2が以仁王令旨、史料3・4が後白河院宣である。史料2の令旨は五月十五日の以仁事件の後に発給されたので、史料1の令旨とは別物である。また、『吾妻鏡』の記事は、『源平盛衰記』『延慶本平家物語』などの平家物語諸本を主たる編纂材料に使って作成されたにもかかわらず、後白河院宣について『吾妻鏡』で一切触れられていないことは、伊藤氏の指摘のように『吾妻鏡』編者の何らかの意図を考えざるを得ない。史料3・4の後白河院宣が掲載されて

いる史料が『源平盛衰記』『延慶本平家物語』『覚一本平家物語』の軍記物語のみであるのは何故なのだろうか。

三　おわりに

源頼朝に関する当該期における基本的な史料は、

A．古文書

B．公家日記…『玉葉』・『山槐記』・『吉記』

C．編纂記録…『吾妻鏡』・『百錬抄』

D．軍記物語…『平家物語』・『平治物語』・『源平盛衰記』・『義経記』

の四種類に分類できるが、従来の歴史学においては、A古文書、B公家日記、C編纂記録、D軍記物語の順に史料的な信憑性があるとされ、軍記物語は史料的価値のない文学作品とされてきた。しかし、従来の頼朝の伝記や通説的な政治史の叙述は、主としてCの『吾妻鏡』とDの『平家物語』に依拠してきたといってよい。近年になって、ようやく治承・寿永の内乱の経過や鎌倉幕府の軍制・軍事力に対して、根本的な見直しが進んでいる。

源頼朝挙兵の理由・根拠の真相を明らかにするためには、軍記物語である『源平盛衰記』『延慶本平家物語』『覚一本平家物語』の分析・検討が不可欠であるといえる。この本の題名である

『「軍記」ハ史学ニ益アリ』なのである。

『平家物語』

――混沌たる豊穣の世界――

永井　晋

　現代の文学史では、『平家物語』は古典文学である。ただ、『平家物語』は語りを聴くもので、語り物系は、目読しただけでは真価を発揮しない。大津雄一が、『平家物語』群読（一人もしくは複数で朗読する）の臨場感を指摘するように、音読した時にリズミカルな臨場感がわかる。一方で読み本系は文人の読む物である。また、語り物は聴く人がいて成立するので、相手の要望を受けて変化する。当道座が管理した覚一本以外に正本がないのは、読む人・語る人・聴く人の要望によって書き変えられていったためである。そのため、前近代の定義では、「平家物語」は古典の要件を満たしていない。この史料をどう扱うかは、研究者の力量が問われる。

一　『平家物語』は何を語っているのか

私自身は歴史学の研究者であり、国文学の研究者の視点で軍記物語を研究したことはない。もっぱら、軍記物語から掬い上げられる情報を検討し、その情報源が何かを探ることで信頼度を確認して、歴史叙述を行ってきた。真と判断すれば使い、作為を感じればその理由を考えて使う手法である。

そもそも、近代歴史学と中世の歴史叙述は、歴史を語る手法も判断基準も違う。中世の歴史書は、鏡物とよばれる。王家の歴史を述べた四鏡（『大鏡』・『今鏡』・『水鏡』・『増鏡』）、中国の歴史を述べた『唐鏡』といった物語る歴史である。鎌倉幕府の歴史を書いた『吾妻鏡』は「鏡」を書名に使っているが、歴代将軍の事績を編年で記した中国正史の「本紀」に相当する形式なので、中国正史風の編纂と考えてよい。古代の六国史以後、江戸幕府の『徳川実紀』や水戸藩の『大日本史』まで中国の正史の形式による大規模な修史事業はない。中世は、物語る歴史と年代記の編纂といった家・個人の単位で行われた。中世の人々にとっての歴史は、中国正史の編纂方針で大規模に行うか、王家の物語として語る語り物、家ないし個人が編纂した年代記等の記録類である。前者はそれを実施できる組織がないので実現不可能であり、実質は後者の家として保存した記録しかないのである。

近代の日本文学史における分類で、私たちが軍記物語として読んでいる物を、当時の人々が軍記物語という認識で書いたわけではない。大元の物語であるオリジナルの作者が何を書こうとしていたのか、それに手を加えた人々が何を意図していたのかを掬おうとする時に、軍記物語という認識を外して、対象物とニュートラルに向かい合った方がより正確に文献を読めるのではないだろうか。

『平家物語』が成立した時の書名は、『治承物語』である。『治承物語』は藤原定家書写本『兵範記《ひょうはんき》』(宮内庁書陵部所蔵)紙背文書の(仁治元年)七月十一日付藤原忠高書状に「治承物語六巻［号平家］、此間書写候也」の猶々書で初めて出てくる。忠高は借用して写本を作成した後に返却しているので、『兵範記』の料紙(書写のための用紙)として大きさを揃えるために切断された部分にあった宛所(宛先)に、『治承物語』の所蔵者名があったと推測される。仁治元年(一二四〇)は、『平家物語』の原型が姿を現した年である。『治承物語』は、その書名から平家が京都の街で栄華を誇っていた『平家物語』の前半部分が該当すると推測されている。

『平家物語』の作者が一条天皇親政派の藤原行隆の縁者であることは、琵琶法師を束ねる当道座の伝承として伝わっている(『醍醐雑抄』・『徒然草』)。

『徒然草』第二二六段
(前略)、この行長入道、平家物語を作りて、生仏《しょうぶつ》(性仏)といひける盲目に教へて語らせけり、山門(延暦寺)のことを、ことにゆゆしく書けり、九郎判官(義経)のことはくはしく知りて載せたり、蒲冠者《かばのかじゃ》（範頼）のことはよく知らざりけるにや、多くのことどもを記し洩らせり、武士のこと、弓馬のわざは、生仏東国の者にて、武士に問ひ聞きて書かせける（後略）、

『平家物語』の作者伝承のひとつである『醍醐雑抄』は、作者を行長の従兄弟時長、合戦のことは鎌倉に下向して源実朝のもとに出仕する源光行（河内本『源氏物語』の編者）に書かせたと記している。また、十二巻本平家の作者を吉田資経と伝える。

『平家物語』は、平氏の台頭によって衰退を余儀なくされた二条天皇親政派の家から見た平家

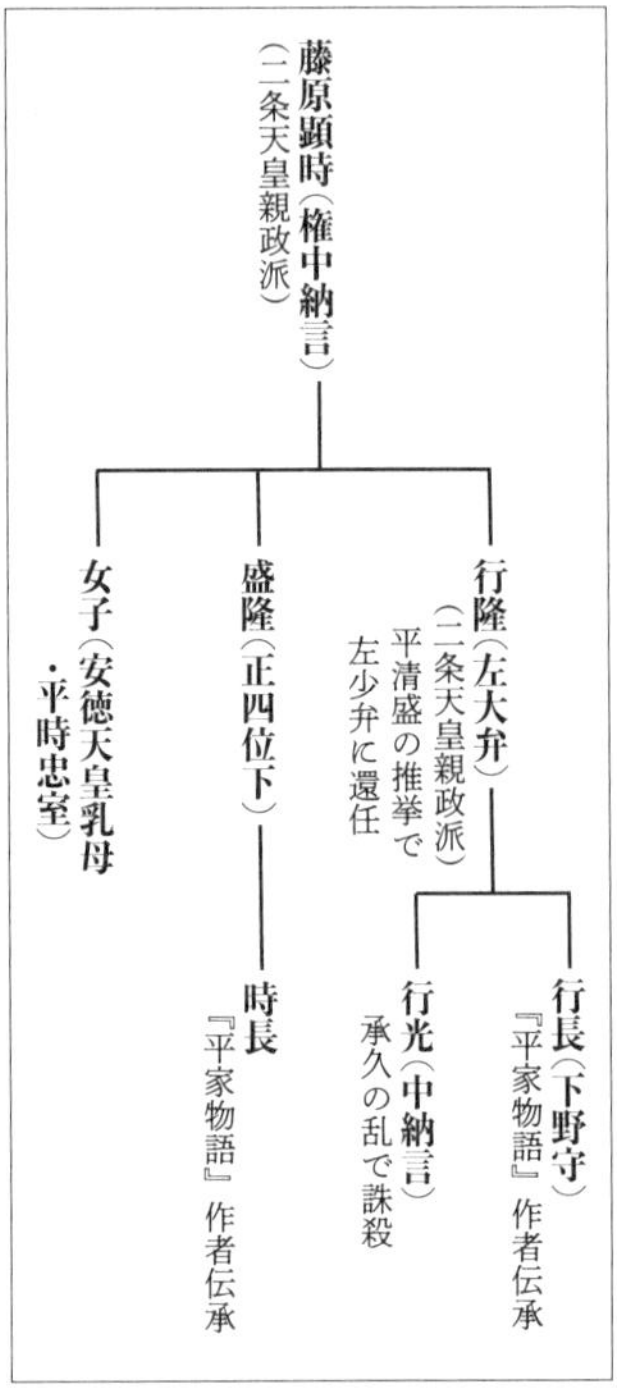

『平家物語』作者伝承系図

の栄華の物語が原型である。そこに、治承寿永の内乱に関する語りが加えられて膨らんでいくことで、平家の滅亡まで通して語る物語に発展した。その変化の過程でさまざまな語りが加えられたことにより、『平家物語』を語る琵琶法師の団体当道座が自分達の正当性を示す正本と権威付けたのが語り物系の覚一本『平家物語』である。

藤原行隆の家の目線で成立した平家の物語は、武家としての平家の盛衰を物語る内容に換骨奪胎された。『治承物語』成立の研究をみれば、行隆の家の目線で語られた『治承物語』がこの家に集まった情報と同じ二条天皇親政派で平家都落ち（一一八三年）に同行しなかった平頼盛の家にあった情報で書かれたことの推測がつく。どちらも、今は散逸していて残っていないので、情報源はわかるが、どのような情報を持っていたのかはわからない状態である。

同じ事は、『平治物語』にも言える。平清盛と源義朝の合戦に目がゆきがちであるが、平治の乱（一一五九年）の帰趨を定める重要な場面として叙述された朝廷の議定で藤原信頼を黙らせ、平清盛追討の決定をさせなかった葉室光頼の活躍が記されている。この日、藤原顕時（行隆の父）は葉室光頼と示し合わせて動いていたと記されている。『平治物語』と『平家物語』が武家の合戦の物語（軍記）なのかと考えれば、行隆の家が語る平家の物語として連作になっていたと推測することができる。『保元物語』・『平治物語』・『平家物語』は、この家が関与していると当道座は語り伝えている（『醍醐雑抄』・『普通唱導集』）。

二　軍記物語に描写された豊穣なる世界

今日の歴史学が一次史料として重要視するのは、古文書の正文である。これは公文書・私文書の正文であり、他者に読まれることを前提とした文章で書かれ、その多くに権利関係や家の名誉が絡んでいる。そこに、日記や書物の紙背に他見を前提としない当事者のやりとりを記した紙背文書が加わることで、見られることを前提としない情報が加わってくる。一次史料に文類される史料が正しい情報なのかと問われれば、予定調和の上で公開して問題のない情報という意味では「正しい」というカッコ付きの正しい情報になる。歴史学研究は十九世紀歴史学の考えた情報の真偽の判定法を、情報論の発達した二十一世紀になっても踏襲している。各論としての情報処理技術は高まっているが、総論が立ち後れていることに対する危機感が薄いところに問題がある。

語り物系『平家物語』巻一「殿下乗合」の事件は、公家の日記から『平家物語』に記された日付と事件の推移が組み替えられていることがわかっている。家格第一位の摂関家の松殿基房の行列の前を平資盛の一行が駆け抜けようとしたことから起こったとする発端は一致している。摂関家の基房から見れば無礼極まりない行為に他ならないし、相応の懲らしめをするのは当然と考える。しかし、平家から見れば非礼は詫びるべきであるが、資盛に対する行為は許しがたいとなる。資盛は、平治の乱（一一五九年）の前年に誕生したので、清盛が公卿に栄達した後のことしか知らない。後白河院の重臣として権勢を振るう姿しか見ていない上に、摂関家の嫡流近衛基通は父基実の早世によって養母平盛子（清盛の娘）が養育していた。基房を中継ぎと軽くみるだけの状況にある。平家が基房に報復をしたので、その後両者は犬猿の仲になる。単純に平家のおごりというよりも、近衛基通を養育することで後見人の立場にある平家と、嫡流の地位を狙う基通の叔父基房の対立とみれば、この事件の根の深さが見えてくる。

軍記物語の持つ豊穣のひとつは、このような予定調和のほころびから観えてくる深層である。『平家物語』は大元を辿れば、平家の勃興によって衰退した公家の家から観た平家の繁栄の物語である。『治承物語』とよばれる『平家物語』の前半部分は、思いもしない出世をして舞い上がる平家の人々の奢りとそれに翻弄される人々の悲哀といった基本ストーリーがある。語り継いできたものを記しているので、その日に記録することを前提とした公家の日記のような日付の正確さは保証されないし、語ることによって入れ替わってしまう人名の違いなど情報の書き換えもあり、正確性という点では取り扱い注意の情報が多い。

『平家物語』の時代は、『玉葉』・『山槐記』・『吉記』といった精度の高い公家の日記が残っているので、『平家物語』の中で書き改められた物語を日記の情報で補正することができる。

三　増補されていった合戦の物語

『治承物語』に加えられていった『平家物語』後半の合戦の物語は、さまざまな情報源が入り交じっている。平家の滅亡へと向かっていく時系列によって情報が整理されているので、基本ストーリーに揺らぎはない。加えられた物語は、時系列に合わせてはめ込んでいくので、ひとつひとつの物語の主人公がどんどん入れ替わっていく群像劇として構成されている。さまざまな立場の人が、自分の立場で物語を語っていくのである。平家の滅亡という結末に収斂されていればいいので、縛りが緩い分だけ、登場人物の生き様が如実に出てしまう残酷さがある。ここが、『平家物語』の怖いところであり、面白いところでもある。治承寿永の内乱の中で、その帰趨を定める戦いと考えてよいのが、元暦元年（一一八四）二月の一谷合戦である。この合戦には多くの語りがあり、そこから二次的に派生した物語がつくられていく。中でも有名なのが、熊谷直実と平敦盛の悲話である。

一谷城は、平家の築いた貿易港大輪田泊（兵庫県神戸市）や治承四年（一一八〇）に遷都した福原京のあった場所である。平家の人々は勝手知ったる土地であるが、平家の軍勢の中核を構成する人々を除けば、初めての人が多かった。平家の軍勢は一谷城の落城により福原旧都の西側の守りが崩れたので、軍船の居る須磨に向かって総退却を始める。直実と敦盛の物語は、須磨にたどり着いて軍船に向かおうとする敦盛を直実が武家の名誉を訴えて引き返させたことに始まる。組み敷かれた敦盛は名乗らないので、負傷した息子と同じぐらいの年齢だと気づいた直実の懊悩から話が展開していく。勝敗は決しているのでここで敦盛を見逃しても影響はないと判断し、親元に帰してあげようと考えたのである。しかし、味方が近づいてきたのでそれも叶わず、仕方なく首を切るという物語である。後に熊谷直実が出家を遂げる発端として語られる。直実の出家は、建久三年（一一九二）に源頼朝が弓馬の儀礼で的立役（使い終わった的を外して、新しい的に交換する役）を命じた事を恥辱として、出家し上洛したのが史実である（『吾妻鏡』）。勇士の務める役ではないと考えたのである。熊谷直実の物語は、彼を迎え入れた浄土宗西山義《せいざんぎ》の人々や、熊谷寺（埼玉県熊谷市）によって語り継がれ、悲劇の武将平敦盛と敦盛を討った熊谷直実の悲哀の物語に転換していく。『平家物語』から多くの素材を得ている能の修羅物や室町・江戸の文学芸能の影響も大きい。『平家物語』研究は、そこから史実として認められるものを掬いだして歴史叙述をより具体的にしてゆく作業と、『平家物語』がどのように語られたかを追いかけていく国文学・芸能史の作業の二系統がある。隣接する分野に、目くばりは必要である。

四　語り継がれて変化していくものをどのように叙述するか

古文書正文や書物の本文に手を加える行為は、入手した年月日を書き入れたり、花押を据えた人物の人名を貼り紙した加筆の範囲を超えたものは、内容を改変した改竄になる。書物の場合、その本を書いたことや校正したことを示す奥書を含むものが多い。前近代は、今日の著作権法的な感覚がないので、本人も、書写した人も、内容を改めることを悪いこととは考えていない。魚魯の誤りを正す訓詁学の領域を越えた直しが行われている。中世天台宗の基礎資料のひとつ『渓嵐拾葉集《けいらんしゅうようしゅう》』を書いた光宗《こうそう》（一二七六―一三五〇年）は序文が成立した文保二年（一三一八）以後も、晩年まで加除添削を繰り返していたことが校正奥書でわかる。公家や僧侶が使う儀式の次第書や部類記とよばれる先例集は、書き継ぎによって増補しながら使ったので、本文の途中に奥書のある写本も伝わっている。

『源氏物語』は、藤原俊成が「源氏見ざる歌詠みは遺恨の事也」（『六百番歌合』）と考えたことから、和歌の家御子左家が『源氏物語』を重視していたことが認識された。歌人に必須の教養である『源氏物語』の善本づくりと注釈が盛んに行われるようになった。

『平家物語』は、琵琶法師の「平家かたり物」の世界に、琵琶法師の特権を管理する当道座によって権威づけられた覚一本『平家物語』の本文固定化が見られたものの、さまざまな異本が成立していった。京都の人々の目線で語られている延慶本、木曽義仲の勢力圏であった北陸の語りが充実している長門本、鎌倉、特に千葉氏の関与が強いと考えられる『源平闘諍録』、長大な作品となって玉石混交の語りが延々と続いていく『源平盛衰記』をはじめ、さまざまな写本が今日に伝わっている。

中世の当道座は覚一検校の十二巻本を正本としたが、その段階で既にそれぞれのスタイルで変化を続けた諸本があり、さまざまな語りが形成されていた。それと共に、『治承物語』は京都に住む人々が語りを受容する対象であったのに対し、武士の合戦物語が大きく膨らんだことで主客の逆転がおこり、南は九州の平氏家人から北は奥州藤原氏まで日本全国の武士が登場する武士の物語となった。『平家物語』全文は読んでいなくても、地元に関連する部分を知っている人が多い。治承四年（一一八〇）の源頼朝挙兵以後は、結末に向かって時系列に並べていけばストーリーは破綻しないので、ひとつひとつの物語の加除添削が行いやすいという事情もあるだろう。

寿永二年（一一八三）の篠原合戦における俣野景久《またのかげひさ》（大庭景親《おおばかげちか》の弟）以下の人々の最期は、延慶本『平家物語』第三末「実盛打死スル事」では、「伊藤九郎（祐清）・大庭五郎（俣野景久）・マシモ（真下）ノ四郎ナムトモ、ココカシコニシテ、打タレニケリ」と簡略に記している。長門本以外は平氏の軍勢が敗走する中で討たれたと推測するしかない書き方をしている。延慶本『平家物語』巻第十四「伊藤九郎討死」は、伊東祐清の討死の段を立てている。該当部分だけ引いてみよう。

平家かたより、伊東入道（祐親）かしそく、伊藤九郎二百よきにて、おしよせけり。きそ（木曽）かたより、根井小弥太、百きのせいにて、伊藤九郎か二百きのなかへ、はせ入て、たてさまよこさまに、さんゝゝにかく、根井小弥太は、伊藤九郎にくんて、とうとおつ、伊藤九郎をとてをさへて、くひをかく、

合戦の報告を聞いて討死と記した情報と、戦場に居合わせた人の語りを文章として固定化した情報というぐらい差がある。

俣野景久・真下四郎も、その死に様が「大軍の平家大敗」で語られている。

大庭五郎・間下（真下）四郎、返あはせて、ふせきけり。間下四郎、（安宅）みなとより、三段はかりおき（沖）に、大なる岩あり、そのうへにおりゐて、よせきるかたき（敵）をは、い（射）はらいて、「しかい（自害）せむ」とや、おもひけん、小具足を、きりすつるところを、うちかぶと（内兜）をいさせて、し（死）にけり、（中略）、大庭五郎、みなとにうちたちて、「よきかたきそや、くめや」といふところに、むしや（武者）二き（騎）つれて、さう（左右）より、つとよ（寄）りけるを、二人をつか（掴）んて、さう（左右）のひさ（膝）のした（下）におさへて、し（敷）きころす。されとも、根井小弥太に、くひ（首）のほね（骨）をい（射）させて、し（死）にけり

斎藤実盛《さいとうさねもり》・伊東祐清《いとうすけきよ》・俣野景久・真下四郎が、篠原合戦の前夜、明日の合戦の後に、京に戻

るつもりはないと話し合っていたことは、『平家物語』の読み本系も語り物系も伝えるところである。北陸道追討使の合戦の次第は、生き残りや国衙からさまざまな情報が伝えられている上に、木曽義仲の軍勢はこの後、京都を占領する。根井行親は義仲の腹心として京都のさまざまな人々と接触しているので、乞われれば、出陣して戻らなかった人々の最期を語ったことは考えてよい。また、木曽義仲と共に上洛した軍勢の多くが、法住寺合戦（一一八三年）で後白河院と戦うのを嫌って、合戦の前夜に帰国している。長門本『平家物語』にみられる北陸道の詳しい合戦の様子は、その場に居合わせた当事者や当事者の語りを聞いた人が情報源と推測している。長門本は、京都でも鎌倉でもないところから情報を得て長大な語りに発展させたことが、その特徴である。

『平家物語』は、その大元をたどれば、八条院の側にいて守られた二条天皇親政派の人々が語る『治承物語』にゆきつく。この人々は、『平家物語』だけではなく、『平治物語』も先祖の物語として語っていた。そもそもは、京都の街に住む没落した中流貴族の目線で語られた平家の物語が、武士の合戦物語に付け加えられていくことで、いつのまにか物語享受者の主役が武士に交代した。その時、京都目線、本稿では触れなかった南都目線や鎌倉目線、北陸目線といったさまざまな視座の語りが加えられていき、さまざまな『平家物語』が形成されていった。その中で、盲人の権利を保護する組織である当道座の権威を示すものとして、覚一本『平家物語』が正本の地位を確立した。この経緯を知った上で、『平家物語』に何を問うて、何を引き出すかが歴史学者の姿勢を問われるところである。

◎主要参考文献

大津雄一『挑発する軍記』（勉誠出版、二〇二〇年）
兼築信行・小林和彦編『日本文学研究ジャーナル　特集御子左家―俊成・定家・為家―』（古典ライブラリー、二〇二〇年）
河野貴美子編『古典は遺産か―日本文学におけるテクスト遺産の利用と再創造―』（勉誠出版、アジア遊学、二〇二一年）
日下力「軍記物語の胎生と世相―動乱の世の終熄―」（『日本文学』四五巻十二号、一九九六年）
櫻井陽子「「治承物語」と『平家物語』」（『駒沢国文』五六号、二〇一九年）
永井晋『平氏が語る源平争乱』（吉川弘文館歴史文化ライブラリー、二〇一九年）
永井晋『八条院の世界―武家政権成立の時代と誇り高き王家の女性―』（山川出版社、二〇二一年）
永井晋「『平家物語』はなぜ語り継がれるのか」（『時空旅人別冊　大人が読みたい『平家物語』』川本喜八郎の世界』三栄、二〇二二年）
兵藤裕己『物語の近代―王朝から帝国へ―』（岩波書店、二〇二〇年）
前田雅之『なぜ古典を勉強するのか―近代を古典で読み解くために―』文学通信、二〇一九年）
前田雅之『古典と日本人―「古典的公共圏」の栄光と没落―』（光文社新書、二〇二〇年）

国語教科書の軍記由来良妻譚
――消えた土肥実平妻――

平藤　幸

土肥二郎実平《といのじろうさねひら》の妻は、現在では映画・ドラマはおろか一般向けの歴史の読み物にも、その名前を見ることはない。しかし戦前には、源頼朝が平家追討へと運命を切り開く端緒、すなわち、石橋山合戦大敗後に逃れ隠れた土肥杉山から脱出して房総へと転進する局面に深く関与した、内助の功ある女性として、高等女学校の国語教科書教材に取り上げられる存在であった。その実平妻にまつわる話の大本は、『源平盛衰記』であるけれど、女学校の国語教科書は『盛衰記』から取材したのではなかった。江戸時代に出版された女訓書（女性のあるべき姿を教訓する書）がその出典であった。『盛衰記』と女訓書と教科書の間で、実平妻の話がどのように継承されたかを辿りながら、それが示す時代の移り変わりと、国語教科書の役割の変化を浮かび上がらせてみたい。

一　国語教科書における軍記物語教材について

令和五年現在、高等学校国語教科書『言語文化』と『古典探究』に、『平家物語』不掲載はない。前者の多くに「木曾最期」、後者の多くに「忠度都落」と「先帝身投」または「能登殿最期」を載せる。中学校では、二年生国語に「祇園精舎」「敦盛最期」「那須与一」のいずれかを載せ、小学校でも、音読目的で五年生国語に「祇園精舎」を載せるものがある。初等中等教育教科書のほとんどに『平家物語』が教材として採用されているのである。

現在では『平家』ほど有名ではない『太平記』も、戦前の国語教科書では圧倒的人気教材であった。明治十年代から小学校の国語や修身の教科書に楠正成・正行の話が頻出し、明治二十年代から敗戦まで中学校国語科では、『万葉集』『伊勢物語』『源氏物語』の採択数をはるかに上回っていたのである。この問題は、中村格の優れた研究が論じ尽くしている。大づかみに言えば、『太平記』は、戦前の思想性が強くなった時代の趨勢に従って国語の教材に取り上げられるようになった。戦後には、時代思潮に沿って小・中学校の教科書から『太平記』教材はほぼ姿を消したのである。高校教科書では、『太平記』教材は戦後も数量を大幅に減じながらも命脈を保ち、最近になると、高校の『古典探究』に「千《ち》早城《はやじょう》の戦い」や「天下怪異のこと」を掲載するものも出てきているが、その意義を論じることは別に譲る。

戦前の教科書教材としての『平家物語』に焦点を絞ろう。これは、堀内武雄、松原洋子、安野博之、都築則幸、大津雄一等の論に詳しい。戦前の小学校国定・旧制中学・師範学校の国語教科書と、戦後の新制中学・新制高等学校の国語教科書とを比較すると、次のような違いがある。たとえば、戦前の教科書には採録されていたが戦後消滅したのは「教訓状」「有王《ありおう》」「福原院宣」「紅葉」「倶利伽羅落《くりからおとし》」「実盛」、戦前多く採用されていたものの戦後急減したのは「信連《のぶつら》」「坂落」「嗣信《つぐのぶ》最期」「大原御幸」（現在はいずれも不掲載）、戦後しばらくは安定して掲載されたのは「宇治川」（現在は高校教科書二冊が掲載）、戦前戦後とも安定して掲載されているのは「那須与一」、戦後になって急上昇し、現在も多く採用されているのは「祇園精舎」「忠度都落」「木曾最期」「敦盛最期」「先帝身投」「能登殿最期」などである（戦前は流布本『平家物語』や『盛衰記』を出典とするものも多いが、ここでは覚一本を底本とする日本古典文学大系の章段名に従っておく）。

他に、戦前の国語教科書に載った軍記物語教材としては、『保元物語』の鎮西八郎為朝、『平治物語』の待賢門の戦や光頼卿参内場面、『義経記』の佐藤忠信の吉野山奮戦、『曾我物語』の兄弟が空行く雁を見て父を思う場面等がある。これらは戦後の教科書には見られなくなる。また、戦前は『盛衰記』からも、語り本と共通する場面の他、三浦義明の教訓の場面等、読み本系独自の場面も採られたが、これも戦後には見られない。

教材採録の意図の考察は、国定・検定の別や校種の別、折々の省令内容、編著者の別等の検証が不可避だし、戦前と戦後の安易な対比も危険だが、それでも、戦後の思潮が反映して、激しい戦闘場面、主君への忠義、天皇・院の仁慈を描いたものは一旦姿を消したと言ってよい。ただし、「木曾最期」は、明治二十八年（一八九五）に日清戦争に勝利し、国家意識が高揚して日本人特有の精神「武士道」が喧伝された時期でもある翌二十九年に初めて中学教科書に採録されて（藤井乙男編、積善館『新編国語読本』）以来、戦後も高校教科書に掲載され続け、特に昭和三十五年（一九六〇）以降急激に収録数が増え、現在もほとんどの『言語文化』に掲載されている。この背景に、歴史社会学派の『平家物語』読み替えの影響を見る向きもある。（同時期に「橋合戦」や「宇治川」などの戦闘場面の収録数も増えた。現在、「橋合戦」は不掲載）。主従のあるべき姿を通して忠義の精神を教える教材ではあったものの、『平家物語』は『太平記』ほど直接的に忠君や尊王の問題を取り上げていないためか、戦後、国民の思想・価値観が転換しても、現在まで教科書上に生き残った。都築は「そうした歴史的背景を理解せず、またテキストに潜む権力性に対して無自覚であれば、「木曾の最期」は特定の思想を教え込む教材として危険性を孕むことになる」と言う。一つの見識である。ただし、『源氏物語』がよい例だが、文学表現には必ずしも自明に特定の思想が内在するのではなく、時代の基盤的価値観や支配的規範が、文学表現に特定の思想性を付与する傾きがある。「木曾最期」も同様だとすれば、近現代教科書に一貫して採録される事実は、時代に左右されない変幻な自在性を内包することを示すと言え、それこそが優れた文学表現であると言えるのである。

二　女訓書から高等女学校教科書へ

明治三十二年（一八九九）二月に高等女学校令が発布されて以降種々の経緯をたどり、菊池大麓文相が、女子の職務は家庭を守ることと説いて「良妻賢母」を定着させる。これが、近代女子教育の正統的な目標概念となるのである。

明治三十四〜三十八年頃の高等女学校の生徒の約六割は旧士族出身であり、実際には儒教女訓が現実の学校生活を規制していた。使用された国語教科書には、近世女訓書の『本朝女鑑《ほんちょうじょかん》』や『比売鑑《ひめかがみ》』、それらに倣う形で明治二十年（一八八七）に作成された『婦女鑑《ふじょかがみ》』から採録された教材も少なからず載せられていた。その中の、広い意味の軍記物語由来の女性達の話には、常盤、小宰相《こざいしょう》、土肥実平妻、静、楠正成妻などがある。この内、小宰相や楠正成妻の話については、軍記物語そのものを出典とする場合も認められるが、それは女訓書を手懸かりにして原典に遡った結果かとも推測されるし、実平妻の話は、軍記物語自体に依拠していないことは明らかである。総じて見れば、近世女訓書の存在は無視できないのである。

近世には、鑑とすべき女性の説話を集めた列女伝の類が数多く出版されるが、源流は漢の劉《りゅう》向《きょう》『列女伝』である。平安時代に日本に伝来し、貴族や儒者に読まれ、中世以後も有識者に重用された。承応二年（一六五三）の和刻本刊行、明暦元年（一六五五）の北村季吟和訳『仮名列女伝』刊行を経て、流布した。日本の列女伝は、寛文元年（一六六一）九月刊の浅井了意作とされる『本朝女鑑』が早い。女性八十五人を、賢明、仁智、節義、貞行、弁通に分け、各説話を載せる。明暦元年自序・寛文八年（一六六八）刊行の黒沢弘忠（石斎）『本朝列女伝』は、女性二一七人を、后妃、夫人、嬬人、婦人、妻女、妾女、妓女、処女、奇女、神女に分けて載せる。寛文元年十一月、中村惕斎《てきさい》自序の『比売（姫）鑑』は、惕斎没後の正徳二年（一七一二）に刊行された。紀行篇に和漢の女性二八二人を載せる（四十二人は名前のみ）。列伝形式女訓書の代表作であり、後述する華族女学校等の教科書ともなる『婦女鑑』の日本の例話には『比売鑑』を出典とするものも多い。その後も、近世を通して多くの列女伝型女訓書が刊行された。

さて、徳田進が紹介する日本の近世刊行の烈女伝や女子節用集、往来物には、吉備兄媛、弟橘媛、中将姫、光明皇后、橘逸勢女、紫式部、赤染衛門、和泉式部、小式部、伊勢大輔、清少納言、二条院讃岐、北条政子、楠正成妻、松下禅尼、細川忠興妻らが頻出する。その中で、軍記物語や『吾妻鏡』に由来するか、女訓物が独自に付加したかと思しい軍記・武門に関わる女性達を、参考までに列挙しておこう（徳田が紹介する書の多くに見える場合も、一書の場合もある）。

安部則任妻（陸奥話記）、源為義妻（保元物語）、鎌田政家妻・常盤・源義朝二女（平治物語）、二代后〈多子〉・祇王・祇女・仏・葵前・小督・横笛・平通盛妻〈小宰相〉・副将乳母、冷泉隆房妻・有子内侍・源渡妻〈袈裟〉・待宵小侍従・土肥実平妻・巴・池田《いけだの》湯谷《ゆや》

〈熊野《ゆや》〉・二位禅尼〈時子〉・中納言局〈平重衡妻〉・建礼門院（平家物語または盛衰記）、山内経俊母・舞女微妙・仁田忠常妻・志水義高妻〈大姫〉・北条政子・三浦泰村妹（吾妻鏡）、静（吾妻鏡・義経記）、虎（曾我物語）、土岐頼員《ときのよりかず》妻・左衛門佐局・勾当内侍《こうとうのないし》・亀寿丸乳母・淡河時治妻・名越時有妻・佐介貞俊妻・菊池入道寂阿《きくちにゅうどうじゃくあ》妻・結城親光妻・楠正成妻〈正行母〉・瓜生判官母・那須五郎母（太平記）、山名氏清妻（明徳記）、武田勝頼妻（甲陽軍鑑）、柴田勝家妻〈お市の方〉（太閤記）等

徳田によれば、烈女伝系統書三十七書中、首位を占めるのは楠公夫人（楠正成妻）と紫式部であるという（十三書）。以下、清少納言（八書）、北条政子（六書）、弟橘媛（五書）、細川忠興妻（三書）が続く。楠正成妻は忠孝・賢母、紫式部と清少納言は賢女、北条政子は賢婦女傑、弟橘媛・細川忠興妻は貞女・烈婦として名高いと言えよう。この傾向は、明治二十年代までの女子用伝記物に受け継がれる。同期に和漢洋取材の列女伝も多く刊行されるが、依然として楠正成妻は首位を保ち続ける。明治維新、日清戦争、後の日露戦争における女性の現実体験とも重なり、「国家的理想的人物」（徳田）に発展したと言えよう。

明治期発刊の女子用伝記物の最高峰は『婦女鑑』である。明治十八年（一八八五）に華族女学校が開校すると、同書は、美子皇后の命を受け、校長西村茂樹が和漢洋の諸書から婦女言行の亀鑑たるべき女性を一二三人選び、編纂した（明治二十年完成）。華族女学校以下各女学校に

頒布され、多く教科書として使用された（日清戦争開戦年の明治二十七年改編『幼年教育婦女鑑』では、漢洋の挿話は除去）。この『婦女鑑』は、その後の女子教訓読物や女子修身教科書にも大きな影響を与え、同書を出典とする例話は高等女学校国語科教科書にも多く掲載された。

榊原千鶴（二〇〇二）は、次のように卓説する。『平家物語』『太平記』『曾我物語』等の軍記物語は、江戸時代、婚礼の「お道具」とされ、嫁ぐ女性が読むにふさわしい書物として誂えられた。軍記物語の存在は、女訓書というジャンルの根幹に影響を与えるものであり、女訓書の存在を介在させることで、軍記物語が女性教育に及ぼす戦略の一端は明らかであると言う。儒教的な思想に基づいて、夫ひいては家に献身を強いる教えを内包しているというのである。美子皇后の命で編纂された『婦女鑑』に、軍記種《だね》の女性像が採録されたのは、故なきことではなく、明治という新国家建設に際して試みられる女性教育の一相が、軍記物語という作品世界が抱える政治的思惑を浮かび上がらせると説いている。

三　土肥実平の妻

前節を踏まえて、具体的事例として、戦前の高等女学校の国語教科書に載り、現在の教科書からは消えた土肥二郎実平妻に着目してみたい。徳田進の調査に管見を加えると、江戸時代の以下の女訓物にその逸話が確認できる。

・『本朝女鑑』（寛文元年〈一六六一〉刊。浅井了意著か）
・『名女物語』（寛文十年〈一六七〇〉刊。浅井了意著。『本朝女鑑』と同文）
・『比売鑑』（正徳二年〈一七一二〉刊。中村惕斎著〈寛文元年自序〉）
・『古今和国新女鑑』（江戸中期頃刊か。『名女物語』の改題本）
・『女教訓鑽囊』（明和三年〈一七六六〉刊）
・『大東婦女貞烈記』（享和元年〈一八〇一〉刊。源鸞岳著）
・『女実語教鑽囊』（欄外記事）（享和二年、菊屋喜兵衛・鉛屋安兵衛刊）
・『女今川教鑑』（万延元年〈一八六〇〉刊。蒋泉堂著）

また、明治期以後の以下の女子教訓読物にも確認できる。

・『婦女鑑』（明治二十年〈一八八七〉版権届。西村茂樹編、宮内省蔵版）
・『日本賢女百人伝』（明治二十七年〈一八九四〉刊。山崎彦八著、八尾書店）
・『女流の偉人』（明治三十三年〈一九〇〇〉刊。金田雪窓著、大学館）
・『金言対照東西名婦の面影』（明治四十四年〈一九一一〉刊。高須梅渓著、博文館）
・『日本の女性』（大正二年〈一九一三〉刊。下田歌子著、実業之日本社）

各書の細かな異なりは措いて、明治期の国語教科書の出典である『比売鑑』に拠れば、大略は以下のとおりである。土肥二郎実平の妻は、才賢く憐れみ深く、下部の男女にも心配りしたので、皆身を尽くして仕えた。時に荒々しい実平にもよく言い宥めた。頼朝の挙兵時、実平は従うべきか悩むも、妻は、世人は既に平家に心寄せていないことや頼朝は国を治めるべき器であること等を説き、頼朝に味方し忠を尽くし功をなすよう勧め、実平は子息遠平と共に頼朝に従った。頼朝が、大庭に敗れて実平と共に土肥の杉山に隠れ、食料が尽き飢えに苦しんだ時、実平妻が、郎等を法師の姿にして、簀《あじか》中に食料を入れ上に樒《しきみ》を掛け、閼伽桶《あかおけ》に酒を貯えて忍んで届けさせたので、大庭や梶原の兵は気づかなかった。このお蔭で、頼朝と実平らは杉山を遁れ出ることができた。さらに妻は、三浦と畠山の合戦や、三浦一族の安房上総への下向を手紙に書き、実平に知らせた。伊東祐親が土肥の在家を焼き払ったので、妻は真鶴が崎に隠れていたが、間もなく亡くなった。頼朝は、実平妻の実平への手紙によって安房上総に渡り、軍兵を多く従え得て、東国をうちなびかし、遂に平家を滅ぼした。実平夫婦の働きと功は浅くない。

『婦女鑑』の実平妻譚は『比売鑑』を出典とするが、時に荒々しい実平を妻が言い宥めたことや、頼朝に味方するように妻が実平に勧める具体的理由、妻が真鶴に隠れて間もなく亡くなったこと等は記さない。そもそもの原拠たる『盛衰記』の巻二十二「土肥焼亡舞」「同女房消息」は次のような内容である。治承四年（一一八〇）八月、石橋山合戦に敗れて杉山を出た頼朝は、土肥実平の所領真鶴へ向かおうとするが、既に伊東祐親が在家に火を放った後だった。この有様を見た実平が当意即妙の祝言を交えて乱舞すると、頼朝はこれを褒める。そこに、実平妻から手紙が届く。その内容は以下のとおり。三浦の人々は石橋山に向かおうとして酒匂宿《さかわしゅく》まで行ったが、頼朝が敗戦したと聞いて帰る途中、小坪で畠山と戦った。勝った三浦は衣笠城に籠って待っていたところ、江戸・河越・畠山等に攻め落とされ、大介（義明）は討たれた。三浦の他の人々は頼朝を探して安房国へ向かったらしい。頼朝が無勢で山に隠れたままでは心苦しい。急いで三浦の人々を探して安房・上総へ越えて下さい。これを実平が頼朝に伝えると「神妙神妙」と大いに喜び、一行は急ぎ真鶴へ向かった。『平家物語』の延慶本と長門本は、実平の祝言が短く、頼朝が舞を褒めたとは記さない。実平妻は手紙ではなく使者を遣わしており、大介の死は伝えず簡略である。その言づてを聞いて喜ぶのは頼朝ではなく実平となっている。なお、このあたりの延慶本や『盛衰記』の土肥一族の描かれ方から、土肥氏の伝承がもととなっている説話であるとする見方もある。

『盛衰記』と『比売鑑』を比較すると、後者は、冒頭に実平妻の賢く憐れみ深い性質を書き加え、挙兵した頼朝に従うことを実平に勧めるのは妻であるとする。それにより実平は決心し、忠節を尽くすという展開である。また、石橋山の敗戦後、実平の妻の機転で、法師に身をやつした郎等が敵に見つからぬように、杉山に隠れる頼朝らに食料や酒を届ける話が加わる（実平の舞の話はない）。三浦や畠山の動向を、妻が実平に手紙で知らせる点は共通している。妻が真鶴が崎に隠れて間もなく亡くなったことは、『盛衰記』にはない。実平妻の手紙によって頼朝は平家を滅ぼせたとし、頼朝の危機を救った実平夫婦の労と功を褒め称える言葉で締めくくられているのが、『比売鑑』である。

前述の、浅井了意（一六一二?〜一六九一）作という寛文元年（一六六一）九月刊『本朝女鑑』は、軍記物語を出典とする逸話を多く載せつつ、創作で付加されたらしい箇所も散見する。大久保順子は、『本朝女鑑』作者が史実を装い記述した部分も史実として近代以降まで受容されたことを指摘する。一方、中村惕斎（一六二九〜一七〇二）原作の『比売鑑』は、自序が寛文元年十一月に記されているが、没後の宝永六年（一七〇九）に「述言」十二巻、正徳二年（一七一二）に「紀行」十九（または二十）巻が刊行された。「紀行」編に土肥実平妻が載る。『比売鑑』と先行『本朝女鑑』は、実平妻が頼朝の窮地を救うという話柄は同じだが、末尾が大きく異なる。『比売鑑』は「実平夫婦が労《はたらき》ともにその功浅からざりし事なり」と夫婦労功の褒詞で結ぶが、『本朝女鑑』は「ひとへに実平が妻の才知によりて、運を開き給へり」と、実平妻の才知のみが強調される。続けて、清盛の娘を産んだ厳島内侍が、後に越中前司盛俊の妻となるも、盛俊の一谷討死後は実平の妻となったという、『盛衰記』（巻二「清盛息女」）由来と思しい逸話を載せる。さらに、「さしも忠孝才知の妻に遅れて、かかる者を後の妻とせし事は、実平色に惑ひけるゆへか」と実平を酷評し、和田義盛が木曾義仲没後に巴を妻とした話と共に、「これらの事は、身を慎む人のすべき道にあらず」と批判する。『比売鑑』は、実平の貶言は忌避し功績を夫婦に帰しているので、『本朝女鑑』をそのまま受け継いだとは言えないが、なにがしかの影響下にあることは推測してよいであろう。

『盛衰記』にはない『本朝女鑑』の実平妻の話柄や評言が、近世の創作か中世由来かは、明確に証明することは難しいのかもしれない。しかしながら、榊原（一九九六）は、『盛衰記』と『本朝女鑑』をめぐって一つの見解を示している。『盛衰記』の実平妻には「内助の功に長けた武士の妻の女性像」があるとし、『本朝女鑑』は彼女を「仁智」の項に配し、「頼朝の運が開けたのもひとえにその才智によると評し、さらにその優れた家刀自ぶりを示す挿話を加え」たのだという。榊原は『盛衰記』が「女性が日常生活を送る上での心構えや教訓を多分に意識」しており、その性格を近世初期の女訓書が見逃さずに自らの内に活かしたと見る。的確な把握であろう。また、『俳諧類船集』（延宝五年〈一六七七〉、高瀬梅盛自序）「僧」項に「土肥次郎か女房、佐殿の杉山におはせしを、僧をかたらひ御料を送けるに、樒《しきみ》をおほひあか棚を持て、花つむ体にして送れり」とあることについて、榊原（一九九八）は、「ここに至って、連歌ではほとんど顧みられることのなかった軍記物語が、俳諧では広く共通の文学的基盤を獲得したことが確認でき」、「女訓の問題に関しても、その典型のひとりにこの土肥次郎女房が挙げられたことは、享受層の広がりを想像させるとともに、様々な思惑のもとでの物語世界の解体と利用の可能性を示唆する」と言う。軍記の中に教訓性を見て、それが近世女訓書へと繋がり、文芸にも影響したと捉える説得力ある見解である。これを踏まえながらも、実平妻が戦後の教科書から消えた理由について、さらに考えてみたい。

以下に、国語教科書の「実平妻」の行文を見てみよう。明治三十年（一八九七）国光社刊、東久世通禧・福島種臣閲、西澤之助編『高等女学読本』巻五に、「中村惕斎「土肥実平が妻」」（出典「ひめかがみ」）として載るのが早く、これを引用する。『比売鑑』とはほぼ同文である（明治三十四年版、同三十五年訂正再版も同じ）。なお、明治三十五年大日本図書刊の下田歌子編『新撰女子国文教科書』巻五は、「内助の功」として『婦女鑑』を出典とする実平妻の話を載せる（三十六年の訂正再版も同じ）。

相模の国、土肥二郎実平が妻は、そのむまれつき才かしこく、あはれみふかくして、下部の男女も、つねに、こころをつけて使ひければ、みな、主のために身をつくしてかりにも、おろそかにせず、実平をりをりものあらき事あれども、これをいひなだめて、よくとりをさめけり。

ここに、前右兵衛佐頼朝、伊豆の国より、義兵をおこされし時、東国のもののふ等、おもひおもひに、つき従ふ。実平も、はじめは、いかがあらんと、しばらく猶予したりけるに、妻のいへるやう「それ、関東の武士、おほくは、源氏の家人なり。時代の勢にまかせて、しばらく平家にしたがひぬるといへども、幸に、今、源氏の大将時を得て、旗をあげられ、平家は、おごりを極めしによりて、すでに、世の人の望をうしなへり。そのうへに、佐殿は、天性、威ありて、外にたけからず、人の上として、国をさむべきうつはものなりと聞き伝へはべり。はやく、みかたにまゐりて、忠をつくし、功をなし給へ。」とすすめければ、実平おもひ定めて、その子遠平とともに、頼朝に従ひ、二心なく、忠節をいたせり。

然るに、頼朝は、大庭がともがらと、戦にまけて、実平とともに、土肥の杉山にかくれ、すでに、かて尽きて、うゑにのぞめり。実平が妻これをおしはかりて、郎等一人、髪をそらせ、法師のすがたにして、あじかの中に御料をしたため入れ、上には、しきみをかけて閼伽桶には、酒をたくはへ、行人ばらの花つむよしして、しのびしのびに、おくりければ、杉山をとりまきける、大庭、梶原がつはものども、更に見とがむる事なし。ゆゑに、頼朝、実平飢を免れて、ひまをうかがひ、杉山を立ちいでけり。

この妻、また、実平がかたへ、消息して、三浦、畠山がたたかひの事、こまごまとかき、安房、上総のかたへ、三浦の一族くだりし事までをつげこしたり。伊藤入道が、土肥の在家をやき払ひしより、妻は、所縁によりて、真鶴が崎にかくれ居けるが、ほどなくして、むなしくぞなりにける。

頼朝、この消息によりて、安房、上総へおし渡り、軍兵おほく得てければ、それより、東国をうちなびけ、遂に、平家をほろぼし給ひけり。はじめて、相州に出て、いくさに利を失ひ、すでに危かりける時、実平夫婦がはたらき、ともに、其の功あさからざりし事なり。（一部表記を改めた）

『比売鑑』（先行する『本朝女鑑』や『俳諧類船集』も）と教科書の描写は、『盛衰記』の土肥実平妻の姿からはかけ離れているが、『盛衰記』のこの部分は、実平妻の手紙（延慶本と長門本は使者とする）にまつわる話が目立つ以外には、取り立てて注目を引く表現を持っているわけではない。その手紙の存在こそが、女訓書の着目した由縁ではないか。菊野雅之は、近世において、『平家物語』の往来部分が、文字の読み書き、文章の構成を学ぶための教材として活用されていたことを指摘している。この実平妻の女訓譚化も、手紙を送ったことが重要視されたからと見てよいのではないだろうか。榊原（一九九六）は、『本朝女鑑』が『盛衰記』に「挿話を加え」たと断定するが、その変化がいつ頃の何に起因するかはどうあれ、女訓書の記述は、『盛衰記』の実平妻の手紙にまつわる話を足がかりに、教訓書にふさわしく創作されたか、他から借用された挿話ということになる。女訓書やそれに基づく女学校国語教科書に登場しながら、土肥実平妻が明治三十六年版を最後に国語教科書から消えてしまう理由も、それと無縁ではあるまい。この実平妻の話は、語り本系の『平家物語』諸本には一切見えない。語り本系の文学的優位を声高に言うつもりはないけれども、読み本系に比しては簡潔・短小な語り本系の作品世界に自ずから選択される程の価値を、読み本系の三本のみに見え『盛衰記』のみに手紙が見える、頼朝の挙兵譚に付随される実平妻譚は、そもそも有していなかったのであろう。歴史上に、土肥実平自身がさほどの著名人とは言えないことも無関係ではないだろう。源義経の母常盤、義経の妾静、木曾義仲の妾ともいう巴と比べれば、付属する男性の歴史上の認知度の差違は歴然としている。同じく著名な楠正成の妻（正行の母）は、『太平記』や『婦女鑑』を出典とする話は昭和期まで残りながら、戦後には教科書から消える。それは、特定の時代の思潮に付与された思想性故に当然と言えるのだろうが、そこに、原典の表現性の優劣が全く影響していないとは言えないようにも思う。蛇足ながら、戦前の女学校の国語教科書に「内助の功」として実平妻と同様に取り上げられた山内一豊妻が、現在では実平妻よりもよく知られているのは、現代の大衆小説や映像作品に繰り返し取り上げられて、人々の記憶が上書きされていることが関係しているように感じられる。実平妻も、偶然にもマスメディアやインターネット空間で話題になれば、有名になる可能性は秘めているのであろう。これはまた別に検証されるべき事柄でもある。

四　おわりに

戦前と戦後の図式的対比をあえて是認して言えば、軍記物語に由来し近世女訓書を経由して近代学制の教科書に採録された、良妻・貞女・賢母・烈女類の挿話は、時代の体制と、それを支えそこから発する思想性や価値観によって選択されたものであるから、それが現代の教科書に消長するのは、必然でもあろう。しかしながら、近現代を通じて採択される軍記物語教材は、その思想性や価値観に縛られない、表現の価値を有していることにも目を瞑るべきではない。

その意味では、古典もまた国語教科書が果たす日本語表現の涵養に、一定の役割を担っていると言える。土肥実平が、今も郷土に根強く伝承されていることは、一族ゆかりの城願寺の実平墓の伝存、湯河原町立図書館の関連資料の収集に窺われるし、その妻もまた記憶されていることは、実平墓に並ぶ妻の墓や、湯河原駅前の夫婦の像に知ることができる。いつ頃からか、その実平妻が頼朝の娘であるという説や、小早川氏の祖という実平男遠平の妻までも頼朝の娘とする説が生じたらしい。これらは一族を権威付ける力が働いたのであろうし、郷土に長く記憶されることとも無縁ではないのであろう。

近世女訓書に源流すると思しい実平妻譚が、現在の教科書教材の対象ではなくなっていることは、国語を的確に理解し適切に表現する能力を養うことを目標とする国語教科書の性格を、映し返していると言ってよいのかもしれない。

◎主要参考文献

阿武泉『読んでおきたい名著案内　教科書掲載作品13000』（日外アソシエーツ株式会社、二〇〇八年四月）

浮田真弓「明治後期高等女学校の国語教材に関する一考察」（『桜花学園大学研究紀要』三、二〇〇一年三月）

生形貴重「『平家物語』合戦譚考―頼朝挙兵譚・一の谷合戦　延慶本・覚一本をめぐって―」（『同志社国文学』十三、一九七八年三月）→『平家物語』の基層と構造』（近代文藝社、一九八四年十二月）に再録

越後純子『近代教育と『婦女鑑』の研究』（吉川弘文館、二〇一六年十一月）

延慶本注釈の会編『延慶本平家物語全注釈　第二末（巻五）』（汲古書院、二〇一一年四月）

大久保順子「『本朝女鑑』と軍記―女性逸話の形成と展開に関して―」（『福岡女子大学国際文理学部紀要　文芸と思想』八五、二〇二一年二月）

大津雄一『『平家物語』の再誕―創られた国民叙事詩―』（NHK出版、二〇一三年七月）

大羽吉介「頼朝七騎落説話の構成について―延慶本平家物語を中心に―」（『説話』六、一九七八年五月）a。

菊野雅之『古典教育をオーバーホールする―国語教育史研究と教材研究の視点から』（文学通信、二〇二二年九月）

榊原千鶴「よみものとしての『源平盛衰記』」（山下宏明編『平家物語　研究と批評』有精堂、一九九六年六月）→榊原『平家物語　創造と享受』（三弥井書店、一九九八年十月）に再録

榊原千鶴『平家物語　創造と享受』（三弥井書店、一九九八年十月）

榊原千鶴「女性が学ぶということ―女訓から考える軍記物語―」（『日本文学』五一―一二、二〇〇二年十二月）

榊原千鶴「「女子の悲哀に沈めるが如く」―明治二十年代女子教育にみる戦略としての中世文学」（飯田祐子他編『少女少年のポリティクス』青弓社、二〇〇九年二月）

田坂文穂編『旧制中等教育国語科教科書内容索引』（財団法人 教科書研究センター、一九八四年二月）

都築則幸「『平家物語』「木曾の最期」教材化の変遷―戦前から現在に至るまで―」（『早稲田大学大学院教育研究科紀要　別冊』二〇―一、二〇一二年九月）

徳田進『孝子説話集の研究―二十四孝を中心に― 近代篇（明治期）』（井上書房、一九六四年九月）↓復刻版『説話文学研究叢書』六（クレス出版、二〇〇四年十月）
中嶋真弓「吉田弥平編集「読本」にみる古典教材の考察―『平家物語』を視座に―」（『愛知淑徳大学論集 教育学研究科篇』六、二〇一六年三月）
中村格「教材としての太平記（その一）―天皇制教育への形象化―」（『日本文学』三一―一、一九八二年一月）
中村格「天皇制教育と正成像―『幼学綱要』を中心に―」（『日本文学』三九―一、一九九〇年一月）
中村格「天皇制教育と太平記―正成・正行像の軌跡―」（『日本文学』四五―三、一九九六年三月）
任夢渓「中村惕斎の女子教育観―朱子学の影響と『比賣鑑』―」（『東アジア文化交渉研究』十、二〇一七年三月）
深谷昌志『増補 良妻賢母主義の教育』（黎明書房、一九八一年一月）
堀内武雄「教材としての平家物語」（『国文学 解釈と教材の研究』三―一〇、學燈社、一九五八年九月）
松原洋子「教材としての平家物語」（『中世文学論叢』四、一九八一年七月）
美濃部重克・松尾葦江校注『中世の文学 源平盛衰記（四）』（三弥井書店、一九九四年十月）
安野博之「教科書で『平家物語』はどう読まれてきたか―「忠度都落」を例に―」（『芸文研究』九五、二〇〇八年十二月）
＊『本朝女鑑』本文は『仮名草子集成』六五（東京堂出版、二〇二一年三月）、『比売鑑』本文は『近世女子教育思想』二（日本図書センター、一九八〇年五月）からそれぞれ引用したが、私に表記を改めた箇所がある。

その後の親平家公卿たち

稲川裕己

『平家物語』巻一「我身栄花」は、「日本秋津洲はわずかに六十六箇国、平家知行の国、三十余箇国、すでに半国を超たり」と平家の権勢を記した一文で知られる。このほか、平重盛ら清盛の子息等、平家一門の栄華を描いており、このなかで清盛の八人の娘たちについても触れられている。以下の通りで、

其外御娘八人おはしき。皆とり〴〵に幸給へり。一人は、桜町の中納言重教卿の北の方にておはすべかりしが、八歳の時、約束計にて、平治の乱以後ひきちがへられ、花山院の左大臣殿の御台盤所にならせ給て、君達あまたまし〳〵けり。（中略）一人は、后に立たせたまふ。王子ご誕生ありて、皇太子に立ち位につかせ給しかば、院号かうぶらせ給ひて、建礼門院とぞ申ける。入道相国の御娘なるうへ、天下の国母にてまし

〱ければ、とかう申に及ばず。一人は、六条の摂政殿の北政所にならせ給ふ。高倉院御在位の時、御母代とて准三后の宣旨をかうぶり、白河殿とておもき人にてまし〱けり。一人は、普賢寺殿の北の政所にならせ給ふ。一人は、冷泉大納言隆房卿の北方、一人は、七条修理大夫信隆卿《しちじょうしゅりのたいふのぶたかきょう》に相具し給へり。又安芸国厳島の内侍が腹に一人おはせしは、後白河の法皇へまいらせ給ひて、女御のやうにてぞまし〱ける。其外九条院の雑仕常葉が腹に一人、是は花山院殿に上臈《じょうろう》の女房にて、廊の御方とぞ申ける。

寿永二年（一一八三）、平家一門は西国へと没落するが、この時に彼女たちは同道することはなく、滅亡という運命を共にすることはなかった。これは、彼女たちが自分のイエではなく、夫のイエに取り込まれていたために平家とは距離があり、その結果、平家は男系のみが滅亡し、女系は生き残ったのである（西野悠紀子二〇一三）。

では彼女たちの夫である「親平家公卿」たちは平家滅亡後という「その後」をどう生き延びたか、本稿ではそれを明らかにしたいと思う。

右の課題に入る前に、「親平家公卿」自体の大雑把な整理が必要となる。以下ではこの点の確認をしておきたいと思う。

＊なお、史料の引用にあたって、原典を書き下しとし、割注または小文字で記されている部分は〈〉で示し、筆者が補足した注は（）としている。

一　「親平家公卿」とはなにか？

「親平家公卿」とは、なにか。ここでは髙橋昌明氏の研究に拠りつつ、整理しておきたい。

そもそも貴族社会は公卿、諸大夫、侍に身分が大別され、その各階層の壁は厚く、これを乗り越えることが難しかった。清盛の祖父・正盛は「最下品」（『中右記』）と称されたように侍層に属し、白河院の北面として活動し、晩年になってようやく諸大夫となった。清盛の父・忠盛は鳥羽院の近臣として活躍し、執事別当となったが、有職と呼ばれる故実や先例に関する知識が不足していた。久安五年（一一四九）に忠盛が上卿を務めた美福門院の殿上始に際し、鳥羽院から「雅兼卿記」という日記を与えられていることが『顕時卿記』に見えている（松薗斉一九九七）。

上卿の担当や公卿会議への参加のいずれも突破的な事態での判断、意見を求められた際に、その根拠となるのが先例であり、先例を知るための手段こそが日記などのマニュアルで、これらを代々受け継ぎ、貴族たちは有職の知識や技術を身につけていた。しかし平家にそれがなかったのである。

こうした状況は清盛が公卿となった段階でも同様で、上卿（儀式の責任者）を務めた事例は十数例で、さらには国家の重要事項を決定する議定である公卿会議に参加した形跡はない。それはすなわち、自分たちの意向を国政に反映できないことを意味していた。

では参加できないのであればどう自分たちの要求を国政に反映させるかというと、それは代弁者を立てることしか方法はない。この代弁者こそが「親平家公卿」たちであった。

彼らが平家の意向を代弁している具体的な事例としては、治承四年（一一八〇）の以仁王《もちひとおう》の乱に加担した興福寺と園城寺への処分について、善勝寺隆季《ぜんしょうじたかすえ》と土御門通親《つちみかどみちちか》の二人が清盛の意向を受けて、興福寺への攻撃を主張している。これについて、九条兼実は「隆季・通親の申状、恥を知らずと謂うべし。弾指すべし、弾指すべし。ただ権門の素意を察し、朝家の巨害を知らず」（『玉葉』）これを痛烈に批判している。

こうした二人の他にも、親平家公卿と称される公卿たちは複数いた。承安元年（一一七一）十二月、清盛の娘・徳子（建礼門院）が女院宣下を受けた際の親族拝という儀式に列席し、「異姓の人々、多くこの拝に列す。或いは由緒あり、或いは不審」（『兵範記』）と記された藤原経宗《ふじわらのつねむね》、善勝寺隆季、花山院兼雅《かさんのいんかねまさ》、平親範《たいらのちかのり》、藤原家通《ふじわらのいえみち》、藤原実綱《ふじわらのさねつな》、藤原頼定《ふじわらのよりひさ》が親平家公卿であると指摘する（髙橋昌明　二〇〇七）。彼らに加えて近衛基通《このえもとみち》、中山忠親《なかやまただちか》、土御門通親《つちみかどみちちか》も親平家公卿であった。

とくに通親と隆季両名は、高倉院政下では「内儀」と呼ばれる公卿会議前の議論の方向性を決定する議定にも出ており、公卿会議では内儀で決定した方向へと議論を誘導する役割を担っていた（田中文英一九九四、下郡剛一九九九）。

では平家一門が西国へと向かった寿永二年（一一八三）以降の「その後」を親平家公卿たち

はどう生きたのか。以下では親平家公卿の代表的な存在である四条家と坊門家を取り上げる。具体的には平家と姻戚にあった四条隆房と平家の血を引いている坊門隆清の二人を章を変えて見ていきたいと思う。

二　四条隆房のその後

四条隆房の系累

四条隆房は、先ほどから本稿に登場している善勝寺隆季の嫡子である。四条家は藤原北家末茂流に属した。代々善勝寺長者を継承したため善勝寺家とも称されるが、以下では四条家と称する。

四条家の繁栄のポイントとしては二つである。一つは、経済基盤の大きさ、そしてもう一つは王家との関係であろう。前者は院政期以来、大国（収入の多い国）の受領を歴任する院近臣（＝「大国受領系院近臣」、元木泰雄一九九六）であったことによるもので、この大国受領系院近臣というのは、院への経済的な奉仕をすることで、院政の経済基盤を支えたことで知られる。後者については、四条家の流祖・六条顕季が、白河院の乳母子として白河院に重用されたことが大きい。顕季白河院との親密な関係は『古今著聞集』等から知ることができる。

その後の飛躍は、顕季の孫の世代で、美福門院と藤原家成の二人であった。前者は鳥羽院の后にして国母（近衛天皇の母）として、院の死後は遺詔を託され、院権力の代弁者として強大な権勢を振るった。後者もまた院の寵臣として「天下の事、一向家成に帰す」（『長秋記』）と評される程の権勢を振るっていた。

この家成の母方のイトコにあたるのが清盛の継母・藤原宗子《ふじわらのむねこ》（池禅尼《いけのぜんに》）であった。彼女の紹介で清盛は十代の頃、家成邸へ出入りしていた。これは彼女が清盛と家成の娘の婚姻を期待していたためとされる（五味文彦一九九九）。この婚姻自体は成立しなかったものの、宗子の存在が、四条家と平家が清盛期に幾重にもわたる姻戚関係を構築することになる。

家成の子である隆季は、先にも触れたように、平家一門の代弁者として知られていた。これは隆季の子・隆房の室が清盛の娘であったほかに、隆季の妹が平重盛室、異母弟・成親の子女、といった具合に幾重にも渡る平家との姻戚関係を有していたこと、さらには院政機構の実務責任者としての活動する隆季の実務能力が期待されていたためであろう。

例えば隆季は治承四年（一一八〇）に後白河と高倉両院の執事別当を兼任している。これを中山忠親《なかやまただちか》は、「この人なおもその器に堪へるに依り、執事を仰すべしと云々。伝え聞く、法皇、執事として憚り有るべきや否やの由、予に内儀有るに、憚るべからずと云々」（『山槐記』）と評し、兼任しうるだけの人物であるとみていた。このことから彼の実務能力が平家のみならず、貴族社会において高く評価されていたことを看取できよう。

こうした実務能力に優れ、かつ平家と姻戚関係にあった隆季の存在は平氏政権にとっては重要な存在であったようで、親王が本来任官されるべき大宰帥へ補任される等の要職に任じられた（『玉葉』）。この人事は全て清盛の意向が反映されていたもので、隆季もこれに応えるように平家の意向を代弁した。

ただ、清盛による福原遷都については、隆季自身は批判的であったようで、彼が夢で見た伊勢神宮の託宣を受け、遷都を中止するように清盛に進言したことが、『延慶本平家物語』、『古今著聞集』には記されている。実際、古記録上でも隆季が霊夢をみたことや、平時忠らとともに京へ還御するよう進言し、これに清盛が激怒したとする記事がある。このことから、治承四年が平家との関係が変化した時期だったのである。

では、隆季の子である四条隆房はどう生きたのか、節を変えてその動きをみてみよう。

平家政権下の隆房

さて、話を隆房に移そう。彼は清盛の娘を妻としていた。隆房の妻は建礼門院と母は同じく平時子であった。これは隆房の子・隆衡について、藤原定家が「平入道太政大臣〈清盛公〉の妻、准后・平時子は隆衡の外祖母なり」（『明月記』）と記していることから確認できる。また隆房については、『平家物語』では高倉院に仕えた小督との恋愛譚が描かれていることが著名である。

平家政権下での隆房は、父隆季と比較すると昇進が遅いものの、治承三年（一一七九）に右中将へ昇進している（『公卿補任』）。当時の近衛中将は、上・中級の貴族の子弟が任じられる出世コースとも言うべき官職であった。また、隆房の父隆季が大宰帥へ補任されたのも治承三年のことであり、隆季が構築した平家との協調関係によって隆房も恩恵を受けていたのである。また隆房は高倉の近臣だったことが鎌倉前期に順徳天皇が著した『禁秘抄』という儀式書にみえている。

さらに、隆房と平家との関係について特筆すべきは、彼が後白河院の五十の御賀について著した日記・『安元御賀記《あんげんおんがのき》』であろう。これは青海波《せいがいは》を舞う平維盛の姿など平家一門の華やかな様子を描いたことで知られる。こうした平家一門の華やかさを記す隆房の姿勢というのは、彼が平家に奉仕するために著したものとして理解されてきた。

しかし、藤原定家が後年、隆房自筆の日記を実見し、写したとする奥書が残る『安元御賀記』（徳川美術館所蔵本）をみると、維盛が青海波を舞う記述はなく、当該部分は後世に加筆されたもので、先述の理解は成り立たない。『安元御賀記』はあくまで高倉天皇が主催した後白河院の御賀を記録であったと評価できる。こうしたことから、隆房自身は父隆季ほど平家との距離は近くなかったのではないかと思われる。

隆房の「その後」

寿永二年（一一八三）七月、木曾義仲の入京に先立って平家一門は安徳天皇とともに西海へと下向、その後に尊成親王《たかひらしんのう》が即位し、後鳥羽天皇となった。この時、隆房は蔵人頭に任じられている。

この時期の隆房は高階泰経、九条兼実といった有力者との縁、「強縁」を結んでいることである。こうした「強縁」が隆房自身のみならず、四条家のその後を規定したと言っても過言ではない。以下、確認しておきたい。

高階泰経との関係

まず高階泰経《たかしなのやすつね》は、隆房の舅にあたる。彼は元暦元年（一一八四）七月に「泰経、愁いを注し申す」（『玉葉』）と後白河への働きかけを行ない、その結果賀である隆房は従三位に叙された。その後も隆房は後白河院庁の別当として、舅とともに後白河院政を支えていた。

また隆房は舅・泰経を介し、松殿基房《まつどのもとふさ》の子隆忠と自らの娘（外祖父は泰経）との姻戚関係をこの時期に成立させている。これは文治元年（一一八五）、泰経は源頼朝追討の院宣発給に関与したことが背景にあり、基房を摂関に推すことで自らの責任を免れることを目論見ていた。しかしこの目論見は失敗に終わり、泰経は解官されて伊豆国へ配流された。

こうした泰経や基房との縁を有しながらも、隆房は解官などの憂き目に遭うことはなく、文治三年（一一八七）には検非違使別当に任じられている。隆房が没落を免れ、さらに検非違使別当に任じられた背景には、九条兼実との関係が注目される。

九条兼実との関係

次に兼実との関係について、彼の同母弟・兼房と隆房の姉が姻戚関係にあったが、隆房の姉は治承二年（一一七八）に死去している。しかし、彼女の没後も双方の関係は続いていたようで、文治二年（一一八六）に兼実が九条富小路殿《くじょうとみのこうじどの》から冷泉万里小路第へ移転しているが、冷泉万里小路第は、隆房が提供したものであった。

隆房が邸宅を提供した理由は、摂関となった者の通例として、内裏に近い場所を居所としていたためである。当時は里内裏と呼ばれる内裏の外に設けられた御所が閑院第であったため、閑院第に近く、かつ兼実との所縁を有する隆房の邸宅が選ばれたのである。

また隆房は建久六年（一一九五）に兼実の孫昇子内親王《しょうしないしんのう》の御五十日賀等の兼実に関係する儀礼への参加や供奉等を行っており、兼実との関係は良好であったと言えよう。

これは、同じ善勝寺流で、隆房の叔父・実教と比較すると対照的である。彼は建久四年（一一九三）に左近衛中将を兼実によって解任されている。こうした実教のように、後白河との関係で破格の昇進を果たした、または果たそうとした坊門信清《ぼうもんのぶきよ》や高倉範季ら「諸大夫」は次々と兼実によって逼塞させられている。

これは院政期に膨れ上がった公卿の人員を削減しようとする兼実が提案した政治改革の一環であった。隆房自身も同じく「諸大夫」出身であったものの、こうした煽りを受けていた形跡はなく、兼実との関係が良好であったためではないかと考えられる。

なお、兼実が政治を主導した文治三年（一一八七）には、検非違使別当として隆房は平家政権下の京都経済の中心地であった七条町から三条・四条への移転を行なっている。このことが『寂蓮法師集』のなかにみえている。


隆房卿別当の時、都の政みなむかしにあらためられけるとき、七条の市のたちけるを追わせければ、上の三条四条のあせたりけるに、もとのごとくにむらがりわたりければ、よみて遣わしける。


この年は、源頼朝の申請によって閑院内裏に記録所が設置されている。これは治承寿永の内乱によって荒廃した国家の再建を目的とした政治改革の一環として兼実が提案したものであった。先に引用した『寂蓮法師集』の「都の政みなむかしにあらためられけるとき」との一文は平氏政権以前と判断される。兼実の指示のもと、隆房が移転を行ったものと考えられる。

このように兼実と隆房の関係は、彼らの血縁者同士の姻戚関係が解消された治承二年以降も良好なもので、隆房にとっては失脚などの政治危機を回避するために作用していたと言えよう。

以上のように平家のみならず、摂関家や院近臣と有力者と幅広い縁を結んだことで隆房は「その後」を生き延びた。彼は建永元年（一二〇六）に出家をし、法名寂恵と名乗る。彼の出家を聞いた藤原長兼は、自身の日記『三長記』で彼を次のように評した。

六月廿三日、癸酉。今日、前大納言隆房卿出家す。生年〈五十九〉。病無く、遺恨無く、生涯大幸の人なり。

この記述は、隆房が出家した日の記事である。ここでの評価には、これまで見てきた「強縁」を用いて平家滅亡後の「その後」を漕ぎぬいた隆房への羨望があったのではないか。

四条家のその後

隆房以後の四条家はどうなったのか、以下で確認をしておきたいと思う。その前に平家と隆房の「その後」の関係を確認しておきたい。

前述のように、「強縁」によって平家滅亡を生き延びた隆房であったが、彼の平家への姿勢は変わることはなかった。例えば建礼門院は、帰京後に隆房室と坊門信清室の二人が彼女の面倒を見ていたことは『平家物語』灌頂巻に見えている。この他、平重衡が捕縛されて京へと送還された際、推問された場所について、『吾妻鏡』は左記のように記している。

十四日〈癸酉〉、晴、右衛門権佐定長、勅定を奉りて、本三位中将重衡卿に推問のため、故中御門中納言〈家成卿〉の八条堀川堂に向かふ。土肥次郎実平、同車。彼卿件の堂に来たりて会す。広庇においてこれを問ひ、口状の条々を注進すと云々。

これにあるように、重衡は家成の八条堀川堂で推問を受けている。この家成は隆房の祖父である。さらに『百錬抄』建久七年（一一九六）八月十七日条をみると隆房の堂として記されている。

八月十七日〈甲子〉、雷雨殊に太し。亥時、中納言隆房卿の八条堀川堂、雷火のため焼亡す。

と見えており、『吾妻鏡』の「八条堀川堂」と同じ堂を指していること、さらに重衡が彼の室の同母弟であったことを踏まえると、隆房が推問の場として提供したといえるとともに、隆房が親平家的な姿勢を取り続けていたことが伺えよう。

こうした親平家的な環境下で成長したのが隆房の孫にあたる貞子と隆親の姉弟であった。まずは隆親についてである。彼もまた平家一門との関わりが深い人物で、平知盛の孫娘にあたる高倉範茂の娘を妻とした。彼女の母・中納言局という女性は元仁二年（一二二五）正月、北白河院（藤原陳子、後堀河天皇の母）が住むための持明院殿の造営を婿である隆親が担当した時、その賞として彼を正三位にするよう北白河院に働きかけている。このことについて定家は「隆親卿造作の賞、三人を超えて正三位に叙すべきの由、老妻懇切に責め奉ると云々」と記している（『明月記』）。

ところが、隆親と中納言局の娘は寛喜三年（一二三一）に離別している。理由については不明であるが、隆親が中納言局の娘とは別に妻としていた女性が四条天皇の乳母に選定されたことが関係している可能性がある（日下力二〇一九）。

隆親はその後も後嵯峨・後深草の近臣として仕え、のちに後嵯峨院の御所に記された落書には、「四条権威アリアマリ」と記されるほどの権威を持ち、四条家の最盛期を表出させた。

次に貞子である。彼女は西園寺実氏《さいおんじさねうじ》の室となり、大宮院（後嵯峨天皇の女御）と東二条院（後深草天皇の女御）の生母となった。さらには享年百七歳と、鎌倉時代のほとんどを生き抜いた女性であった。彼女は恋に苦悩する王朝的人物としてイメージされる隆房像の享受に、大きく関わっていたと国文学の研究で明らかにされている人物でもあった。

彼女サロンの周辺では『平家公達草紙』などの文芸作品が作成されて、『平家物語』の隆房と小督の恋物語もまた、このサロンで作られた『隆房集』に取材し、その内容が反映されているとの指摘がある（鈴木啓子二〇〇六）。

また鎌倉中期から南北朝期にかけての貴族社会では、「平家公達草紙」「隆房卿艶詞絵巻」などが絵巻化されており、『平家物語』的な世界や記憶が享受されていた時代でもあった。

こうした『平家物語』的な世界や「平家の記憶」が後嵯峨周辺（＝貞子のサロン）で作成され、貴族社会に享受された背景には、後嵯峨の正統性を疑問視する貴族たちによって噂されていた後鳥羽院の怨霊問題が存在していた。

後嵯峨の即位は、周知のように順徳院の復権を懸念した鎌倉幕府執権・北条泰時の意向によって強行された。それ故に、貴族社会には後嵯峨の擁立を疑問視し、後鳥羽院の皇統（後鳥羽・順徳の子孫）を復活を促す動きがあった。この動きと前述の後鳥羽院の怨霊問題は連動しており、これが広がることは後嵯峨の周辺、さらには幕府の権威を揺るがしかねない事態あったため、怨霊問題を封じこめる方策として、貴族たちの共通の文化的基盤である文芸を通じて「土御門―後嵯峨」の皇統が正統な皇統と示す意図が後嵯峨院周辺にはあったと考えられている。

その共通の基盤となったのが、王朝の記憶が沁み込んだ『平家物語』において理想的な君主として描かれる高倉院と近臣たちの「記憶」、そして「記憶」と「現在（＝後嵯峨の時代）」を繋ぐ象徴的な存在こそが、隆房であったという（鈴木啓子二〇〇六）。

そして隆房が象徴的な存在に選ばれたのは、彼が平家に対する姿勢を貞子が目の当たりにしていたためではないかと考えられる。

三　坊門隆清のその後

次に坊門隆清《ぼうもんたかきよ》である。彼は清盛の娘と坊門信隆の間に所生した。親平家公卿というと若干異なるが、平家の血を引く彼のその後を考える必要があると考えるため、取り上げた。以下ではまず坊門家の来歴を確認しておきたい。

坊門家の来歴

坊門家は藤原北家道兼流に属した一族である。この一族も先にみた四条家と同様、「大国受領系院近臣」として院政を支え、隆清の父・信隆もまた、鳥羽・後白河院の近臣として活躍した人物であった。

先述の通り、清盛の娘を妻としていた。彼女は前述の四条隆房の妻とともに建礼門院を世話する人物として『平家物語』では登場し、隆房室とともに大原へ向かう女院のために輿を用意したとも記される（『屋代本平家物語』）ほか、平家滅亡後、建礼門院のもとを度々訪れていたようで、「その中に、信隆の北方ぞ、折々に随て、思わす（忘）るる事もなく、常々はをとづ（訪）れ来候。さても有しには、彼が省《はぐくみ》を受けるべきとは、懸けても思よらざしり物を」と建礼門院は述べ、後白河に対し、彼女の庇護を依頼している（『延慶本平家物語』）。

さて、信隆自身も『平家物語』に登場し、巻八「山門御幸」では自らの娘から女御を出したいと願っていたところ、人からの勧めで白い鶏を千羽飼っていた。その願が通じ、彼の娘（藤原殖子）が皇子を誕生させたものの、平家に憚って信隆は、「平家ノアタリヲハヾカリ、中宮（建礼門院）ノ御気色ヲ深ク恐レ」、皇子を大切にしなかったとされるが、実際には時子の命で平知盛とその妻が西八条亭で養育していた。これは言仁のスペアとして養育されたことを示すとともに、建礼門院以外から所生の高倉院の子女たちが、平家一門の管理下で養育されていたことを示している。

信隆の嫡子・信清は『平家物語』では法住寺合戦の場面で登場する。木曽義仲の法住寺への攻撃の際、信清は高倉範光《たかくらのりみつ》とともに後鳥羽天皇を船に乗せ、「是は内の渡らせ御ますぞ、何にかくは射まひはするぞ」と義仲の兵たちに呼びかける姿が描かれている（『延慶本平家物語』）。しかし、法住寺合戦に信清自身が参加していたことは一次史料からは確認が取れないが、彼の叔父・信行がこの合戦で落命している（『愚管抄』）ことから、この史実をもとにして創作されたものと推測できるとともに、坊門家が王家（後鳥羽院）の外戚として権勢を振るうことを暗示させるための逸話であろう。

後鳥羽即位後の信清は、院の軍事力を担い、院近臣が補任された院御厩別当《いんのみうまやべっとう》となり、その後、左右馬寮の長官である左馬頭に四条隆衡《しじょうたかひら》（隆房の嫡子、信清の娘を妻とした）、右馬頭に同族の水無瀬《みなせ》親兼《ちかかね》を補任させ、坊門家一門が両馬寮を掌握した。これは、道隆流が長らく右馬寮を知行し、かつ信清自身も右馬頭に任じられており、馬政に通じていたこと以外にも後鳥羽院による在京武力の再編成の意向によるもので、こうした後鳥羽の姿勢は朝幕関係にもみられており、信清が関東申次としての役割を担っていた。

また彼の娘（西八条禅尼）を将軍・源実朝の妻となっているほか、同時期には源氏一門と信清の周辺（平賀氏と四条家、足利氏と水無瀬家）でも姻戚関係が形成されていることも信清を関東申次としたこととの関連を窺わせる。

以上のように、坊門家、特に信清は後鳥羽との関係で「その後」を生き延び、そして朝廷内の権力者となったことが明らかであろう。では平家一門の血を引いていた隆清はどうであったか。次節以下で確認したい。

隆清のその後

隆清は仁安二年（一一六七）の生まれで、嘉応元年（一一六九）、わずか二歳で叙爵されていることが、『公卿補任』の尻付と呼ばれる、はじめて公卿となった際に記される履歴に見えている。これは「親平家公卿」の子息のなかでは最も早かったが、この年、父信隆が卒去している。父の卒去後については判然としないが、昇進はかなり鈍感しており、建久三年（一一九二）に異母姉の七条院（藤原殖子）の「御給」で従五位上と叙されている。このほか、異母兄・信清が内大臣に任じられた建暦元年（一二一一）、彼は参議に補されている。彼の参議補任を、九条道家（兼実の孫）は自身の日記『玉蘂』のなかで、「一文字を知らざるの人なり。ただし上皇の外舅、内大臣の弟なり。」と批判的に記したように、後鳥羽の叔父であるから参議に補任されたことを意味すると同時に、隆清の政治基盤の弱さを示している記事である。
政治的基盤が弱い隆清であったが、順徳の娘を養育していたことが古記録からうかがい知ることができる。仁治三年（一二四二）に平経高が百日念仏を行った際、聴聞した人々のなかに「佐渡院姫宮」こと、穠子内親王《じょうしないしんおう》（永安門院）が臨席していたと記事に見えており、彼女についての経高は「藤隆清卿、扶持し奉るの宮なり」と記している。このことから隆清の外戚としての役割を見いだせる。
ところが建暦三年（一二一三）十二月、隆清は病により左兵衛督を辞した。藤原定家は自身の日記『明月記』にその経緯を数日にわたって詳細に記している。以下、引用したいと思う。

八日、（中略）仁和寺僧都、過談さる〈酉〉。左兵衛督隆清卿、病獲麟。これ酒、度を過すの故か。大小便並びに口中より血を出すと云々。八座（参議）また闕有るか。蒼天白日これを仰ぐ。嗟呼悲しからずや。

過度の飲酒による病がこの段階でかなり悪化していたようで、それが原因であった。この数日後、隆清は勅許によって左兵衛督を辞し、それから更に数ヶ月経った翌年二月七日に隆清は死去したのである。

隆清の子孫たちの「その後」

以下では隆清の子孫たちについて触れておきたい。彼の子孫で著名な人物としては、『太平記』に登場する坊門清忠がいるが、彼に至るまでの隆清の子孫たちはどの様に生き延びたのか。この点を、いくつかの史料の中より見ていきたい。

まず、清親である。彼は「母内大臣信清公家女房」と『尊卑分脈』に記されている。母が信清に仕えた女房であったことで家督を継承したようである。彼は元久二年（一二〇五）に尾張守、その後に左兵衛佐へと転じ、承元三年（一二〇九）に左少将となる。そして父隆清が左兵衛督となった承元五年（一二一一）に右近衛中将となる。先に触れたが、この時の除目は「任ずるに以ての外の人多し」と聞書を見た九条道家は批判的に述べているが、この中に清親も記されている。

承久三年の承久の乱では主導的な立場にあったとされることが『増鏡』に記される。それによれば、清親は「七条院の御縁りの殿原」として、坊門忠信《ぼうもんただのぶ》、中御門宗行とともに名前が挙げられ、「軍に交りたる人々」と記される。乱後、信清の嫡子・忠信は乱の首謀者の一人として捕縛され、その後妹である西八条禅尼《にしはちじょうぜんに》の嘆願により越後国へと配流となった。

一般的には坊門家はここで権勢を失ったとされるが、清親は嘉禎四年（一二三八）まで右中将への在任が確認でき、坊門家全てが表舞台から姿を消した訳ではなく、清親がなんらかの縁故を用いて生き延びたと考えられよう。

そこで系図を確認すると、坊門家とある一族との関係を見出せる。その一族とは九条家であった。九条家はこれまでも本稿のなかで幾度となく登場している。九条道家は鎌倉幕府将軍・九条頼経の父でもあったことから、公武間に大きな影響力を有していた。坊門家は九条家とは幾重にもわたる姻戚関係を有しており、さらには道家の下鴨社への参詣への供奉も確認できる。このことから、近年の研究では坊門家が九条家との縁故を頼りに家司として仕えていたとされ、清親も九条家に仕えていた

清親の姉妹にあたる隆清の娘（姫姥宇）は、道家の子・一条実経の乳母となっており、「権勢の狂女」（『明月記』）と評される程の権勢を持ち、天福二年（一二三四）八月に死去した。彼女の所領はその後実経に譲られている（『明月記』）。この事実からも坊門家関係者と九条家に仕えていた事実を見出せる。

また西八条禅尼が将軍家御台所だったことや、先述の九条家との関係から、関東祇候廷臣と呼ばれる将軍に近侍した貴族として鎌倉に下向していた者もおり、清親の子も同様であった。

清親の子・基輔（初名は清基）は生母が高階経仲の娘で、母方の伯父である経雅は後鳥羽院の近臣であり、承久の乱後は九条道家に家司として仕えていた（本郷恵子一九九八）。

基輔の場合もイトコの信通や伯父・高階経雅と同様に九条家との主従関係を形成していたようで、九条頼経・頼嗣に近侍し、将軍御所での御鞠会や二所詣（将軍が箱根・伊豆山、三島へ

の参詣する儀礼）への供奉などが『吾妻鏡』から確認できる。

その後も基輔は宗尊親王に近侍した。その理由としては、将軍家御台所の甥にあたることに加え、九条家との主従関係を有したことが、朝幕関係の紐帯として機能することを、宗尊の父・後嵯峨院から期待されたもの考えられる（大島創二〇一四）。この後嵯峨院に起用されたことで坊門家は大覚寺統の近臣として色合いを強め、鎌倉末期そして南北朝期を迎えることとなる。

四　おわりにかえて

以上のように、本稿では四条家と坊門家という二つの平家との関係を有した貴族たちのその後をみてきた。彼らの「その後」というのはもちろん、『平家物語』には描かれないが、彼ら親平家公卿たちが様々な縁を結び、そしてそれを頼って生き延びようとしていたことがみて取れるであろう。

こうした姿は一般的な貴族のイメージ、すなわち政治を顧みず、遊興に呆ける姿と大きくかけ離れており、武士と同様に自らの「イエ」の繁栄と存続に向けて努力していたことが見て取れるのではないだろうか。

本稿では紙幅の都合上、二家にとどまったがこの他にも親平家公卿と呼ばれる公卿たちのその後や、承久の乱に加担した貴族たちにも同様のことが言えるのか、この点も検討する必要があろうが、それは別稿で考えたいと思う。

◎主要参考文献

大島　創「最勝光院領備中国新見荘領家職相論の再検討」海老澤衷・高橋敏子編『中世荘園の環境・構造と地域社会　備中国新見荘をひらく』（勉誠出版、二〇一四年）
日下　力「平氏ゆかりの人びとと『平家物語』―清盛外孫の家系」『中世日本文学の探求』（汲古書院、二〇一九年、初出二〇〇二年）
五味文彦『平清盛（人物叢書二一九）』（吉川弘文館、一九九九年）
下郡　剛『後白河院政の研究』（吉川弘文館、一九九九年）
鈴木啓子「後嵯峨朝における〈平家文化〉への憧憬―藤原隆房像をめぐって」『學習院大學國語國文學會誌』第四十九号（二〇〇六年）
髙橋昌明『平清盛 福原の夢』（講談社、二〇〇七年）
田中文英『平氏政権の研究』（思文閣出版、一九九四年）
角田文衛『平家後抄　落日後の平家』（朝日新聞社、一九七九年）
西野悠紀子「平重盛の妻・重衡の妻　平氏一門と結婚した女性たち」服藤早苗編『「平家物語」の時代を生きた女性たち』（小径社、二〇一三年）
長村祥知「後鳥羽院と公家衆」鈴木彰・樋口州男編『後鳥羽院のすべて』（新人物往来社、二〇〇九年）
野口実・長村祥知・坂口太郎『公武政権の競合と協調（京都の中世史三）』（吉川弘文館、二〇二二年）
本郷恵子『中世公家政権の研究』（東京大学出版会、一九九八年）

松薗　斉「武家平氏の公卿化について」『九州史学』第一一八・一一九号（一九九七年）
元木泰雄『院政期政治史研究』（思文閣出版、一九九六年）

『太平記』の城館

吉井　宏

岩波文庫本の『太平記』（以後、「本書」と記す）では、七百を超える件数の「城」を検出することができる。もっとも、その中には中国をはじめとする外国の城郭や龍宮城のような架空の城も記載されており、さらに日本であっても王城、帝城のような用法も見えるから、今ここで検討の対象とする、いわゆる中世城郭関連の「城」記述の実数はいくらか減少する。とはいえ、七百件を超えることに変わりはない。

そこには、九十あまりの地名あるいは人名を冠した個別城郭とともに「向かひ城」「攻《つ》めの城（詰めの城）」など攻城戦に関わる城も見える。まことに軍記物にふさわしい記述であるといえよう。

本論では『太平記』を通じて南北朝期の城郭がどのような実態を持つものであったのか、あえてその記述だけを注視して述べてみたい。

一　選地

本書における城の初出例は第一巻に見える。ここで日野俊基は、奏状をわざと誤読して半年ばかり出仕を止め、その間に山伏姿で大和、河内そして諸国に赴く。「城になるべき所々」（本書の第一冊四八頁。以後冊数、頁数を1-48と略す）を見てまわるためであった。しかしそれは俊基自身が城郭を作るにふさわしい地形を選びに行ったとは考えにくい。俊基に反幕府拠点となる適地を選定する能力があったかどうか疑わしいという点もあるが、そもそもこの時点で新たな城郭を構築することは難しいことであった。なぜなら、たとえ城を構えることができたとしても、そこに入れるべき兵力はなかったと考えられるからである。従って、俊基の諸国遍歴は、むしろ後醍醐天皇の統制下に既成の城郭及びその城主を組み込むためと考えるべきである。俊基のとった行動が真実であれば、俊基はこの時に楠木正成と接触していたと考えなければならない。

元弘元年（一三三一）八月二十四日、大塔宮は後醍醐天皇に内裏を脱出して南都に逃れるよう進言するが、その理由として挙げたのが、「城郭未だ調わず（1-115）」という点と倒幕の兵がまだ集まらないことであった。ここでの「城郭」は、「皇居の、敵を迎え撃つための陣」のことであると新潮社版の頭注が記すように（新潮社『新潮日本古典集成新装版太平記』第一冊九一頁、頭注一〇）、皇居の城郭化であるといわれる。また小学館版では該当箇所が「禁裏用害の窟《きはめ》にあらず」と書かれており、現代語訳として「皇居は要害を備えた城郭ではな（い）」（小学館『太平記』第一冊一〇三・一〇五頁、以後これを小1-103と略す）と記す。城郭と要害との関係についてはしばらく措くとして、ここでも皇居の軍事施設化が未完であるとの認識が知られる。だが、指呼の間に六波羅探題が存在するとき、露骨な作事（土木作業）を行うことは不可能である。だからこそ倹基は市中から離れた所に倒幕拠点を求めたのである。

ではこの時期、城郭が設けられる地形はどのようなものであっただろうか。研究史をひもとくまでもなく、天嶮《てんけん》主義であることは常識といってよい。実際、本書では随所で城が嶮しい山にあることが語られる。笠置城の北面には「数百丈聳《そび》え」る自然の石壁があったし（1-154）、千早城は東西に人が登れそうにない谷が深く切れ込んでおり、南北には金剛山から連なる峰が、まわりとかけ離れてそびえている（1-332）、と記されている。

背後に城より高い山が控える例はこればかりではなく、白旗城などでも見られる。白旗城では新田軍に追われた赤松則村の兵が背後の山に逃げ落ちたが（3-47）、そのように落城時の逃走路を確保するために、城より高い山を城の背後に持つことは必要なことであった。ただしそれはいわゆる戦国期の詰めの城のような、それ自体が城郭としての施設や設備を持つものとは異なって、自然地形の範囲を超えない。

背後に高山を持つことは一方で弱点にもなり得た。吉野山城は背後に金峯山があるが、けわしさに油断して背面攻撃を受け総崩れとなったのである（1-322ほか）。

天嶮主義を象徴する言葉が「要害」である。本書では「用害」とも記し、合計二十三例を検出できる。「究竟《くっきょう》の要害」（3-236ほか）すなわちうってつけの要害といっても、深山幽谷的な天嶮を無原則に指すわけではない。常に城郭を念頭に置いているのである。従って時には山城そのものを指し、「構へ」（2-55）たり、「拵《こしら》へ」（1-422）たりすることができる。つまり多くの場合、その用法は「要害の地」（3-61）に典型的に示されるように、主として軍事的な意義を持つ社会的、地理的要地を指す。これは南北朝期の城の選地実態を余すところなく伝えてくれるが、要害についてはかつて論述したことがあるので、ここでは詳述を避ける。ただ、すでに触れたとおり「城郭未だ調わず」は別本によって「禁裏用害の窟にあらず」と記されていることが、城郭と要害との関係を端的に示している事実は再確認しておきたい。黒本本『節用集』は「城ジャウ　要害也」としている。なお、他の中世史料同様、本書において城を「築く」と記す例は一例もない。

城郭が地形を選ぶ様子を見てきたが、じつは『太平記』にも、わずかとはいえ「平城」が見える。その一つが赤坂城の舞台となった下赤坂城である。方四町にたらぬ平城とされている。本書でも「東一方こそ、山田の畔重々に高くして少し難所なれ、三方は、皆平地に続きたるに、堀一重、塀一重塗ったれば」（1-170・171）とあって、攻略することが簡単な小城として描かれているのである。実際、比定地は比高が六十メートルを超える傾斜地にあり、単純な平城とはいえない。おそらく大軍を翻弄する正成の城として要害性を極力矮小化して描いたものであろう。

脇屋義助家臣の畑時能《はたけときよし》が二十三人で楯籠もった越前国湊城も方二町にたらぬ平城であった（3-428）。しかしこれも難攻不落であったという。現在の妙海寺の地とされ、三国港からは一〜二キロメートル入った平地である。さらに陥落直前の六波羅も防御力の低い平城として扱われることがあった。しかし城は仮の御所となった北方庁を中心に河原面《かわらおもて》七、八町に堀を深く掘って、賀茂川の水を入れ、残り三方には、茨築地《いばらついじ》を高く築いて櫓を建て、逆茂木を分厚く配置したものだった（2-55）。これだけの備えで六波羅は城となったが、それはあくまでも急ごしらえの平城に他ならなかった。

なおその読みであるが、本書は「ひらじょう」としている。現代の城館概説書などでは「ひらじろ」と記すのが一般的であるが、前に挙げた黒本本『節用集』が「城」を「じょう」と読んだように中世を通じて「城郭」を示す「城」字の読みは、古代の「き」、近世の「しろ」に対して「じょう」が正しいと考えられる。各地に残る「城山」も近代以降に「しろやま」と呼称変更された可能性が高い。

二　施設・設備

六波羅の城郭がもつ防御施設・設備は、堀と櫓そして逆茂木であったが、城郭あるいは戦闘に関わって書かれる施設・設備にはどのようなものがあっただろうか。出現回数順に記すと次のようになる。

木戸・城戸（八五）、櫓・矢倉（六六）、堀（六一）、塀・屏（五一）、逆茂木・逆木《さかもぎ》（四一）、岸・高岸・切岸・崖（二三）、狭間・矢間《さま》（一二）、鹿垣（八）、乱杭（六）、築地・築牆《ついがき》（四）、役所（四）、そのほかに石壁・塁・堤などが一件ずつ見える。なお、施設そのものではないが戦闘場面に多く出てくるのが大手（七〇）、搦手（六六）である。

木戸（城戸）は言うまでもなく城門を指すが、これが多く書かれるのは、『太平記』の描く南北朝時代の攻城戦において、木戸が極めて重要な役割を果たしたからであろう。多い場合には一つの登城路に三の木戸まで作られ、そこまで破られれば籠城者側の敗北となるのが普通であった。従って木戸の周辺は厳重な守りが施されていて、塀が作られ、櫓が建てられる。櫓は「木戸の上なる櫓より、狭間の板を押し開いて」（1-145）という記事に見えるように、木戸の上にも、また木戸脇にも設置された。そして門前には逆茂木が置かれた。『太平記』では逆茂木に比べ、乱杭の出現頻度が極端に少ないが、これは、大樹を切り倒して、枝葉ごとひとまとめに切り離せばできあがる逆茂木と地中に埋め込めるよう丸太の太さを一定化し、さらに埋め込みやすいように細工が必要な乱杭とでは、設置や撤去の簡便さに差があるためであろう。

なお、金ケ崎城の二の木戸は櫓、塀、乱杭、逆茂木のすべての防御装置が施されており、しかも「三重に構へたる二の木戸」（3-247）と記されているから、極めて防備の堅い城であったといえる。またそれだからこそ過酷な兵粮攻めに遭ったともいえるが、木戸を三重に構える例は他に見ない。

櫓に関しては、高櫓《たかやぐら》と呼ばれる多層の櫓や渡櫓《わたりやぐら》も作られた（3-113）。ここにいう渡櫓がどのようなものであったか不明であるが、近世城郭のように左右の石垣に渡された櫓を意味するとは思えない。もしそうであれば、城郭に石垣を用いることは、畿内を中心に南北朝以後、行われていたはずである。合戦絵巻に見える木造の櫓門のことと考えるのが最も妥当であろう。なお小学館版では渡櫓を「走櫓《はしりやぐら》」（小2-335）としている。

櫓の攻略法としては、千早城を幕府軍が攻めた際に用いた、櫓の土台となる土を工兵（人夫）が掘り崩す方法（1-349）や櫓そのものを焼き払う方法（3-56）があるが、これらは古今東西を問わぬ最も一般的な攻略法であるといえる。坑道作戦は中世ヨーロッパでもよく用いられたし、日本では武田信玄による金堀衆の起用など枚挙に暇が無い。

これに対し守る側は板狭間を設けるか（1-145）、掻楯《かいだて》を並べて、その陰に射手を配置する（2-409）方法をとった。また大石を投げつけることもごく普通に行われた（2-464）。ただし後の時代に現れる石落としのような装置として描かれているわけでもなく、中国やヨーロッパなどで用いられた投石機を示唆しているわけでもない。櫓の高さを利して投げつけるだけである。

比叡山や東寺では三百余の櫓が建てられたという（3-121ほか）。あまりにも多すぎる数であり、実数とは考えられない。ただし敵を寄せつけないためには塀際、木戸際に至る前に撃退するのが効果的であるから、できるだけ多くの守備兵を櫓に立たせて迎撃する必要があった。従って可能な限り在城兵に見合った数の櫓を建てることは当然行われたことだったろう。

三　堀・塀

堀（六一）は堀溝・空堀（乾堀）・堀切を含む件数である。堀幅は二丈（1-103, 2-65）、深さも二〜三丈（2-441）の規模が描かれているが、六メートル前後の堀幅、深さというのは標準的な規模であっただろう。鉄砲伝来以後と比べれば小規模である。

それでも堀底に下り、堀底から上って城に接近することは容易ではなかった。まして深く傾斜角度のきつい堀を越えることは至難の業であった。それでも攻略法は存在した。攻める側は櫓を焼き草で焼き払い、堀を埋め草で埋めた（3-121）という。また向かい城と攻め込むべき相手の城との間に橋を渡す方法もあった。なお、「向かひ城」「向かひ陣」「陣屋」は、一例を除いて他はすべて巻十七（本書第三冊）以降に見える用語である（1-342）。おそらくは戦乱の恒常化に伴う出現を意味するのであろう。構城目的の多岐化、細分化がこの間に進行したと言える。

千早城に討ち入るため幕府方は、わざわざ京都から番匠五百人を呼び二十丈の長さを持つ梯子を作らせた。これを滑車で持ち上げ、敵の城に橋として懸け渡したのである。もっともこの時も正成の知謀により、松明を投げつけられ、さらに水弾きすなわちポンプで油を振りかけられて炎上し、結果的には失敗に終わる。

近くの河川から水を引き入れれば、堀は水堀となる（2-65ほか）。人が立って渡ることができない程度まで水を張るものであった。この時代といえば山城を想起するが、山城では堀に溜める程の水は得にくいことから、一般的には空堀となる。しかし本書には少なくとも五件の水堀が書かれており、寺社や館を基とした平地の城郭は、水堀にすることが普通であったと思われる。

なお源平の争乱期にすでに見えた、道や尾根を掘り切る行為もこの時代に引き続いて行われた（1-313）。比叡山雲母坂水飲峠付近にあった堀切も交通遮断のものであっただろう（3-112）。

船上山に作られた城は、逆茂木や掻楯代わりの板程度で守られる急ごしらえの城で、「未だ堀の一所をも掘らず、塀の一重をも塗らず」（1-364）という状態であったという。ここで堀と塀は城域を確定し、城を城たらしめる要素として描かれていることが分かる。塀（屏）は重要な役割を果たす防御施設なのである。

地名由来ともなるほど石に恵まれた笠置山のような場合には、塀も石壁となるが、一般的に塀の構築は「塗る」という表現を用いていることから土塀であったと思われ、柱で支えなければならなかった（3-375）。塀に開けられた狭間は土狭間《つちさま》といって（1-168）、櫓の狭間と区別する表現があるが、これは土塀の狭間という意味にとるべきであろう。

柱を立てずに縄で固定し、敵が攻め上がってくる頃合いを見計らって縄を切り釣り塀を落とす話（1-171）は、楠木正成の知謀を示すエピソードとして有名であるが、釣り塀の後ろに塀が設けられていたとしても、その塀は崩壊させた釣り塀より郭側に後退しており、崖際に犬走り的な空間を生むことになる。これによって敵の足がかりを作ることにもなり、また崖を登ってくる敵を射ることもできないから、いずれにしろ釣り塀策は適切ではない。

「出塀《だしべい》」と呼ばれる塀がある。文字通り前面に飛び出た塀のことであり、櫓（2-128）と同様に横矢効果が期待できる。しかし実際には木造で外に突出しているため、攻城軍の標的になりやすく、焼け落とされる危険性もあった（3-158）。

四　切岸

塀の下方にあるのは堀か崖である。攻城兵は、可能であれば堀に入り塀の真下に張り付く。真下は死角となって身を守ってくれるからである。崖の場合も同じ行動をとる。崖は岸とも記される。

城を構える側は厳しい傾斜面を作り出すために、人為的に崖を切り落とす作事を行うことも多くあったと思われる。特に垂直に近い、厳しい崖を切岸《きりぎし》と呼ぶ。登ることが叶わない程の絶壁であり、そうした切岸を持つ城は要害が良い城とされる（2-494）。

単に岸と記すものの中には、屛風を立てたようである（1-312）と表現される絶壁もある。また高岸で馬の鼻が地面につく（5-321）といわれた崖もある。この二例はいずれも「岸」の傾斜が厳しいことを表しているが、同時にある程度の高さや長さを推測させる。ではその時、「切岸」の高さはどのように表されているのだろうか。

「切岸高ければ、前なる人の楯を踏まへ、甲の鉢を足だまりにして」（5-323）と語られている。引用箇所によると、人の背丈を足がかりとするというのであるから、せいぜい二メートル前後と考えて良さそうである。そしてその程度の高さしかない段を、高い切岸だというのである。『秋夜長物語絵巻《あきのよのながものがたりえまき》』の中には、楯の桟に足をかけ土塁を登る武士の姿が描かれているが、まさに切岸は土塁と同じ高さあるいはそれ以下ということになる。

切岸の高さを示した記事は他にない。しかし岸が一定の高さを持つものであることを前提とすれば、すべての切岸を段切り程度のものと見做すことはできない。すなわち切岸は高低差によって岸と区別されるというより、自然の崖・岸に対して人為的に切る行為が加わったものと考える方が適切である。

土塁は『太平記』には出てこない。「塁」は見えるが、これは「城を堅くし、塁を深くする謀《はかりごと》をも事とせず」（3-330）と記されており、本書では「塁」を「ほり」と読む。しかし小学館版は「塁」にふりがなはなく、現代語訳で「土塁を高くする」（小2-512）と訳している。どちらも釈然としない。ここは「堀」を誤って「塁」と記したと考えるべきではないだろうか。

土塁的なものがないわけではない。その一つは「堤《つつみ》」である（6-180）が、これは元寇に際して築かれた石塁を意味する。またもう一つの方は、「掘り上げて山の如くなる上げ土、塀とともに五，六丈崩れて、堀は平地になりにけり（2-66）」とあって、堀を掘った時に出た土を固めてその上に塀を建てたのが、塀が引きずり倒された時に土台の土も一緒に崩れて堀を埋めたというのだから、この土の基礎は土塁であろうと推測できる。それにもかかわらず土塁・土居あるいはそれに相当する語句を記していないのである。このことは、あまり注目されないが、戦国期に虎口の進化を促したのは土塁の付け方であったことを想起すれば、南北朝期の土塁の軍事的位置づけがあまりにも低いことに驚きを感じる。すでに見てきたように塀が城の攻防に大きく関連したのに対して、土塁は存在したとしてもその基礎、土台としてしか認識されなかったのではないかと思われるのである。

これは天嶮主義の時代だからこそといえるが、天嶮に頼れない平城の場合は、人為的に要害化するほかはなかった。そのことを前提とすると、城が持つ軍事的施設・設備は平城を通してこそ発達を遂げたのではないかと推測できる。

五　まとめにかえて

最後に九十あまりの地名あるいは人名を冠した城郭について若干触れておこう。

戦国期の城は、地名＋城で表記された場合、地名が城名であると考えて問題がない。しかし

『太平記』の段階では、たとえば「赤坂城」と書いてあっても「あかさかのじょう」と読むように、普通、地名＋の＋城であって、それがそのまま城名とは断定できないものになっている。ただしそれは読みに関してのことであり、文字だけでいえば、二十巻以後、「の」字の表記が少なくなって、地名と城郭が直接繋がってくる。これが、次第に城名化していく姿を表すものであるかどうかは即断できない。

ヨーロッパでは、中世を通じて城は、目録に記載された調度品とともに売買されたが、我が国の場合、管見の及ぶ限り、城郭が譲り状や売券に載るようになるには、もう少し時代が下るのを待たなければならないように思う。つまり城は私有性や恒久性があまり考慮されなかったと考えられるのである。そのことは『太平記』に曲輪のことが一切書かれなかったこととも関係しているだろう。極端に言えば、木戸さえ破れば勝敗が決する戦いの在り方を反映し、個々の曲輪は土塁の有無も問われなければ、名前もつかなかったほど軽視されたのではないかと思われる。知恵と工夫によって築くというよりも、天嶮に構えるこの時期の城郭は、不動産としての価値をそれほど持たなかったと考えられる。

『太平記』に書かれた城郭を見直すと、まだまだ読みとるべきことが多く残されていることが分かる。拙論では、後世の城郭との比較を念頭に、日本城郭史における南北朝時代の意味を改めて考えてみた。

◎主要参考文献

永積安明『太平記』（岩波書店、一九八四年）
村田修三「中世の城館」（『講座日本技術の社会史』第六巻（日本評論社、一九八四年）
野崎直治『ヨーロッパ中世の城』（中公新書、一九八九年）
三浦正幸『城の鑑賞基礎知識』（至文堂、一九九九年）
松尾剛次『太平記　鎮魂と救済の史書』（中公新書、二〇〇一年）
ハインリヒ・プレティヒャ著・平尾浩三訳『中世への旅　騎士と城（新装復刊）』（白水社、二〇〇二年）
斎藤慎一編『城館と中世史料 －機能論の探求－』（高志書院、二〇一五年）
兵藤裕己『後醍醐天皇』（岩波新書、二〇一八年）
角田誠「近畿地方における南北朝期の山城」村田修三編『中世城郭研究論集』（新人物往来社、一九九〇年）
拙稿「『要害』について」東北学院大学中世史研究会『六軒丁中世史研究』（第八号、二〇〇一年）

II

軍記を拡げる

『将門記』の史実性

倉本一宏

平将門は、東国に新たな政権を樹立したとされ、それが武士の成立の先駆けであり、鎌倉幕府の先蹤として高く評価されている。言うまでもなく、平安貴族を打倒した東国武士という旧来の理解に基づくものである。

そして将門の乱を描いたほとんど唯一の史料である『将門記』は、史実を伝えたものとして、乱の終結後、それほど時を経ずに成立したものとされる。そして内容的には筆者の創作とみられる部分もあって、すべてを事実とみるわけにはいかないとはいうものの、基本的には史実を伝えたものと考えられている。

しかし、本当にそうなのであろうか。私はかつて、将門の「新皇」即位や諸国の「除目」、「王城」建設などについて、これらはとても史実とは考えられないことを考察したことがある（倉本一宏『内戦の日本古代史』）。

近年では、「源頼信告文」に見える、源経基が将門の好言（謀反への勧誘）をよしとせずに告発したという、『今昔物語集』にも描かれるストーリーが、『将門記』には見えないことを指摘し、その史実性に疑問を持つ論考も現れている（藤田佳希「中世の源経基像と武士の系譜意識」）。

最たる例は、最初に将門と対立した平良正が、下野国境の戦の後は『将門記』に見えないにもかかわらず、『尊卑分脈』では三浦氏・和田氏・大庭氏・梶原氏などの武家の祖としている点、そして平良文が、上総氏・千葉氏・秩父氏・畠山氏・中村氏・三浦氏・和田氏・大庭氏・梶原氏など多くの坂東武者の祖とされ、『大法師浄蔵伝』奥書所引『外記日記』など信頼の置ける史料に登場するにもかかわらず、『将門記』にまったく見えない点であろう。

ここでは、『将門記』に描かれた将門の乱は周知のこととして、それ以外の、確実に史実を伝えている史料のみによって、将門の乱の実像を再構築し、『将門記』の史実性について考えることとする。

一　一次史料による将門の乱の復元

『歴代皇記』が引く「将門合戦状」によると、承平五年（九三五）二月二日、将門は常陸国野本に陣を布いて待ち伏せしていた源《みなもとの》扶《たすく》・隆《たかし》・繁《しげる》といった源護《まもる》の子の三兄弟と合戦し、勝利したとある。これ以降、『将門記』では良兼《よしかね》・良正《よしまさ》ら叔父たちとの私闘が描かれるが、それらは一次史料には現れない。

『将門記』では、承平六年（九三六）九月七日に届いた官符により、都に召喚された将門が十月十七日に京に上り、検非違使庁で事件の顛末を弁明したとあるが、これも一次史料には見えない。そして承平七年（九三七）四月七日の恩赦によって無罪となったことになっているが、実際に大赦が宣せられたのは正月七日である（『日本紀略』）。

その後の良兼・貞盛《さだもり》との戦いも、一次史料には見えない。天慶元年（九三八）十一月三日には、将門の弟と思われる将武の追捕を命じる官符が駿河・伊豆・甲斐・相模国に出されたが（『本朝世紀』）、『将門記』には見えない。

天慶二年（九三九）二月十二日に、摂政太政大臣藤原忠平《ふじわらのただひら》が将門を召喚することを命じたが（『貞信公記抄』）、これは『将門記』では上京した貞盛の訴えによるものとしている。なお、忠平は将門の私君であったと思われる。ここまでは一族の私闘の段階である。朝廷もそれほどの関心を示していないことがわかる。

天慶元年二月頃、武蔵国司である武蔵権守興世王《おきよおう》・武蔵介《むさしのすけ》源経基《つねもと》と在庁官人である判官代兼足立郡司武蔵武芝《むさしのたけしば》との間に起こっていた紛争を、将門が調停しようとして介入したと『将門記』は伝える。その過程で、『将門記』では、経基は興世王と将門が謀叛をはかっていると太政官に奏上したとある。

密告があったこと自体は史実だったようで（この段階では誣告《ぶこく》なのだが）、忠平の日記である『貞信公記抄』の天慶二年三月三日条に、「源経基が武蔵の事を告言した」とある。その後も、四日に坂東兵乱の平定を神祇官祭主に祈らせ、九日に十一社に祈祷、延暦寺に修法をおこなわせ、二十二日に陰陽師に太一式祭をおこなわせるなど、矢継ぎ早の宗教的措置を執っている（『貞信公記抄』）。

六月七日、武蔵国問密告使が任命された（『貞信公記抄』『本朝世紀』）一方で、経基は誣告の疑いによって左衛門府に拘禁されている。推問使（武蔵国問密告使）の方は、兵士徴発が認められず、年末になっても進発することができなかった（『貞信公記抄』）。

一方、六月十六日の除目で、相模・武蔵・上野三国の権介が任じられた（『本朝世紀』）。相模の橘是茂《たちばなのこれしげ》、武蔵の小野諸興《おののもろおき》、上野の藤原惟条《これつな》はいずれも武勇に優れた人物で、御牧別当の経験者である。彼らは将門鎮圧に利用されたのであろう。

六月二十一日には追捕官符が発給され（『本朝世紀』）、二十八日には経基の告訴が正式に受理されている（『貞信公記抄』）。『将門記』が語る、貞盛が六月中旬に坂東に携えてきた官符とは、これのことなのであろう。

その頃、常陸国府を舞台に、もう一つの紛争が起こっていた。国の乱人で群盗でもあった常陸国の住人藤原玄明《はるあきら》と、受領の藤原維幾《これちか》およびその子息の為憲《ためのり》とのあいだに、官物（公領からの貢納物）の弁済をめぐる紛争が起こった。

これにも介入した将門は、千余人の兵軍を率いて天慶二年十一月二十一日に常陸国府に侵攻し、舎宅を焼亡させた（『扶桑略記』）。この『扶桑略記』の記事は『将門記』によるものであり、とても一次史料とは言えないが、ともあれこの時点から、将門は国家に対する叛逆に乗りだしたことになる。

『将門記』やそれによった『扶桑略記』では、興世王が坂東諸国の攻略を将門に進言したことになっているが、実際にこのような会話が行なわれたかどうかは疑問が残る。

十二月二日になって、常陸国から、将門と興世王が官私の雑物を損害したという報告が届いている（『日本紀略』）。なお、この頃、藤原純友《すみとも》の叛乱も始まっている（『貞信公記抄』『日本紀略』）。

将門謀反の報は、十二月二十二日と二十七日に信濃国からの飛駅によって都に知らされた。『日本紀略』二十七日条には、「下総国豊田郡の武夫が平将門と武蔵権守従五位下興世王を奉じて謀反を起こし、東国を虜掠した」と、二十九日条には、「信濃国が、平将門が兵士に付して、上野介藤原尚範《ひさのり》・下野守藤原弘雅《ひろまさ》・前下野守大中臣全行《おおなかとみのまたゆき》を追い上げたということを言上した。同日、勅符を信濃国に賜い、軍兵を徴発して境内を守護させた。内裏の諸陣・三関の国々、及び東山・東海道諸国の要害を警固した。夜に入って、武蔵守《むさしのかみ》百済王《くだらのこにきし》貞連《さだつら》が入京した。殿上間の前に召し、軍兵の事が起こったことを問われた」とある。

十二月二十九日には信濃国に勅符を下賜し、軍兵を徴発して境内を守護し、諸陣、三関国、東山・東海道諸国の要害を警固することを命じている（『日本紀略』『本朝世紀』）。『本朝世紀』では、将門と純友が謀を合わせて心を通わせ、このことを行なったという観測を記している。『貞信公記抄』や『吏部王記』といった古記録にはこれについての記事はなく、二十九日に諸国に勅符・官符を下賜したという記事が見えるのみである。『貞信公記抄』では、祈祷を行なう賀《か》茂忠行《ものただゆき》に、功があれば特に賞するとの仰せを記している。

明けて天慶三年（九四〇）、元日に東海・東山・山陽道諸国の追捕使を任命した（『貞信公記抄』『日本紀略』『公卿補任』『園太暦』）。ただし、純友を追討する山陽道追捕使は十六日に進発しているものの（『貞信公記抄』）、東海・東山道追捕使は、なかなか進発できずにいた。

この間、伊勢神宮をはじめとする諸社に幣帛使を派遣して祈祷させ、延暦寺をはじめとする諸寺に仁王経読経や太元法などの修法を行なわせている（『貞信公記抄』『日本紀略』『北山抄』）。一方、都に逗留していた推問使を解官に処し、経基の密告を賞して従五位下を授けている（『貞信公記抄』『日本紀略』）。

その後、『将門記』は将門が「新皇」に即位したことを語る。ほとんどの論考はこれを史実として考えているが、はたしてそれは史実なのであろうか。即位の経緯を読むにつけ、私にはこれが後世の作文であるように思えるのである。言説や説話の形成と、実際に起こった事実との関連は、慎重にも慎重を重ねて考えなければならない問題である。詳しくは『内戦の日本古代史』で述べたので、そちらを参照されたい。その後、『将門記』で将門が私君の忠平（直接的には忠平の子の師氏《もろうじ》）に宛てた書状についても同様である。

また、『将門記』では、弟の将平《まさひら》たちが将門を諫めたものの、将門がこれらを一喝したという記事が続く。それに対し将門は、「今の世の人は必ず戦いに勝利を収めた者を主君と仰ぐ」と一喝しているが、おそらくはこの部分も後の文飾であろう。

次いで『将門記』では、新皇の宣旨と称して諸国の「除目」を発令し、「王城」の建設を決定したことになっているが、これらも『将門記』の文飾であろう。

史実の方に戻ると、正月十一日、東海・東山道の諸国司に宛てて将門追討を命じる官符が出された。『本朝文粋』や『扶桑略記』に載せるそれは、「まさに殊なる功有る輩を抜きんじて、不次の賞を加えるべき事」というもので、将門の敗北のみならず、武士の発生にとってもきわめて重要な官符であった（川尻秋生『平将門の乱』）。

この中で、「たとえ蝦夷・田夫・野叟であっても、将門を討滅した者が貴族としての位階に上り、功田を賜わって子孫に伝えることができる」というのは、坂東の者たちにとっては、この上ない餌となった。この官符が各国にもたらされた時、将門の運命は決したと称すべきであろう。ただ、実際に将門を討伐して官位を高めたのは、藤原秀郷《ひでさと》・平貞盛など、もともと貴族社会に連なる者たちであって、これらが後世、「兵の家」として中央における軍事貴族の地位を独占することになる。

正月十四日には坂東諸国の掾《じょう》八人が任じられ（『貞信公記抄』）、追捕凶賊使（押領使）とされた（『日本紀略』）。常陸掾には平貞盛、下野掾には藤原秀郷が任じられ、ここに貞盛と秀郷が公的な追討使の地位に就いたことになる。

一方、正月十八日には、参議藤原忠文《ただふみ》が征東大将軍、経基が副将軍に任じられた（『貞信公記抄』『日本紀略』）。征東軍は二月八日に京を進発している（『貞信公記抄』『日本紀略』）。翌九日には、征討軍兵士の徴発が遅れている国々に、これを督促した（『貞信公記抄』）。しかしながら、先に述べたように、将門討滅の大功を手に入れたのは、これら朝廷の正規軍ではなかった。

なお、この間、将門が一万三千人の大軍を率いて陸奥・出羽国を襲撃しようとしたという報告が、陸奥国府からもたらされている（『九条殿記』『師守記』）。この情報がほんとうであれば、将門が東北地方も含めた独立国家をめざしていたという評価になるのであろうが（川尻秋生『平将門の乱』）、当時の陸奥守が貞盛の元上司の平維扶《これすけ》であったことを考えると、将門の坂東制覇の報を得た陸奥国府が、出羽で俘囚の反乱が起こっていたこの時期、やがてこちらにも遠征してくることを怖れてパニックに陥ったものであろう。

将門と秀郷・貞盛の最後の決戦は、都の貴族の記録した一次史料にはまったく現れない。承平年間の将門と一族の抗争も同様であるが、『将門記』の記述によってしか復元できないからといって、『将門記』の作者が地方の動向に詳しいと推定することはできない。むしろ虚構の疑いを持つのが、歴史学としては当然であろうと思うのだが。

一応、『将門記』によって将門の最期を記述してみると（くどいようだが、史実かどうかは別問題である）、将門は諸国から雇用した兵士（伴類）をみな帰国させ、残りの直属兵（従類）は千人にも満たなかった。この情報を得た貞盛と秀郷は四千余人の軍兵を整え、戦いをしかけてきた。

将門は二月一日に従兵を率いて、敵地下野に進軍した。将門の前陣は敵の所在がつかめなかったが、副将たちが敵の所在地をつかみ、単独で襲いかかった。軍略に長じた秀郷は、計算どおりにその陣を撃ち破った。貞盛と秀郷は敗走する将門軍を追撃した。将門軍は奮戦したが劣勢で、いち早く退散したとある。貞盛・秀郷軍は軍衆を集め、軍備を整えて兵の数を倍にして、二月十三日に下総国の堺に到着した。

将門は戦い疲れた敵をおびき寄せようと、幸島の広江に身を隠した（『将門記』）。『扶桑略記』では島広山に隠れたとある。貞盛は将門の館をはじめ、与力の家の辺り一帯に火をかけて焼き払った。

そして二月十四日の未申剋（午後三時頃）、最後の戦いがはじまった。つねに従軍するはずの軍兵八千余人は集まってこず、将門が率いる勢力はわずかに四百余人に過ぎなかった。将門は猿島郡の北山を背にして、陣を張って待ち受けた（『将門記』）。

はじめ将門は追風を背に受け、特に弓射にとって有利となった。敵味方ともに楯を捨てて白兵戦となり、貞盛方の中陣は奇襲をかけてきたが、将門軍は騎馬で迎え撃ち、すぐさま敵兵八十余人を討ち取り、追撃して圧倒した。貞盛・秀郷・藤原為憲らの伴類二千九百人はみな逃げ去ってしまい、残った精兵は三百余人ばかりとなった(『将門記』)。

ところが、将門が本陣に帰るあいだに風向きが変わり、今度は逆風を受けることとなってしまった。将門は甲冑をまとい、駿馬を疾駆させ自ら先頭に立って戦ったとあるが、これが命取りとなった。逆風で馬が足を止めたところを、「神鏑《しんてき》」(神の放った鏑矢)に当たり、落命した(『将門記』)。『扶桑略記』では、貞盛の放った矢が当たり、落馬したところを秀郷が駆け寄って首を取ったという。

二 都への乱終結の報告

将門討滅の報(「平将門、貞盛・秀郷の師の為に射殺さるる状」)は、二月二十五日に信濃国から、二十九日に遠江・駿河・甲斐国から、それぞれ飛駅で京都に知らされた。三月五日には甲斐・信濃国に加え、秀郷自身の奏上も届いている(『貞信公記抄』)。『大法師浄蔵伝』奥書所引『外記日記』によれば、将門敗死の第一報を信濃国に伝えたのは将門の叔父の平良文《よしふみ》であったという(川尻秋生『平将門の乱』)。

さっそくに三月五日に秀郷たちの行賞が朱雀《すざく》天皇に奏上されている(『貞信公記抄』)。

現地では、将門残党の掃討が行なわれ、三月十八日に興世王が射殺されたとの報が届いた(『貞信公記抄』)。その一方では、二十五日、将門に印鎰《いんやく》を奪われた上総介の官が解かれている

（『日本紀略』）。

四月十二日、将門弟の将種《まさたね》が陸奥国で謀反を起こしたことが、常陸国から報告されている（『師守記』）。

将門の首は四月二十五日に秀郷によって京に届けられ、五月十日に東市の外の樹に懸けられた（『貞信公記抄』）。この首が後世、さまざまな伝説を作り上げていくことになる。

五月十五日には、征東大将軍藤原忠文が帰洛して節刀を返上している（『貞信公記抄』『日本紀略』）。二十一日には開関し、警固が解かれた（『日本紀略』）。

三　おわりに　――『将門記』の史実性――

こうして将門の乱は終結し、都は平穏な日々を取り戻した、わけではない。その頃、西国で純友の乱が激化していたのである。ただ、将門の乱を平定した朝廷は、純友の討伐に全力を割くことができたのである。

そして、将門の乱を収束させた藤原秀郷と平貞盛、そして源経基の子孫は、特に東国において軍事貴族の地位を獲得し、日本を古代から中世へと転換させていく原動力となった。その意味では、将門の乱の影響は多大なるものがあったと評価すべきであろう。

一方で、『将門記』の史実性を考えるとき、あくまでこれは軍記文学なのであって、とてもこれを、「関東で将門に近い立場にあった者の手になった記録をもとに、のち京都において文人的教養をもつ貴族もしくは僧侶によって作品としてまとめられた可能性がつよい」(『国史大辞典』)とは言いきれないのではなかろうか。

この『将門記』の史実性を必要以上に重視してきた背景には、京都の朝廷から独立した権力を樹立した先蹤としての将門、腐敗した京都の貴族を打倒した坂東の武士の先駆者としての将門の実像を、『将門記』の記述どおりに信じたいといった、歴史学とは相容れない願望が存在したものと思われる。自己の歴史像のために史料の史実性の追究には目を背ける。歴史学の怖さがもっとも端的に現れた事例であると称せよう。

◎主要参考文献

川尻秋生『戦争の日本史4 平将門の乱』(吉川弘文館、二〇〇七年)
倉本一宏『内戦の日本古代史』(講談社、二〇一八年)
下向井龍彦『日本の歴史07 武士の成長と院政』(講談社、二〇〇一年)
髙橋昌明「将門の乱の評価をめぐって」『論集 平将門研究』(現代思潮社、一九七五年)
林 陸朗『古代末期の反乱 草賊と海賊』(教育社、一九七七年)
福田豊彦『平将門の乱』(岩波書店、一九八一年)
藤田佳希「中世の源経基像と武士の系譜意識」『日本歴史』八九五(二〇二二年)
元木泰雄『武士の成立』(吉川弘文館、一九九四年)

将門の子孫伝承と相馬氏

岡田清一

「軍記」の一齣を史実と断定することは容易でないが、その一齣が成立する背景を繙く作業は、さらに深奥な史実を博捜する過程でもある。本稿で対象とする平将門の子孫伝承は、『今昔物語集』や『源平闘諍録』『太平記』等に見られるが、将門の子孫として「相馬」氏が具体化するのは、中世後期に成立した幸若舞「信太」や『師門物語』などの影響が大きい。しかも、鎌倉時代末期、下総国相馬郡から陸奥国行方郡に移住した相馬一族（後の相馬中村藩主家）は、寛永年間、江戸幕府による系図編纂事業に関連して、下総相馬一族に伝えられた将門の子孫伝承を取り込むなど、新たな「史実」を展開させるのである。

一　将門子孫伝承の成立と展開

将門に関する説話が発生する素地が『将門記《しょうもんき》』自体にあったことはすでに福田豊彦氏が指摘する。そうした説話が、より具体的に表れるのは、将門の子孫として壬生良門《みぶのよしかど》・如蔵尼《にょぞうに》・蔵念《ぞうねん》が描かれる十二世紀前半の成立とされる『今昔物語集《こんじゃくものがたりしゅう》』であろう。

ただし、将門と「相馬」との関係は、『将門記』に「王城《おうじょう》を下総国の亭南《ていなん》に建つべし。兼ねて檥橋《うきはし》を以て号して京の山崎と為《な》し、相馬郡大井の津を以て、京の大津と為す」とあるに過ぎない。また、『今昔物語集』巻第二十五にも「王城ヲ下総ノ国ノ南ノ亭ニ可建キ議ヲ成ス、亦檥津ノ橋ヲ京ノ山崎ノ橋トシ、相馬ノ郡ノ大井ノ津ヲ京ノ大津トス」とあるが、『将門記』の記述をそのまま用いたといってよい。

将門が下総国猿島郡石井営所《さしまぐんいわいのえいしょ》を本拠にしたことは『将門記』から明らかであるが、延慶本『平家物語』には「朱雀院御時、承平年中ニ、平将門、下総国相馬郡ニ住シテ八个国ヲ押領シ、自ラ平親王ト称ジテ」となって、相馬郡との関わりが一掃強調されるようになる。

さらに、十三世紀半ば、遅くとも十四世紀初頭には成立したとみられる『源平闘諍録《げんぺいとうじょうろく》』には、「将門妙見の御利生を蒙《こうむ》り、五ケ年の内に東八ケ国を打ち随え、下総国相馬の郡に京を立て、将門の親王と号さる」とある。王城建設の地として具体的に相馬郡を挙げるばかりか、将門を「相馬小次郎将門」と記し、さらに「良文は伯父為《な》りと雖《いえど》も、甥の将門が為《ため》には養子為るに依って」と載せて、千葉氏の先祖たる良文と関係づけている。同書は、千葉氏の影響下に作成された『平家物語』の一異本と考えられているが、千葉氏の氏祖に将門を組み入れ、その所領「相馬郡（相馬御厨《みくりや》）」との関係から「相馬小次郎将門」を派生させ、系譜認識を形成しようとしたとも考えられる。

なお、遅くとも十四世紀初頭の成立と考えられている『保元物語《ほうげんものがたり》』にも「昔、承平に将門が下総国相馬郡に都をたてゝ、我身を平親王と号して、百官を種々に成をきたりけむ」とあり、さらに『神皇正統記《じんのうしょうとうき》』にも「コレヨリ坂東ヲオシナビカシ、下総国相馬郡ニ居所ヲシメ、都トナヅケ、ミヅカラ平親王ト称シ、官爵ヲナシアタヘケリ」とあるが、同書が東国で著述されたことからすれば、将門が相馬郡に王城・居所をかまえたという伝承が東国社会に流布していたと思われる。

二　幸若舞「信太」や『師門物語』

では、東国社会における将門受容の意識は、どのように具現化され、どのように変容していったのであろうか。

たとえば、中世後期には、将門の孫である文国《ふみくに》の貴種流離譚《きしゅりゅうりたん》でもある幸若舞《こうわかまい》「信太《しだ》」や将門五代の末孫である師門を描いた「師門物語《もろかどものがたり》」が成立する。

「信太」は、将門の敗死後、常陸国信太郡に移った孫の文国が、姉千手姫の嫁いだ小山行重に所領を奪われると、その後は人買い商人に売られ、塩汲みに従事させられるなど諸国を流浪するも、外《そと》の浜＝陸奥湾で領主「塩路の領司」の養子となり、さらに多賀国府《たがのこくふ》で国司からその素性が認められ対座を許されると、小山行重を攻め滅ぼし、相馬郡で栄えるという内容をもつ。

人買い商人に売られて塩汲みに従事し、最後は宿敵を討ち滅ぼすストーリーは、「山椒大夫《さんしょうだゆう》」に極似している。いずれもモチーフに「塩」が重視されている点、塩汲みの状態から多賀国府で身分を回復する点など、おそらく日本海側で伝えられた「山椒大夫」と、関東地方に残された将門の子孫伝承が、日本海側と太平洋側を往来する塩商人によって多賀国府で結びつけられたと考えられる。多賀国府や石川県金沢市に残されている信太小太郎の伝承は、中世に発生した伝承がかたちを変えながらも、それぞれの地域で語り継がれてきたことを示している。

三　将門と下総相馬氏

『源平闘諍録』によれば、頼朝の「本妻」＝伊東入道三女が再婚の相手を列座する「大名」中から撰ぶよう迫られた時、指さした相手は相馬師常《もろつね》であった。頼朝は、「日の本の将軍と号する千葉介常胤の次男相馬次郎師常とは是也」と悦び、師常に対して、「頼朝をば舅《シウト》と思われべし。頼朝は聟と思うべし」と仰せたという。

しかし、『源平闘諍録』からは将門の子孫として相馬師常の存在が類推できるものの、その後の相馬氏が将門子孫を主張するのは、資料的に十七世紀のことである。周知のように、下総国相馬郡を根本所領とした相馬一族は、鎌倉時代末期、その一部が奥州行方郡《なめかたぐん》に移住し、江戸期には相馬中村藩主家として存続、伝来する多くの中世史料から研究の対象とされてきた。一方、相馬郡に残ったいわゆる下総相馬一族は、十六世紀末、豊臣秀吉が小田原の北条氏を攻略した際、小田原城に籠城したために所領を没収。その後、徳川家康が関東入りすると旗本として仕え、他に小田原藩大久保家や彦根藩井伊家に仕える系統もいた。

そうした下総相馬一族に、将門の子孫伝承が伝えられたことは、「相馬則胤《のりたね》覚書」（『続群書類従』）からわかる。同書には、

相馬ハ両流アリ、根元ハ平親王将門八州ヲ併呑シテ、総州相馬郡ニ都ヲ立、伯父常陸大掾国香ヲ討、承平年中為追討使被討、兄弟子孫或被誅或討死、若輩ハ配流也、将門ノ孫文国ノ時被免、自配所帰常州ニ移住、其後一族ヲ憑、総州相馬ニ帰、子孫三四代ニテ断、相馬小次郎師国無男子、而千葉介常胤二男師経ヲ養子トシテ譲名、師常ノ子孫数多アリ、

とあり、将門の乱後、「若輩」は配流されたが、孫文国は赦されて常陸国に移住、その後、相馬郡に帰ったが、相馬師国に男子が無かったため、千葉常胤の次男師経（師常）を養子に迎え

たという。

同書は、元和八年（一六二二）、「総州相馬内荒木村住人」相馬則胤が「大久保加州大守ノ御内相馬長四郎」の所望に任せ、「総領小次郎殿」が「御家伝書」を書写したものであった。相馬長四郎は、『寛政重修諸家譜《かんせいちょうしゅうしょかふ》』によれば相馬整胤《まさたね》の子「長四郎」に比定され、総領小次郎は、同家譜に「旧知相馬郡のうちにをいて千石の地を賜ひ」て徳川秀忠に仕え、明暦元年（一六五五）に没した政胤《まさたね》（長四郎の甥）のことと思われる。「御家伝書」の内容が判然としないが、「将門ノ孫文国ノ時被免、自配所帰常州ニ移住」などからすれば、既述の幸若舞「信太」の内容が取り込まれていた可能性がある。少なくとも、将門の子孫という系譜伝承が下総相馬氏に伝えられていたことがわかる。

この伝承は、江戸幕府が系図の提出を求めた時、寛永十七年（一六四〇）頃に編纂されたと思われる「相馬当家系図」（『取手市史古代中世史料編』）に詳述されることになる。すなわち、将門の子に如蔵尼・良門・将国を設定し、将国の子文国＝信太小太郎と女子（千手妃《せんじゅのひめ》）の流離譚を介在させるとともに、その子孫師国に男子が無かったため、千葉常胤の二男師常を養子に迎えたことなど、「相馬則胤覚書」の内容ばかりか如蔵尼・良門を加えてより詳細に描かれている。

しかも、文国・千手妃の流離譚は幸若舞「信太」にみられる「信太小太郎」「信太殿」の軌跡をほとんどそのままに用いている。遅くとも近世初頭、将門の子孫が文国＝信太氏を介して相馬氏に繋がる系譜認識が下総相馬氏に存在したことは確実であろう。

四　将門と奥州相馬氏

奥州相馬氏＝相馬中村藩主家に伝来した文書の一つ、文正二年（一四六七）二月二十五日付「目々《めめ》沢《さわ》道弘《どうこう》置文《おきぶみ》」の冒頭は次のようにある。

右、代々御重書之事、
日本将軍自将門平親王以来、千葉之御先祖、
一番惣領千葉殿
二番次男相馬殿
三番武石殿
（中略）文正二年丁亥二月廿五日
目々沢周防入道沙弥道弘（花押）

文意は読み取りにくいが、おおよそ将門平親王以来、日本将軍（を継承し）、かつ千葉の先祖でもある、とでも理解できようか。この文言は、『源平闘諍録』の「日ノ本ノ将軍ト号スル千葉

介常胤の次男相馬次郎師常」を意識したものとも思われ、千葉氏の先祖でもある「日本将軍」将門の血脈を主張する、藩主家の系譜認識を読み取ることができよう。しかし、この文書の冒頭「右、代々御重書之事」をどのように理解すべきであろうか。「代々の御重書」とは相馬氏の歴代に関わる「重書」＝重要な文書と理解できるが、その「代々」が「右」＝文書冒頭になければならないのに無いのである。

相馬家の文書原本は、太平洋戦争末期、空襲によって焼失したとされ、現在は東京大学史料編纂所に架蔵される影写本《えいしゃぼん》が利用される。この影写本は、その奥書に「明治廿二年六月子爵相馬誠胤《ともたね》蔵本ヲ写ス」とあり、同年四月、福島県下を巡回した星野恒《ひさし》が相馬誠胤所蔵の文書を「蒐集」したことがその復命書から理解できる。それらは、

一、證文　　三巻
　代々御重書之事状以下十二通一巻
　重胤かしそく次郎譲渡状以下廿七通一巻
　譲渡下総国相馬郡云々状以下三十一通一巻
一、雑文　　壱巻（一一通）
（中略）
一、證文　　壱巻八通

（下略）

などを含む「合八巻百四十通四通三冊」であった。この「右代々御重書之事状以下十二通」が、既述「目々沢道弘置文」を始めとする文書群であったことは、文言からも理解できる。

この「證文」三巻に関連して、相馬家には「證文一」（十七通）、「證文二」（二十九通）、「證文三」（四十通）のほか、冊子本「古文書写綸旨證文拾九通相馬因幡守」、「古文書写雑文四拾五通相馬因幡守」などが現存する。この「證文一」の冒頭には、

師常
胤綱
胤村
師胤
重胤
右代々御重書之事、
日本将軍自将門平親王以来、千葉之御先祖（下略）

とあって、以下の文書群が、師常以下重胤に至る相馬氏五代に関わる「重書」であることを示

している。同じように「證文二」の冒頭には「親胤　光胤」が、「證文三」には「胤頼　憲胤　胤弘」とあるから、「證文」三巻は相馬氏累代の文書を集録した文書集であったことがわかる。それは、例えば「證文二」の最後に収録された建武三年（一三三六）五月九日付け相馬光胤軍忠状に添付された「押紙」に「至爰光胤證」とあり、「證文三」最後の永享八年（一四三六）霜月付け目々沢道弘預り状にも「至爰胤弘證」という「押紙」が添付されていることからも理解できる。では、この「證文」はどのような目的のもとに作成されたのであろうか。

五　相馬中村藩の系図編纂

歴代の文書を整理・集積する目的は、少なくとも歴代の事績を明らかにして顕彰することであろう。そうした行為は、戦いのない比較的安定した時代にこそ求められるのであって、文正二年（一四六七）や永享八年（一四三六）段階に求めることは難しい。

こうした文書整理等の環境を前提に考えると、相馬中村藩の年譜「義胤朝臣年譜」寛永十五年（一六三八）十一月十五日条には「御家ノ記録外天記」が選集されたことが載る。すなわち、義胤君御先代（義胤の祖父、外天・長門守義胤）の旧記が「将門以来ノ旧記、高胤・盛胤・顕胤・盛胤・義胤・利胤御代々ノ事跡、證文」を以て編集されたのである。この「外天記」は明暦三年（一六五七）正月の江戸大火によって焼失したため、「證文」を具体的に知ることはできない。

ところが、寛永十八年（一六四一）二月、江戸幕府が諸大名・旗本諸家に系図の提出を求めた時、中村藩は「御先代ノ證文揃集八拾四通、雑文四拾七通、都合百三拾壱通」をもとに系図を編集し、早くも五月十九日、幕府（太田資宗）に提出したことが年譜からわかる。この系図の控えと推測されるものが、冒頭に「依當将軍家召奉備進系図之写」と記載される「奥州相馬系図（将監家本）」＝仮称で、相馬一族「相馬将監家」に伝来した。

本系図は、大膳亮義胤《だいぜんのすけよしたね》が従五位下に叙せられた寛永十三年十二月二十九日までの事績と、最後に「寛永十八辛巳年五月十九日相馬大膳亮義胤」と記載されている。この日付は、幕府に系図を提出した日であるばかりか、累代の事績の最後に「各有證文、此外雖有證跡、繁多故略之」などと記され、さらに「證文」の掲載順が系図の事績に概ね対応しているなど、両者の関係は明らかである。

一方、「證文一」の冒頭に記された「目々沢道弘置文」および「目々沢道弘預り状」に関する記述は全くみられず、そもそも相馬氏歴代の文書を収録した「證文」に、この二通はそぐわないとみるべきだろう。

したがって、年譜に記された「御先代ノ證文揃集八拾四通」と相馬家が現蔵する「證文一〜三」（八十六通）は収録文書数からも別の文書集であった可能性がある。おそらく、寛永十八年に存在した「御先代ノ證文揃集八拾四通」に二通の目々沢道弘に関する文書が追加されて現存の「證文一〜三」が成立したのではないだろうか。

六　二種の系図

寛永十八年（一六四一）五月、幕府に提出した既述の「奥州相馬系図（将監家本）」は、桓武天皇に始まり、高望王、良将、将門（相馬小次郎・自号平親王）と続き、良将の弟良文の子忠頼を将門に直結させて「良文子、継将門跡」と記し、千葉常胤《ちばつねたね》から相馬氏の祖師常へと続いている。したがって、将門の子孫という認識は確認できるものの、それは極めて簡潔であり、下総相馬氏の提出した系図にみられる「信太氏」も存在しない。

ところが、翌寛永一九年閏九月、中村藩は「相馬代々ノ御系図」を太田資宗に再度提出した。この系図は四月段階で完成していたらしく、中津幸政によって写された二巻は、一巻が「妙見社」に奉納され、別の一巻は藩の重臣泉胤衡《いずみたねひら》が預かることになったが、年譜は「往古御家執事目々沢周防入道道弘ニ被預置、以旧例也」と記している。この文言は、「目々沢道弘置文」に記載される「藤原朝臣木幡目々沢周防入道道弘、彼御重書、代々罷預候間」に対応する文言であろう。

なお、「妙見社」に奉納された系図は、さらに書写されて歓喜寺に預けられた。すなわち「相馬之系図」である。その特徴は、「奥州相馬系図（将監家本）」と同じように良文の子忠頼に「継将門跡」と記して千葉常胤に至る系譜を載せ、さらに将門の子孫に将国・文国系のいわゆる信太氏を介在させ、師国の養子として師常を記している点にある。下総相馬氏の「相馬当家系図」のように文国に詳細な流離譚を記載しないものの、その系脈は同じである。

寛永十八年に提出した系図にはなかった信太氏が、翌年、再提出された系図に組み込まれ、しかもその写本の一巻が「往古御家執事目々沢周防入道道弘ニ被預置」という旧例に基づいて泉胤衡に預けられたのである。この「旧例」が事実ならば、寛永十八年に提出した系図でも行われたはずであるが、その痕跡は確認できない。以上の事実関係から考えるならば、「證文一」の冒頭に置かれた「目々沢道弘置文」は文正二年のものではなく、「外天記」が編纂された寛永十五年段階で存在した「證文」＝「御先代ノ證文揃集八拾四通」に基づいて「奥州相馬系図（将監家本）」が作成され、その後、寛永十八年五月以降、翌年四月以前に作成された「證文一」に追加された可能性が指摘できよう。

したがって、「目々沢道弘置文」に記された「日本将軍自将門平親王以来」の文言をもって、奥州相馬氏に将門の子孫という明確な系譜認識が中世段階にあったことにはならないのである。

では、なぜ寛永十八年五月以降、将門の子孫という認識を強く打ち出すようになったのであろうか。確証はないものの、外様から「譜代」への家格上昇を意識し、さらに下総相馬氏を「分流」とみなす本流認識を想定できるが、この点については予定する別稿で詳述したい。

◎主要参考文献

笹野堅編『幸若舞曲集・本文／序説』（第一書房・一九四三年、臨川書店・一九七四年に復刊）
梶原正昭・矢代和夫『将門伝説』（新読書社、一九六六年）
『取手市史古代中世史料編』（一九八六年）
酒向伸行『山椒太夫伝説の研究』（名著出版、一九九二年）
『岩井市史別編・平将門資料集』（岩井市、一九九六年）
関幸彦『蘇る中世の英雄たち』（中公新書、一九九八年）
村上春樹『平将門伝説』（汲古書院、二〇〇一年）
村上春樹『平将門―調査と研究―』（汲古書院、二〇〇七年）
岡田清一『中世東国の地域社会と歴史資料』（名著出版、二〇〇九年）
須田悦生『幸若舞の展開』（三弥井書店、二〇一八年）

合戦記と「党」表現

菊池紳一

「党」表現とは何か、戸惑われる方もいるであろう。私はかつて、『保元物語』の諸本を題材にして武蔵武士について「○○党」という表現があるかどうか検討したことがある。

結論としては、半井《なからい》本を例にすると、人名に「横山二八」「猪俣二八」「児玉二八」「高家二八」等という注記はあるが、横山党・猪俣党・児玉党といった「党」表現は見られなかった。他の諸写本も同じである。その他、『陸奥話記』『奥州後三年記』などにも見られない。

なお、この「党」表現の初見は『長秋記』永久元年（一一一三）三月四日条で、「横山党」「横山党廿余人」と見える。この記事では、横山党が源為義の家人とされる愛甲内記太郎の殺害犯人として朝廷の追討を受け、この事件を契機に横山党が源為義に服属したという。以降、『吾妻鏡』等に横山党という表現は見られない。武蔵武士がみずから「党」と称した例は無く、多くは朝廷や公家あるいは京都周辺で作られた物語に見られる。地方の武士を蔑視した表現ではないかと考えられる。南北朝時代みずからが「○○一揆」と称した例とは異なる武士団の呼称である。

本稿では、この対象を『平治物語』『平家物語』『承久記』『太平記』に広げて「党」表現の有無を確認してみたい。なお、検討対象は「日本古典文学体系」（岩波書店）に所収される『平治物語』『平家物語』『太平記』及び「新日本古典文学大系」（岩波書店）所収の『承久記』とする。

一　『平治物語』

『平治物語』から、武蔵武士の登場する場面をひとつ紹介しよう。これは平治の乱の際内裏によった軍勢を列記した部分である。「武蔵国には長井子息首藤斉藤別当真盛・岡部六弥太忠澄・猪俣金平六範綱・熊谷次郎直実・平山武者季重・金子十郎家忠・足立右馬允遠元」とある。この中で党に属する武士とされるのは、岡部忠澄（猪俣党）・猪俣範綱（猪俣党）・平山季重（西党）・金子家忠（村山党）であるが、ここには「党」表現は見られなかった。その他の部分も確認したが、『平治物語』にはないようである。

二 『平家物語』

『平家物語』には、「党」表現の他に「悪党」「凶党」「残党」「余党」「若党」といった一般的な表記は見られる。

その他に、三浦の衣笠城攻めの場面で、秩父一族を羅列した次に「畠山が一族河越・稲毛・小山田・江戸・葛西、其外七党の兵ども三千余騎」と「七党の兵」が見える。これは「武蔵七党」を意識した、武蔵国の中小武士に対する表現であろう。

また、鎌倉軍が木曽義仲軍を破って洛中に進軍した場面（樋口兼光が討たれる場面）に「党も豪家も七条・朱雀・四塚さまへ馳向」とある。「豪家」は「高家」（『保元物語』に見える）と同じ意味で、ここでは秩父一族を指し、「党」は前述の武蔵七党、すなわち武蔵国の中小武士を指している。次頁の【表1】（『平家物語』に見られる「党」表現）には、それ以外の「党」表現の固有名詞を示した。

【表1】を見ると、「党」表現で示される武士団の所属国は、畿内の日下党・渡辺党、九州肥前国の松浦党以外、すべて関東の武蔵武士であることがわかる。特に、肥前国の松浦党が群を抜いて多いことは注目される。また、「臼杵・戸次・松浦党」と表現される例が四例見られる点が注目される。

この中で、武蔵武士を列記した代表的なものを次に示そう。「坂落」の記述の中に「是を初

○表1　『平家物語』に見られる「党」表現

党名	所属国	記載の冊次と頁	備考
日下党	河内国	下一五七	法住寺合戦
渡辺党	摂津国	上二九六、三二一、下三三七	源頼政の家人
猪俣党	武蔵国	下二〇九、二一五	
私（私市）党	武蔵国	下二〇七、二〇九	ルビは「し」
児玉党	武蔵国	下一八三、二〇九、二一二、二二二	
丹の党	武蔵国	下一六九	丹党
都筑党	武蔵国	下二〇九、九二	
西党	武蔵国	下二〇九	
野井与（党）	武蔵国	下二〇九	野与党カ
横山党	武蔵国	下二〇九	
松浦党	肥前国	上四〇五、下九二、二九一、三〇三、三三一、三九〇	

（配列は、国の五畿七道順、同国内は五十音順。記載ページの上下は冊次である）

て、秩父・足利・三浦・鎌倉、党には猪俣・児玉・野井与・横山。西党・都筑党・私党」とある。「野井与」は野与党のことであろう。最初に関東諸国の豪族である、武蔵の秩父氏、下野の足利氏、相模の三浦氏・梶原氏が列挙され、その次に「党には」として「猪俣・児玉・野井与・横山」の各党、次に「西党・都筑党・私党」と二段に分けて記される。それ以外では所属する党を付して記述されるのは、「猪俣党に岡辺六野太忠純」（下二一五）とあるだけである。ほとんどが武蔵武士を他称とする場面に見られる記述である。

これに対し、武蔵国を含め武士が自称する場合は次のように記述される。

・「武蔵国の住人大串次郎重親、宇治河の先陣ぞや」とぞ名のたる。

・「武蔵国の住人熊谷次郎直実、子息小次郎直家、一谷先陣ぞや」とぞ名のたる。

・「武蔵国の住人平山武者所季重」となのて、

・「武蔵国の住人河原太郎私高直、同次郎盛直、源氏の大手生田森の先陣ぞや」とぞなのたる。

・「伊豆国の住人田代冠者信綱、武蔵国の住人金子十郎家忠、同与一親範、伊勢三郎義盛」とぞなのたる。

・「信濃国の住人手塚太郎金刺光盛」とこそなのたれ。

などと見える。すなわち武士が名乗る（自称する）場合は、多くの場合「○○国の住人」とすることが多かったのである。

書き手の記述（他称）と武士の自称との違いが指摘できる。ここにも中小武士に対する書き手の意識が表れている。『平家物語』が京都周辺の人々によって作られたことによるのではなかろうか。

三　『承久記』

『承久記』にも「党」表現はいくつか見られるが少ない。「京方、合戦の準備」に見える交名《きょうみょう》（人名を列記した文書）の中に「近江国ニハ佐々木党」、「鎌倉方、軍の僉議」に見える交名の中に「丹党・小玉党・井野田党・金子党」「有田党」、「鎌倉方、玄蕃太郎を討つ」に「打田党」、「杭瀬河での山田次郎の奮戦」に「小玉党」が見えるだけである。「小王党」は児玉党、「井野田党」は猪俣党のことであろう。鎌倉方の武士に「党」表現の武蔵武士が多少見られるだけである。

四　『太平記』

表2が『太平記』に見られる「党」表現の一覧である。その他、『太平記』には「党」表現の他に、「与党」「残党」「若党」「悪党」「逆党」「阿党」「賊党」「凶党」「党類」などが見える。この中でもとても多いのが「若党」である。『太平記』の特徴と言ってもよい。例を示すと、「若党」単独で記述されることが多いが、その他「狩野下野前司ガ若党」「玉置ガ若党共五六十人」といった誰々の「若党」といった表現や、「一族・若党」「若党・中間」という対になる表現が多く見られる。

○表2『太平記』に見られる「党」表現

党名	所属国	記載の冊次と頁	備考
渡辺党	摂津国	Ⅲの二二八	
武蔵ノ七党	武蔵国	Ⅰの三二九、三五五、Ⅱの五二、二九〇、Ⅲの一三八、二七九	坂東八平氏と対
猪俣党	武蔵国	Ⅰの一〇五、Ⅲの一七六	横山党と対
私市党	武蔵国	Ⅲの一七六	
児玉党	武蔵国	Ⅰの三五七、Ⅲの一六〇、一七六、一八〇、一八一	
丹ノ党	武蔵国	Ⅲの一一七、一七六	
西党武	蔵国	Ⅲの一七六	
野与ノ一党	武蔵国	Ⅲの一五九	
東党	武蔵国	Ⅲの一七六	
村山党	武蔵国	Ⅲの一七六	
横山党	武蔵国	Ⅰの一〇五、Ⅲの一七六	猪俣党と対
紀清両党	下野国	Ⅰの一九〇、一九一、一九二、二二六、三八四、Ⅱの七九、九三、九四、一〇七、一七九、一八四、二三六、二三八、二八三、二八七、二八九、二九〇、二九二、三一七、Ⅲの一五九、二七九	「宇都宮ノ」を冠する場合も多い。
紀ノ党	下野国	Ⅲの一五八	
清ノ党・宇都宮ノ清党	下野国	Ⅱの二九〇、Ⅲの二七一、二七九	
湯浅ノ一党	紀伊国	Ⅲの三一三	
松浦党・松浦ノ一党	松肥前国	Ⅱの五九、Ⅲの二五九、三五三、四〇七	佐志将監・田平左衛門蔵人
上松浦・下松浦ノ一党	肥前国	Ⅲの三五二	

（配列は、国の五畿七道順、同国内は五十音順。記載ページのⅠ・Ⅱ・Ⅲは冊次である）

他に武士団としての「名字＋一党」という表現が見られるが、一部を除き表2から除いた。例えば、「金持ノ一党」「赤松入道子息信濃守範資・筑前ノ守貞範・佐用・上月・小寺・頓宮ノ一党五百余人」「伊東・松田・頓宮・富田判官ガ一党」「宇野・柏原・佐用・真嶋・得平・衣笠、菅家ノ一党」「猿子ノ一党」「佐々木ノ一党」という表現である。

表2をご覧いただきたい。最初に叙述の中に見える「党」表現について見てみよう。全体的に見ると、畿内では摂津国の渡辺党が見えるだけである。

武蔵国が最も数が多く、「武蔵ノ七党」すなわち武蔵七党の初見が『太平記』であることがわかる。坂東八平氏と対になって記載される例が見られ、関東の武士団の代表的なものだったと考えられる。また関東では、下野国の「紀清両党」（「紀ノ党」「清ノ党」）の所見が最も多く、注目される記述である。

九州の肥前国では、「松浦党」「松浦ノ一党」「上松浦・下松浦ノ一党」が見えるが、『平家物語』ほど多くはない。

武蔵国の特徴を見てみよう。『平家物語』と比べると、猪俣党と横山党が対になって記載されることや、児玉党の所見が多い点など、共通した傾向が見られる。

児玉党に属する武士として「児玉党ニハ、浅羽・四方田・庄・桜井・若児玉」の諸氏が見え、丹党に属する武士として「丹ノ党ニハ、安保信濃守・子息修理亮・舎弟六郎左衛門・加治豊後守・同丹内左衛門・勅使河原丹七郎」が記載される（以上Ⅲの一七六頁）。

次に『太平記』では、下野国の「紀清両党」（「紀ノ党」「清ノ党」）が最も多く見える「党」表現である。「紀清両党」は宇都宮を冠して「宇都宮ノ紀清両党」、「清ノ党」も同様に「宇都宮ノ清党」と表現される例がある。この「紀清両党」は、鎌倉時代は宇都宮氏の郎従で、「紀ノ党」が益子氏、「清ノ党」が芳賀氏に該当する。『太平記』には、「紀ノ党」として、増子(益子)出雲守・藥師寺次郎左衛門入道元可・舎弟修理進義夏・同勘解由左衛門義春・同掃部助助義の名が見え(Ⅲの一五八頁)、「清ノ党」の旗頭として「芳賀兵衛入道禪可」の名が見える(Ⅱの二九〇頁)。

ここまで見てきたのは、『太平記』の記述の中で、その武士を呼ぶ場合、すなわち他称である。それでは自称の場合(例えば名乗り)、どのように称していたかを確認したい。

・名乗ケルハ、「参河国住人足助次郎重範……」

・「誰カ候。」ト被尋ケレバ、「其国ノ某々。」ト名乗テ廻廊ニシカト並居タリ。

・大音声ヲ揚テ名乗ケルハ、「武蔵国ノ住人ニ、人見四郎入道恩阿、……、相摸国ノ住人本間九郎資貞、……」

・彼等四人、大音声ヲ揚テ名乗ケルハ、「備中国ノ住人頓宮又次郎入道・子息孫三郎・田中藤九郎盛兼・同舎弟弥九郎盛泰ト云者也。……」

・「相摸国ノ住人本間孫四郎資氏、下総国ノ住人相馬四郎左衛門尉忠重二人、此陣ヲ堅テ候ゾ。矢少々ウケテ、物具ノ仁ノ程御覧候へ。」ト高ラカニ名乗ケレバ、などと見える。すなわち武士が自称する場合は、『平家物語』と同様に、「〇〇国の住人」とすることが多かったことを示している。

なお、『太平記』には、「一揆」が多く見えるようになる。「五百騎ヅ、一揆ヲ結ンデ」（Iの四六五頁）のように、協力する集団の意味で用いられ、そこから「白旗一揆ノ衆」「大旗一揆ノ衆」「大旗・小旗両一揆」「赤旗一揆・扇一揆・鈴付一揆」などという旗頭を中心とした集団（軍団）を示すようになったと考えられる。のちにはそれが、武士団を示すようになったのであろう。

『太平記』をまとめると、この時代に「武蔵七党」の概念が定着し、「党」表現に蔑視感はあまり感じられなくなっているのではなかろうか。ただ、これは他称であって、自称には全く使用されていないことは確認できよう。

五　まとめにかえて

「武蔵七党」という言葉をよく聞く。『平家物語』に「七党」と見えるが、『太平記』に「武蔵」を付けて「武蔵ノ七党」と初出する。これは南北朝期にできた概念と考えられる。「七」は縁起のよい数字として、「七観音」「七賢」「七社」「七大寺」「七堂伽藍」「七夜の祝い」など、完数の意味も含めて、主に仏教に関する言葉に使用される。

その構成は、「武蔵七党系図」では野与・村山・横山・猪俣・児玉（小玉）・丹・西の七党、「節用集」（十五世紀成立）では丹治・私市（騎西）・児玉・猪俣・西・横山・村山の七党を指すとされる。これ以外に私市党の代わりに綴（都筑）党を加える説もある。これと合戦記に見える「○○党」を比較すると、『承久記』では「金子党」が見える点、南北朝時代以後の数え方と異なっている。

今回は、合戦記以外の史料と検討できなかった。『吾妻鏡』や古文書（特に鎌倉幕府発給文書）ではどのように表記されるのか検討してみたい。具体的には、『吾妻鏡』や六条八幡宮造営注文等に見られる「○○之人々」との比較検討が必要であろう。折を見て考えてみたい。

◎主要参考文献

菊池紳一「軍記物語と武蔵武士─『保元物語』を中心に─」（北条氏研究会編『武蔵武士の諸相』所収、勉誠出版、二〇一七年）。

菊池紳一「「六条八幡宮造営注文」にみる御家人役─武蔵武士の表記を中心に─」（『明星大学研究紀要』（人文学部・日本文化学科）二十七号、二〇一九年）

『栃木県史』通史編3・中世（栃木県、一九八四年）

『保元物語　平治物語』（岩波書店『古典文学大系』31、一九六一年）

『平家物語』（岩波書店『古典文学大系』32・33、一九六一年）

『太平記』（岩波書店『古典文学大系』34・35・36、一九六〇年）

『承久記』（岩波書店『新古典文学大系』43、一九九二年）

『今昔物語集』にみえる「兵」について

八馬朱代

『今昔物語集』(以下『今昔』とする)は「今昔《いまはむかし》」という書き出しで始まり、「トナム語リ伝ヘタルトヤ」と結んでいる、十二世紀前半に成立したとされる説話集である。その内容は天竺(インド)・震旦《しんたん》(中国)・本朝(日本)に分類され、全三十一巻で、天竺五巻、震旦五巻、本朝二十一巻からなり、収録されている一〇四〇話(題だけで本文が欠けているものを含めると一〇五九話)の説話には仏法・世俗の様々な説話がまとめられ、古代の様々な階層の人々の生活がいきいきと描かれている。本文は漢字片仮名交じり文の宣命書で書かれており、各説話は二話ずつ関連づけたまとまり(「二話一類様式」)で配列されているとされる。欠巻、欠文、欠字などがみられ、巻八(震旦部仏法)、巻十八(本朝部)、巻二十一(本朝部)が欠巻となっており、未完成の作品であるといわれている。説話にみられる人名、官職名、年代などは正確な情報であるといえないが、時代背景や生活、習俗に関係する記述については比較的信頼できると考えられるので、慎重な史料批判をして歴史史料として活用できる史料であるといえる。ここでは、『今昔』の中に出てくる「兵」という武者、武装集団についてとりあげ、平安時代の「兵」がどのような実態であったのかをみていきたい。

一　『今昔物語集』の「兵」について

『今昔』の研究は文学の面からの研究が活発で、多くの研究成果をあげている。特に仏法の側面からこの説話の構成や出典などの研究が進められ、また、『今昔』にみられる「兵」に関する研究も文学、歴史学の両方から研究が進められている。

『今昔』には武士という語句はみえず、平安時代の武士の様子を伝える説話の中では「兵《つはもの》」という語句を使用して、「兵」とよばれる武者の姿を伝えている。「兵」という語句は、十世紀半ばより合戦を業とする者に対して使われるようになり、史料上では武士に先行する形で登場するので、武士の先駆的形態としてとらえられている。武士という語句は奈良時代の史料にもみられるが、社会的身分として認識されるようになるのは十世紀以降であるとされる。『今昔』には、「兵」の字は巻二には二話、巻三に一話、巻五に四話、巻六に一話、巻七に一話、巻十に一話、巻十一に一話、巻十九に三話、巻二十に一話、巻二十三に三話、巻二十五に十二話、巻二十六に一話、巻二十七に二話、巻二十八に三話に、巻二十九に七話、巻三十一に五話とあるが、その多くは巻二十五に集中している。特に説話の収録数が少ない割に「兵」に関する説話が収録されている巻二十三と巻二十五は「兵」の実態を探る上で重要な説話がみられる。巻二十三は第十三、十四話から始まり、第一話から第十二話は欠けていると考えられる。この巻の特徴としては武芸、強力、相撲などの武勇や技芸を題材にまとめられた巻であるといえる。巻二十五は十四話で構成されており、第一、二は承平・天慶の乱を取り上げ、第三、五は有名な「兵」同士の戦闘の様子が書かれ、源頼信・頼義親子の馬盗人への隙のない対応など武者に関することでまとめられている。

巻二十五は巻二十三にまとめる予定であったとされ、平将門の乱という国家的な反乱の物語から始まり、しだいに武者が体制に従属されていくという側面に気がついて、巻二十五に分断して、巻二十三のあとの二十五話に説話編成を変更したのではないかという指摘がされている。一方で、『今昔』全体の説話構成の分析から、震旦史と同じような説話構成がなされていると考え、巻十（震旦史）の一〜八話が王朝史で九〜十四話が賢人伝、十五〜十八話が武人伝と分類すると、原初の構想では巻二十一は皇室史（欠巻）、巻二十二が藤原氏史、巻二十三（現巻二十五）が兵史に対応していると想定されるが、実際は巻二十一巻は欠巻で、巻二十二も未完となり、途中で挫折することになり、兵史を切り離して巻二十五が置かれることになったのではないかという研究もみられる。

『今昔』に現れる「兵」は「仕ル」と「謀叛」という二形態があり、巻二十五は「兵」を「公」という秩序の中に統制しようとしたものであるとされる。『今昔』と出典、同文的同話がみられる『将門記』、『宇治拾遺物語』、『陸奥話記』などと『今昔』の記述を比較していくと、「公」に忠実な「兵」の姿を著そうとする編集姿勢がみられると指摘されている。源頼信の平忠常追討について記された『宇治拾遺物語』一二八と『今昔』巻二十五「源頼信朝臣、責平忠恒語第九話」を比較してみると、平忠恒（忠常）について『今昔』では「上総・下総ヲ皆我ガマ、ニ進退シテ、公事ニモ不為《せざ》リケリ。亦、常陸守ノ仰ヌル事ヲモ、事ニ触レテ忽緒《いるかせ》ニシケリ。守大キニ此ヲ咎メテ、下総ニ超テ忠恒ヲ責メムト早ルヲ」と書かれており、『宇治拾遺物語』では「昔、河内守頼信、上野守にてありし時、板東に平忠恒といふ兵ありき。仰せらるゝ事、なきがごとくにする、討たんとて、おほくの軍おこして」とあり、忠恒が頼信に従わないさまが両説話ともに記されているが、『今昔』には「公事ニモ不為リケリ」とあり、朝廷へ租税などを納めていないことを明記し、忠恒が「公」に従わない人物であると描かれ、その姿勢を守頼信が問題視し、討伐しようとしていることがわかる。このように『今昔』において「公」に従わない謀叛人忠恒を朝廷側として守頼信が征討する形式で記されているとの指摘もみられる。

従来の研究で巻二十五の編集姿勢について、清和源氏、頼信流への偏重を指摘されている。実際、この説話でも登場する源頼信という人物について、巻二十五に採録されている十四話（八話と十四話は題のみで本文欠）の内、四話の説話が収録されており、頼信の兄弟の頼光、頼親（題だけで本文欠）、子息の頼義、孫の義家（題だけで本文欠）が取り上げられており、『今昔』の作者が清和源氏、頼信流を特別視していることがみえる。『今昔』の中で「河内守源頼信朝臣ト云者有リ。此レハ多田ノ満仲入道ト云フ兵三郎子也。兵ノ道ニ付テ聊ニモ愚ナル事無ケレバ、公モ此レヲ止事無キ者ニセサセ給フ。然レバ世ノ人モ恐ヂ怖ル、事無限リ。」（巻二十五第九話）と書かれ、頼信は多田（源）満仲の三男で、兵の道では少しも愚かなこともなく、公的にも特別な人物と評価され、人々に恐れられていたと説明している。頼信は巻二十五第九では平忠恒が潜む館は攻略が難しい場所であったが、在地の武士が知らない川の浅瀬のこと（源氏の棟梁に代々伝えられていたこと）を頼信は知っていたので、容易く忠恒を降伏させることができたという説話を載せている。ここで『今昔』の作者は「其後ヨリナム此ノ守ヲバ艶《えもいは》ズ極《いみじ》ノ兵也ケリト知テ、皆人弥ヨ恐ヂ怖レケリ。其ノ守ノ子孫止事無キ兵トシテ、公ケニ仕リテ、于今栄《いまにさかえ》テ有トナム」と記し、頼信が並々でなく、素晴らしい「兵」と知り、人々はますます恐れるようになった。彼の子孫も特別な兵として公に仕えてその子孫は栄えていると説話をまとめている。次の「依頼信言平貞道、切人頭語第十」では頼信が兄の源頼光の酒宴において、平貞道という兵に対し、駿河国にいるある人物（人名欠により不詳）の首を取ってきてくれと皆の前で話した。しかし、貞道は頼信に直々に仕えていないし、公衆の面前で自分に依頼することは筋違いであると話し、その話はうやむやになった。その後三、四ヶ月が過ぎ、貞道が東国に赴いた際に酒宴での出来事を忘れていたが、頼信の話していた男に会い、すでに頼信が話していたことが本人に伝わっていた。二人のやりとりの中で、駿河の件の男は貞道の神経を逆撫でしたので、結局、貞道は件の男を射殺し、その首を京の頼信の元に届け、吉き馬と鞍を褒美としてもらったという話である。ここでも、「其後、貞道ガ人ニ伝テ云ケルハ、「平カニ過テ可行《ゆくべ》カリシ奴ノ、由無《よしな》キ言ヲ一事云テ、被射殺ニシカバ、河内殿ノ不安《やすから》デ思シケル事ノ故也ケリ。哀レニ忝キ人ノ威也ケリ」ト語リケル。」と記されており、この男は無事に通り過ぎていけるものが余分なことを言って射殺された。頼信殿が腹を立てられたのもなるほどこういう訳である。なんとも恐れいるすばらしい武威であることだと貞道が話していたと書かれている。頼信が件の男の殺害を貞道に依頼し、貞道がその通りに実行することを見越して、酒宴の出来事があったことがわかる。この説話に続けて、「藤原親孝、為盗人被捕質依頼信言免語第十一」では、頼信が上野守でその国にいた際に、頼信の乳母子兵衛尉藤原親孝の家に盗人が押し入り、親孝の五、六歳の息子が人質にとられ、動揺している親孝を頼信は諭した。頼信は犯人を説得して、無事に子供を解放させ、犯人に食料と馬などを与えて許している。この説話の最後で「盗人モ、頼信ガ一言ニ憚テ、質ヲ免シテケム。此レヲ思フニ、此ノ頼信ガ兵ノ威糸止事無《いとやむごとな》シ。」といい、頼信の武威を畏れ、人質を解放させることができ、犯人にも寛容に対応したことは頼信の兵としての威厳を評価している。このように頼信は兵の首領としての冷静な判断力、威厳、郎等の統率力などが説話の中で兵として特別な才能のある人物であることが述べられ、その人物が公(朝廷)に仕えていることが『今昔』の作者にとって重要であったと考えられる。

しかしながら、『今昔』の作者は「兵」に対する賞賛・驚異・畏怖の面だけでなく、「兵」の愚かで残酷な面についても取り上げている。巻二十九「丹波守平貞盛、取児干語第二十五」では平貞盛という兵が丹波守でそこに滞在していた時に悪性のできものができ、医師に診てもらったところ、医者が「児干《じかん》ト云フ薬ヲ求メテ可治《ぢすべ》キ也。其レハ人ニ不知セヌ薬也。日来経バ、其レモ難聞カリナム。疾ク可求給キ也」といい、悪性のできものを治療するには胎児の肝の薬で治る。人に聞かれると良くない薬で、時間が経つとその薬が効かなくなるので早く薬を求めるべきであると医者が言ったので、最初、貞盛は息子の妻子を求めたが、息子が医師に相談し、医師が策を案じて血筋を引いている者は薬にならないと話して、代わりに妊娠していた炊事の女を殺して胎児を手に入れて、生き残ることができた。しかし、貞盛の病気とその悪事を知っている医者がいると世間に噂が広まってしまうため、貞盛は医師を暗殺するように息子に命じるが息子は妻子を助けてくれた恩があるので、医師を逃がすことにしたという説話である。兵である貞盛が自分勝手で、自分の生命のために家族や他者の命を軽んじる武士の暗部について記している。

二　「兵」の技能と武力について

『今昔』では「兵」の技能について、巻二十三にある「左衛門尉平致経、送明尊僧正語第十四」という有名な説話がある。藤原頼通の権力が隆盛していた頃の話として、宇治殿（藤原頼通）が祈祷のため宿直していた三井寺の明尊僧正に、夜の内に三井寺まで行って帰ってくる用事を依頼し、側に仕えていた左衛門尉平致経にその道中の護衛を命じる話である。出発した時は致経と側近の下人だけであったが、七、八町（約八〇〇メートル）ほど進むと弓箭を携えた二人が、致経が乗る馬を携えて現れ致経と合流した。その後も二町進むほどに二人ずつ明尊一行に加わり、賀茂川を渡り終える頃には三十人余りの致経の郎等に囲まれていた。三井寺で用事を済ませ、京に戻ってくると、郎等たちは合流したところに着くと二人ずついなくなり、宇治殿の屋敷に到着する頃には最初と同じ致経と下人の二人だけとなっていた。明尊は最初致経をみた時、弱々しく頼りないと感じ、馬もない致経を不審がっていたが、致経の指示がないにもかかわらず、郎等たちが次々と現れ、明尊を警護し、任務が終わると無言で退出していく様を非常に驚いて観察している。そして、明尊は致経と郎等の様子について、その驚きと恐れを宇治殿に報告しているが、宇治殿は何も反応を示さなかったので、宇治殿が自分と同じように驚く反応を期待していたが、あてがはずれてしまった様子が記されている。これは宇治殿にとっては、致経と郎等の行動は当然のことで、驚くべきことでもなかったことを示している。『今昔』はこの説話の最後に「此致経ハ、平致頼ト云ケル兵ノ子也。心猛クシテ、世人ニモ不似、」とあり、平致経は兵の子で、勇猛な人物で、世間の人々とは違う人物であると説明している。致経と郎等の関係性はこの時期の兵が持つ特性でもあったようで、主人が郎等に細かく指示をしなくても、郎等が動くようにお互いの関係性ができていたことを示している。この説話の中で貴族社会に属する明尊にとって、関白に奉仕する従者である致経が、貴族社会の外側では首領として武士団を率いている人物であり、明尊は知らないが宇治殿はそのことを認識して致経を従えていることがわかる。同様の話は巻二十五「源頼信朝臣男頼義、射殺馬盗人語第十二」にもみられる。源頼信のもとに東国より良き馬が送られてきたが、道中その馬をみた盗人がその馬を盗みたいと思い、京までつけ狙ってきたが、馬についている兵に隙がなく盗むことができなかった。夜中に雨に乗じて件の盗人が厩から馬を盗んだが、馬が盗まれたと聞いた頼信は、息子の頼義に告げずにすぐに盗人を追いかけ、頼義もまた、父が必ず盗人を追っていると信じ、盗人を追いかけ、盗人に追いついたところ、頼信は頼義がついてきていることを確認せず、盗人を射るように命じ、頼義も即座に盗人に矢を命中させ殺害している。頼信はすぐに家に戻り、何も語らずにすぐに眠りにつき、頼義も馬を回収して、家に戻った。朝になり、頼義を呼び、例の馬を与え、盗人を射た褒美として鞍を与えたという。また、頼義が家に戻ってくる道中で郎等たちが合流し、家に到着する頃には二十〜三十人ほどになっていたとされる。作者は「怪キ者共心バヘ也カシ。兵ノ心バヘハ此ク有ケルトナム」と述べ、不思議な者たちの心がけのありように驚嘆し、畏怖している様子が書かれている。

院政期に書かれたとされる藤原明衡が著した『新猿楽記』という史料には、猿楽を見にきた京都西京に住む右衛門尉一家に仮託して、二十五人の人々の容姿・職業や生活の実情などについて描かれたものであるが、「馬借」、「田堵」、「博打」などにまじって「武者」が描かれている。その中で、平安時代の兵（武士）の技能について、以下のような記述がある。

「中君の夫は、天下第一の武者なり。合戦・夜討《ようち》・馳射《はせひき》・待射《まちゆみ》・照射《ともし》・歩射《かちゆみ》・騎射《のりゆみ》・笠《かさ》懸《がけ》・流鏑馬・八的《やつまと》・三々九《さんざく》・手挟《たはさみ》等の上手なり。或は甲冑を被《き》、弓箭《ゆみや》を帯し、干戈《ほこ》を受け、太刀を用ひ、旌《はた》を靡《なび》かし楯を築き、陣を張り兵を従ふるの計《はかりごと》、寔《まこと》に天の与へたる道なり。」（『古代政治社会思想』〈岩波書店〉より）

とあり、中君の夫は天下第一の武者であり、合戦、夜討・歩射・流鏑馬などが得意であることが記され、当時の武者・兵の技術は馬術と弓術が中心であり、合戦や夜討ちという総合的な戦闘が最も重要なものであったと考えられる。この時期の合戦のしきたりや合戦の様子については、巻二十五「源充平良文合戦語第三」と「平維茂、罰藤原諸任語第五」に詳しく記されている。『今昔』巻二十五「平将門、発謀反被誅語第一」で将門について「東国ニ平将門ト云兵有ケリ。此レハ柏原ノ天皇ノ御孫ニ高望親王ト申ケル人ノ子ニ鎮守府ノ将軍良持ト云ケル人ノ子也。将門、常陸・下総ノ国ニ住シテ、弓箭ヲ以テ身ノ荘トシテ、多ノ猛キ兵ヲ集テ伴トシテ、合戦ヲ以業トス。」と記されており、平将門が桓武天皇に繋がる血統で、常陸・下総国に在住し、多くの勇猛な郎等を従え、合戦を生業としていたと説明されている。藤原純友については

『同書』巻二十五「藤原純友、依海賊被誅語第二」の中で、「朱雀院ノ御時ニ伊予掾藤原純友ト云者有ケリ。筑前守良範ト云ケル人ノ子也。純友伊予国ニ有テ、多ノ猛キ兵ヲ集テ眷属トシテ、弓箭ヲ帯シテ船ニ乗テ、常ニ海ニ出テ、西ノ国〻ヨリ上ル船ノ物ヲ移シ取テ、人ヲ殺ス事ヲ業トシケリ。」とあり、純友が筑前守藤原良範の子で伊予国に住み、多くの配下を従えて海で西国から京に運ばれる積荷を強奪し、殺人を生業としていたと記されている。このように兵は猛々しい武者を従え合戦や殺人を生業としていた集団であると認識されていたことがわかる。

殺傷を業とする兵・武士にとって武力の発動には正当性が必要であった。武力の発動が社会的に許容される状況であれば、正当な武力として機能するが、正当性がなければ、ただの暴力となってしまい、「公」（朝廷）から処分される可能性もあったのである。『今昔』には「兵の家」の出身者が武力を行使する時の特殊能力を称える説話がみられるがそれとは逆に「兵」の武力や技術・能力に対し、驚嘆・畏怖している説話もみられる。また、「兵の家」の出身者以外の人間が武勇に秀でていることを述べた説話では、暴力は反社会的な行為として許されないことを述べている。先に取り上げた致経という人物は『左経記』（源経頼の日記）寛仁四年（一〇二〇）二月十四日条によると致経が東宮町に寄宿しており、課された夫役を出さなかったので、下部の人々が催促したが、下部に暴力をふるい、夫役をださなかった。下部の人らは数十人で致経のところにおしかけ、致経を切り損なったと記されており、翌年の治安元年（一〇二一）五月十一日条（『左経記』）には左衛門尉平致経、内匠允平公頼に対し去年東宮史生安行を殺害したことにより追捕の宣旨が下され、今日検非違使らが伊勢に下向したことが記されている。致経と公親は兄弟で父は致頼である。同年六月三日条によると、検非違使が致経の郎等を捕らえたところ、内匠允公親の命令で一条堀川の橋の上で、滝口の信乃介という人物を殺害し、去年に致経の命令で東宮史生安行を殺害し、東宮亮（藤原）維憲朝臣も殺そうと三晩つけ狙ったが隙がなく、殺すことができなかった。東宮亮を狙ったのは下部らが東宮亮の命令で致経を傷つけたから殺そうとしたという。この三ヶ月後、八月二十四日（『小右記』同日条）に致経が検非違使に捕らえられ、実際には平維衡の郎等（正しくは子息）の正輔が捕らえて引き渡したということが真実だった。このように致経は宇治殿の命令に従う人物でもあるが、自分と対立する人物を暗殺することもおこなっており、殺人を生業とする武装集団の首領であることがわかる。

『今昔』第二十五「藤原保昌朝臣、値盗人袴垂語第七」には、藤原保昌が有名な大盗賊の袴垂を威圧し、保昌の武勇を称える説話が残されているが、その説話には保昌は「家ヲ継タル兵ニモ非ズ、□ト云人ノ子也。而ルニ、露家ノ兵ニモ不劣《おとらず》トシテ心太ク、手聞キ、強力ニシテ、思《おも》量《ばかり》ノ有ル事モ微妙ナレバ、公モ此ノ人ヲ兵ノ道ニ被仕《つかはる》ルニ、聊《いささかも》心モト無キ事無キ。」と記され、「兵の家」の生まれではないが、武勇に優れた人物として描かれている。説話の最後に、藤原保昌は「家ヲ継タル兵」ではなかったので、のちに子孫が絶えた時に、「家ニ非ヌ故ニヤ」とされ、武士の家でないのに、武士として振る舞った罰で子孫が絶えてしまったと結んでいる。巻二十三「陸奥前司橘則光、切殺人語第十五」では「今昔、陸奥前司橘則光ト云人有ケリ。兵ノ家〔ニ〕非ネドモ、心極テ太クテ思量賢ク、身〔ノ〕力ナドモ極テ強カリケル。」とあり、兵の家ではないが武勇に優れ、賢い人物であると書かれている。則光は夜遅くに小舎人童《こどねりわらわ》一人を連れて徒歩で歩いていると、盗賊に襲われ、盗賊三人を切り殺している。則光は盗賊を殺害したことが判明することを恐れ、小舎人童に口止めし、着物を着替えて何食わぬ顔で宿直所に戻ったという説話であり、則光は盗賊を殺害したことが公になることを恐れていることがわかる。それは兵の家の出身者ではない自分が武勇に優れていることが貴族層の人々に知られることを恐れていると考えられる。その他にも、藤原実資《さねすけ》が書いた日記『小右記』長元元年七月二十四日条に藤原範基《のりもと》について「範基、武芸を好む、万民が許すものではない。父方も母方も武士の血統ではない、」と実資が非難している記事があり、武士の血統ではないものが、武芸に秀でていて武勇を誇ることは良くないことであると平安時代の貴族層が認識していたことがわかる。

近年の研究では、平将門・藤原純友の乱の鎮圧に活躍し勲功があった者の家が「家を継ぎたる兵」にあたると考えられている。承平・天慶の乱の勲功者の子孫でなければ、武芸が優れていても、たとえ武勇を誇る人物でも兵・武士とは認められなかったのである。

このように作者の広い視野にとらえられた『今昔』の「兵」像は、「兵」から武士へと進化す

＊『今昔物語集』は『新古典文学大系　今昔物語集』（岩波書店）、『宇治拾遺物語』は『新古典文学大系　宇治拾遺物語』（岩波書店）を引用している。

る様子について、多くの情報を私たちに与えてくれる。従来の研究では『今昔』の武士説話は軍記物前史の中で画期的な位置を与えられていると指摘されており、『今昔』の「兵」説話の存在が『平家物語』を生み出す土壌になっていくといえる。

◎主要参考文献

池上洵一『『今昔物語集』の世界―中世のあけぼの―』（筑摩書房、一九八三年）

池上洵一「今昔物語集の方法と構造―巻二十五〈兵〉説話の位置―」『日本文学講座三　神話・説話』（大修館書店、一九八七年）

大川のどか「『今昔物語集』における中流貴族の武勇譚」『あいち国文』十（二〇一六年九月）

関幸彦「国衙軍政と武士の発生はどのように関連するか」『争点　日本の歴史四』中世編（新人物往来社、一九九一年）

関幸彦「武士とは何か」『新視点　日本の歴史四』（新人物往来社、一九九三年）

蔦尾和宏「『今昔物語集』の「兵」説話をめぐって―巻二十五構成論の試み―」『国語と国文学』七十六の十（一九九九年十月）

蔦尾和宏「『陸奥話記』から『今昔物語集』へ―〈初期軍記〉受容試論―」『国語と国文学』八十四の十二（二〇〇七年十二月）

元木泰雄「『今昔物語集』における武士」『鈴鹿本　今昔物語集影印と考証』下巻（京都大学学術出版会、一九九七年五月）

森正人『今昔物語集の生成』（和泉書院、一九八六年）

『承久記』と北陸道合戦

近藤成一

『承久記』の北陸道合戦の記事がどの程度史実を伝えているものか検討してみたい。北陸道合戦を対象とするのは、『市河文書』のうちに伝来した北条義時袖判消息が北陸道合戦に関する同時代史料として残り、『承久記』の記事を検討するための比較対象となるからである。

ただ『承久記』と言ってもこれに諸本がある。主なものとしては、慈光寺本、流布本、前田家本が知られる（栃木他一九九二・長村編二〇二三）。

慈光寺本は水府明徳会彰考館文庫に所蔵されるもので、題簽に「承久記　慈光寺　全」と記されることから慈光寺本と通称される。奥書に「右承久記古本一冊、元禄己巳冬安藤新助京師新写本」とあることから、水戸彰考館に仕える安藤為章が元禄二年（一六八九）に新写したものであることがわかる。宇多源氏慈光寺家に伝来したものが底本であると考えられている。『新日本古典文学大系43　保元物語　平治物語　承久記』は慈光寺本を底本とする本文を収録する。

流布本には慶長・元和の古活字本があり、国立公文書館内閣文庫に写本が所蔵される。『新日本古典文学大系43　保元物語　平治物語　承久記』は慈光寺本にもとづく本文と別に、慶長古活字本を底本とする「古活字本承久記」を収録する。

前田家本は前田育徳会尊経閣文庫に所蔵されるものである。日下力・田中尚子・羽原彩編『前田家本承久記』が影印・翻刻を収録する。

『群書類従』はこれらを収録せず、正編に『承久軍物語』、続編に『承久兵乱記』を収録する。『承久軍物語』は『承久記』と『吾妻鏡』を材料とするものであり、「本書の編纂の材料である承久記と吾妻鏡とが、承久軍物語が使用した以上の善本が現存する上は、特に史料として取り扱う要はない」と論じられている（龍一九五七）。『承久兵乱記』は前田家本と同系統と考えられている。

慈光寺本・流布本・前田家本の関係についても諸説があるが、単純にどれか一つを祖本と決めることはむずかしい。そこで、『新日本古典文学大系43　保元物語　平治物語　承久記』収録の慈光寺本と古活字本、それに前田家本の三つについて、本文を比較することにしたい。

一　北条義時袖判消息の語ること

まず『市河文書』のうちに伝来した北条義時袖判消息の語る内容の確認から始めたい（義時袖判消息については近藤二〇二三参照）。

『市河文書』は山形県酒田市の本間美術館に所蔵されているが、北信濃の武士市河氏が戦国期に越後上杉氏に仕え、上杉氏の転封により米沢に伝来して明治に至ったものである。

義時袖判消息は六月六日付けであるが、年は記されていない。しかし、内容が承久の乱に関わるから、承久三年（一二二一）のものであることは明らかである。五月三十日亥の刻に市河六郎刑部が認めた書状が六月六日申の刻に義時のもとに届いたのに対して、即刻義時が祐筆に認めさせた返書である。

市河六郎刑部の書状には、五月晦日（三十日）に蒲原を攻め落として、同日申の刻に宮崎を追い落としたと記されていたらしい。その日の夜に市河六郎刑部は義時あての書状を認めたことになる。義時は、市河六郎刑部が名越朝時の到着を待たずに敵方と戦い、追い落としたことを賞している。朝時は義時の次男であるが、北陸道経由で京都に攻め上ることを命じられていた。義時はまた、市河六郎刑部が仁科二郎と戦うことになっても、仁科の軍は三百騎ばかりであるからたいしたことはなく、朝時も追いつくであろうこと、北陸道に向かった京方の軍勢が宮崎左衛門、仁科二郎、糟屋有石左衛門、花山院藤左衛門と信濃源氏一人であることを述べている。これらは義時が他から得た情報を市河六郎刑部に伝えたものであろう。
これは戦乱の最中に義時の肉声により語られた戦況であるので、これを基準としながら、『吾妻鏡』や『承久記』諸本の記事を検討していきたい。

二 幕府軍の出陣

義時袖判消息が語るのは北陸道方面の戦況である。幕府軍は東海道・東山道・北陸道の三方に分かれて京都に攻め上った。幕府軍の出発について『吾妻鏡』と『承久記』諸本がどのように記しているかを検討しよう。

『吾妻鏡』は五月二十五日の条に、京都に攻め上る幕府軍が二十二日から二十五日の朝までに出立したことを記す。幕府軍は東海道・東山道・北陸道の三方に分かれて進軍し、北陸道は名越朝時・結城朝広・佐々木信実を大将軍として従軍四万余騎であったとする。そして二十九日の条に、佐々木信実が越後国加地庄願文山《がんもんざん》に籠った酒匂家賢を追討したこと、家賢は後鳥羽上皇の側近坊門信成の家人であることを記し、信実が家賢を討ったことを関東の士が官軍を破った最初とする。

『慈光寺本承久記』は、義時が軍の僉議において、東海・東山・北陸三道の要所の守備を指示し、北陸道については塩山・黒坂を山城太郎に預けること、三道に進める軍勢を指定して、北陸道には名越朝時を始めとする七万騎を進めること、三道の要所について、北陸道においては砺波山・宮崎・塩山・黒坂であること、東海道軍は美濃国不破関を過ぎ、北陸道軍は越前敦賀津・愛発山を過ぎたならば、三道に進んだ軍勢が合流して宇治・勢田を攻め落として都に上ることを指示したとする。しかし同書は、六月十五日の巳の時に東海道を進んだ北条泰時が六波羅に入ったことに続けて、十七日の午の時に朝時が六波羅に着いたことを記すが、それまでの朝時と北陸道軍の動向についての記事はない。

『古活字本承久記』は、幕府軍が五月二十一日に由比浜の藤沢清親の宅に首途し、二十二日に出立したこと、軍勢は東海・東山・北陸の三方に分かれて進んだが、北陸道には朝時が四万余騎を率いて向かったこと、晦日(三十日)に朝時軍は越後国府において軍編成を行ったことを記す。

『前田家本承久記』は、義時の宿所において合戦の評定が行われ、東海・東山・北陸三道に向かう軍勢がただちに出立したが、北陸道には朝時を大将軍として四万余騎が向かったこと、晦日(三十日)に朝時軍は越後国府において軍編成を行い、北国の輩がことごとく従い、軍勢が五万余騎に及んだことを記す。

幕府軍の人数については、『吾妻鏡』『古活字本承久記』『前田家本承久記』が東海道十万余騎、東山道五万余騎、北陸道四万余騎、総数十九万余騎とするのに対して、『慈光寺本承久記』が東海道七万騎、東山道五万騎、北陸道七万騎、総数十九万騎とし、幕府軍が三方に分かれて進軍したことと、その総数については一致するものの、三方の軍勢の内訳については『慈光寺本承久記』が他と異なる数字を示している。言い換えれば、『吾妻鏡』の示す人数内訳は、『慈光寺本承久記』とは異なり、『古活字本承久記』『前田家本承久記』と一致する。

『古活字本承久記』と『前田家本承久記』は名越朝時が五月晦日（三十日）に越後国府に着いたことを記す。『古活字本承久記』は「式部丞朝時ハ、五月晦、越後国府中ニ著テ勢汰アリ。枝七郎武者・加地入道父子三人・大胡太郎左衛門尉・小出四郎左衛門尉・五十嵐党ヲ具シテゾ向ケル」、『前田家本承久記』は「式部丞朝時ハ、五月晦日、越後国府ニ付て打立けり。北国の輩悉ク相順ヒ、五万余騎ニ及べり」と記すが、これは越後国府に着いた朝時のもとに各地の武士が着到し、朝時はその軍勢を率いて京都に向かったことを指しているのであろう。

このことは、義時袖判消息の語る内容にも対応する。同消息によると、市河六郎刑部は朝時の到着を待たずに、五月晦日に蒲原を落とし、同日に宮崎を追い落としたという。蒲原は越中との国境に近い越後の地名と思われ、幕府軍にとっては越後国府より先に進んだところに位置する。朝時の到着を待たずに市河六郎刑部が蒲原に進んで合戦を遂げたのと同じ日に、朝時が遅れて越後国府に着いたとしてもおかしくない。

『吾妻鏡』は五月二十九日に佐々木信実が越後国加地庄願文山に籠った酒匂家賢を追討したことを記すが、加地庄は越後国の北東部沼垂郡に位置し、同国南西部頸城郡に位置する国府から距離があり、鎌倉から越後国府に進む路からも外れる。一方、加地庄は信実の父盛綱が地頭に補された地であり、盛綱・信実の子孫は加地氏を称するから、信実の戦いは自分の拠点におけるものであったことになる。市河六郎刑部の戦いが朝時軍の到着に先行するものであったように、信実の戦いも朝時軍とは別のものだったのではないか（長村二〇一五）。市河六郎刑部も佐々木信実も朝時軍に合流する以前に、それぞれの戦いを戦っており、その後に五月三十日、越後国府において朝時軍に合流したのではないか。『吾妻鏡』が加地庄願文山の戦いを五月二十九日の条に記したのは、実際そうだったのかもしれないが、その日付が正確に伝わっていなかった、あるいは願文山の戦いそのものが伝承の域を出るものではなかったけれども、五月三十日に朝時が越後国府に到着し、そこに着到した武士を編成した事実を前提として、その前日に掛けて記したものかもしれない。

『吾妻鏡』は朝時が五月三十日に越後国府に到着したことを明記していない。義時袖判消息も同日の市河六郎刑部の蒲原での戦いが朝時の到着に先んじたものであることを語っているのみである。同日に朝時が越後国府に着いたことも、市河六郎刑部が蒲原での戦いの後、朝時に着到したことも、十分ありうることではあるけれども、義時袖判消息自体が明言していることではない。五月三十日に朝時が越後国府に着き、そこに各地の武士が着到したことは、『古活字本承久記』と『前田家本承久記』によって知られることである。しかしそれは、『吾妻鏡』および義時袖判消息と照合することによって、事実と考えていいと思われる。

『吾妻鏡』が次に北陸道軍の動向を記すのは六月八日条で、この日越中国般若野庄に到ったとするが、その軍勢は朝時・朝広・信実が越後国の小国頼継・金津資義・小野時信以下の輩を催したものであったという。

三　京方の出陣

義時袖判消息は、北陸道に向かった京方の軍勢について、「ほくろくたうのてにむかひたるよし、きこひ候は、みやさきのさゑもん、にしなの二郎、かさやのありいしさゑもん、くわさのゐんのとうさゑもん、又しなのけんし一人候とき〻候」と記している。京方の軍勢について『吾妻鏡』と『承久記』諸本がどのように記しているかを検討しよう。

『吾妻鏡』は六月三日の条に、関東大将軍が遠江国府に着いたことを報じる飛脚が前日に入洛したことから、公卿僉議が行われ、北陸道と東山道に軍勢を遣わされたこと、北陸道には宮崎左衛門尉定範、糟屋左衛門尉有久、仁科次郎盛朝が遣わされたことが記される。義時袖判消息の語る内容とほぼ一致する。

『承久記』諸本のなかでは『前田家本承久記』がこれに一番近く、幕府軍が京に進んで来ているとの情報に接した後鳥羽上皇が、北陸道には仁科次郎盛朝、宮崎左衛門親教、糟屋右衛門有高の都合一千余騎をすでに下し遣わしているので重ねて差し下すには及ばず、海道山道二の道に討手を下すべしと命じたことを記している。仁科の名は『吾妻鏡』と一致するけれども、宮崎・糟屋の名は『吾妻鏡』と異なる（『古活字本承久記』は仁科の名を盛遠とする。一般に、仁科は盛遠、宮崎は定範の名が用いられているのは、『大日本史』巻一百六十二列伝第八十九がこの名で立項したことによると思われる。糟屋は有久の名が正しい。糟谷氏については湯山二〇一二参照）。

『古活字本承久記』は尾張の瀬々に一万七千五百余騎が派遣されたことは記すが、北陸道についての言及はない。

『慈光寺本承久記』は、後鳥羽上皇の命を受けて能登守秀康が軍勢の手配をし、東海道に七千騎、東山道に五千騎、北陸道に七千騎、合計一万九千三百二十六騎を遣わしたことを記す。北陸道大将軍として二十三人の名を挙げ、そのなかに宮崎左衛門の名は見えるが、糟屋、仁科に該当する名は見えない。

ただし『慈光寺本承久記』は、後鳥羽上皇が挙兵に先立ち、四月二十八日に城南寺において仏事を行うので、その警固のために甲冑を着して参上することを、廻文により命じたことを記しているが、廻文に入った輩三十七騎のうちに宮崎左衛門尉とともに有石左衛門尉が見える。『慈光寺本承久記』は廻文に入った輩の名を列挙した後に諸国から召す輩の名を列挙しているから、廻文に入った輩は在京武士なのであろう。宮崎左衛門尉も有石左衛門尉も在京武士ということになる。

仁科次郎については、『古活字本承久記』『前田家本承久記』に後鳥羽上皇が北条義時に敵意を懐いたきっかけとなった人物として登場する。両書の記す逸話はほぼ一致するが、大要は次の通りである。信濃国の住人仁科次郎には十四五になる子供が二人いて元服させずにいたが、後鳥羽上皇の熊野参詣の途次に行き逢い、子供が西面に召されたので、仁科次郎もそれを喜び、自身も上皇に仕えた。それを聞いた義時が、関東御恩の者が許可を得ずに上皇に奉公するのは不当であるとして、仁科次郎の所領を没収した。上皇は所領返却を命じる院宣を下したけれども義時はそれを用いなかった。以上が、上皇が義時に敵意を懐いたきっかけの一つとなった事件として両書の記す逸話である。

四　北陸道合戦

幕府軍と京方の北陸道における合戦について、『吾妻鏡』は五月二十九日の条に佐々木信実の加地庄願文山の戦いを記述した後は六月八日の条に飛ぶ。同書によれば、この日、名越朝時、結城朝広、佐々木信実は越後国の小国頼継、金津資義、小野時信以下の輩を相具して越中国般若野庄に到った。ここで朝時軍は義時追討を命じる宣旨を受け取り、佐々木実秀が冑を着けず、軍陣に立ってこれを読んだ。実秀は信実の子であり、その子孫が加地庄を継承して加地氏を名乗る。信実・実秀父子に関する挿話は加地氏に伝承されたものかもしれない。

その後、朝時軍は官軍と遭遇したと『吾妻鏡』は記述する。宮崎左衛門尉、糟屋乙石左衛門尉、仁科次郎、友野右馬允等が林・石黒以下の在国の武士を相具して朝時軍と合戦に及んだ。結城朝広が特に武功をあげ、乙石左衛門尉は討ち取られ官軍は雌伏、加賀国住人林次郎、石黒三郎は降人として朝時・朝広の陣に来たった。

『吾妻鏡』が京方大将軍の一人に数える糟屋乙石左衛門尉については、『諸家系図纂』十九上糟谷氏が有久の弟有長に「乙石丸左衛門尉」「同討死」と注記しているので、有長を指すと考えられなくもないが、六月三日条に糟屋左衛門尉有久が京都から北陸道に派遣されたことが記され、義時袖判消息が北陸道に向った京方の軍勢のうちに「かさやのありいしさゑもん」の名を記し、『古活字本承久記』が加賀・越中間の国境を越える志保路に向った京方の軍勢に「糟屋有名左衛門」の名を記していることを勘案すると、「糟屋乙石左衛門尉」の「乙石」は「有石」の誤記で、有長ではなく有久を指すとみなすのが妥当であろう。*

北陸道合戦に関する記述は、『承久記』諸本のうち慈光寺本には認められず、前田家本と古活字本に認められる。

＊『慈光寺本承久記』は城南寺警固の廻文に有石左衛門尉と並べて医王左衛門尉を載せ、『古活字本承久記』は砺波山の戦い（後述）において糟屋有名左衛門と伊王左衛門が志保に向ったと記す。「有名」は「有石」の誤写であろう。医（伊）王左衛門尉は後鳥羽上皇の寵童で藤原秀能の猶子となった能茂であるが、「伊（医）王」は能茂の童名であり、童名が成人後の呼び名に使われたことになる。有久・有長兄弟の「有石」「乙石」も童名に由来し、彼らもまた能茂と同様、後鳥羽の寵童であったのではないか。なお東山道大井戸渡で幕府軍と戦った筑後左衛門尉有長（『吾妻鏡』六月三日条等）を糟屋有長とする説があるが、「筑後左衛門尉」の名乗りから、西面衆四人の内の一人として乱後に梟首された筑後守五条有範の男とするのが妥当である。

『前田家本承久記』は六月八日に加賀・越中の国境の砺波山において幕府軍と京方の軍勢が戦ったことを記す。砺波山を越中側に下ったところが般若野であるから、『吾妻鏡』が般若野で宣旨を受け取った後に官軍に遭遇したと記しているのと一致する。

『前田家本承久記』は砺波山において幕府軍と戦う以前の京方の動きも記述している。それによると、仁科次郎、宮崎左衛門、糟屋左衛門が京都から下り、加賀国の林のもとで、国々の兵として、井手左衛門、石見前司、安原左衛門、石黒三郎、近藤四郎、同五郎等を招集したが、参向しない者がいて日数を送っている間に、宮崎左衛門の拠点である越中宮崎を幕府軍に破られ、田脇に逆茂木を引いたが、幕府軍は乱杭のはづれの海を泳いで突破したという。

『古活字本承久記』は、五月晦日に越後国府において名越朝時が軍編成を行ってから砺波山の戦いまでの動きをさらに詳しく記述している。それによると、朝時は、枝七郎武者・加地入道父子三人・大胡太郎左衛門尉・小出四郎左衛門尉・五十嵐党を具して進んだ。越中・越後の国境の蒲原という所は、一方は岸が高くて人馬が通り難く、一方は荒磯で風が烈しい時は船を使うこともままならなかった。岸沿いの道は馬の鼻を五騎十騎双べて通る幅がなく、僅かに一騎がようやく通れる道であった。京方の宮崎左衛門は市降浄土という所に逆茂木を引き、上の山に石弓を張り立てて、防御をかためていた。市降（市振）は越中宮崎から国境を越えて越後に入ったところである。朝時は宮崎軍の防御を突破する策を立て、浜にいくらもいる牛をとらえて、角さきに続松を結び付け、七八十匹を追い続けた。牛は続松に恐れて突進したが、それを上の山から見て、敵の来襲と思い、石弓の有る限りをはずし懸けたので、朝時軍は石弓の仕掛けられた所を無事に通過した。明け方になり、朝時軍が逆茂木の近くに押し寄せると、ちょうど海面は凪いでいたので、強い馬を持つものは海を渡り、足軽は逆茂木を手で取り除けて通った。逆茂木の内側には宮崎の郎従と思われる者が二三十人、かがり火を焚いており、矢を少々射かけてきたが、大勢が向ってくるのを見て、山に逃げのぼった。その間に朝時軍は無事に通過した。

義時袖判消息によると、市河六郎刑部は五月晦日に朝時軍を待たず単独で蒲原を攻め落とし、宮崎を追い落したとある。蒲原は越中・越後の国境に近い越後側の地であり、国境を越えた越中側の地が宮崎で、宮崎左衛門尉の名字の地である。宮崎左衛門尉は国境を越えて蒲原まで出張ってきたのであるが、幕府方の軍勢に撃退された。越中・越後の国境は山が海に迫り、「親不知」の名で知られる難所である。

幕府軍は越後から越中に越え、越中から加賀に越えたのであるが、越中・加賀の国境が砺波山である。砺波山の戦いについて、『前田家本承久記』は、京方は三千余騎を三手に分けて防衛しようとしたが、幕府軍は五十嵐党を先頭として山を越したので、仁科、宮崎は一戦もせずに落ち、糟屋ばかりが討死し、林次郎、石黒三郎、近藤四郎、同五郎は関東方に降伏したと記す。合戦の日が六月八日であること、糟屋が討死したこと、林・石黒等の在地の武士は幕府軍に降伏したことなど、『前田家本承久記』と『吾妻鏡』は共通する記事を載せている。

『古活字本承久記』は砺波山の戦いを次のように記述する。加賀・越中の国境を越えるのに黒坂・志保の二つの道があるが、黒坂には仁科次郎・宮崎左衛門が、志保には糟屋有名左衛門（「有名」は「有石」の誤写）・伊王左衛門が向った。加賀国住人林・富樫・井上・津旗、越中国住人野尻・河上・石黒等が京方に味方して防戦したが、志保方が敗れると京方は皆落ちた。その中で手負いの法師武者が一人、「是ハ九郎判官義経ノ一腹ノ弟、糟屋ノ有名左衛門尉ガ兄弟、刑喜坊現覚ト申者也。能敵ヲ打テ高名セバヤ」と名乗り、幕府方の武士に討たれた。

有久の祖父盛久は治承四年（一一八〇）の石橋山合戦では大庭景親に与して頼朝と戦ったが、盛久の子、有久の父有季は頼朝の御家人となり、寿永三年（一一八四）二月の一の谷合戦に参戦している。文治二年（一一八六）には義経の家人堀景光を捕え、佐藤忠信を誅した。有季は比企能員の聟であったため、建仁三年（一二〇三）に能員が誅殺された際に、比企一族とともに滅亡した。有久は後鳥羽上皇の西面に仕え、建保三年（一二一五）の後鳥羽上皇の高陽院における三七箇日逆修の際には、御領を知行する者として砂金百両を献じている（『大日本史料』同年五月二十四日条）。相模国糟屋庄は安楽寿院領であり、安楽寿院とその荘園は、八条院が建暦元年（一二一一）に崩じた後、後鳥羽上皇の管領下にあった。

『古活字本承久記』は刑部坊現覚が源義経の一腹の弟、糟屋有久の兄弟と名乗ったと記している。義経の一腹の弟というと母は常盤ということになる。常盤は源義朝との間に阿野全成・義円・義経を儲けたあと、一条長成との間に能成と一女を儲けた。文治元年（一一八五）十一月、頼朝と対立した義経が没落すると、能成はこれに従い、解官の処分を受けた。翌年六月、常盤とその一女が捕えられ、義経の女婿源有綱が追討された。有綱は源頼政の孫、仲綱の子であるが、義経の没落に従い、ゆくえをくらましていた（源有綱を義経の娘の夫ではなく、妹の夫と考え、常盤とともに捕えられた一女を有綱の妻と考える説もある〈保立二〇〇四〉）。糟屋有季が京都において堀景光を捕え、中御門東洞院において佐藤忠信を誅したのは、この年九月である。現覚が有季の子有久と兄弟だというのであれば、有季は景光を捕え忠信を誅した恩賞として常盤を与えられ、常盤との間に現覚を儲けたとは考えられないか。ただし常盤は『平治物語』によると永暦元年（一一六〇）に二十三歳であるから、文治二年には四十九歳になる。有季との間に現覚を儲けたのは常盤ではなくその一女であったのかもしれない。そうであるならば、現覚は義経一腹の妹の男ということになる。

朝時軍の入洛については、『百錬抄』が六月二十日として『大日本史料』もこれを採っている

＊『慈光寺本承久記』は、義時が軍の僉議において、北陸道の要所として砺波山・宮崎・塩山・黒坂をあげたことを記している。栃木他一九九二は、「塩山」に「志保山、志雄坂とも。能登・加賀・越中の三国の境といわれた。源平動乱の際の火打合戦に見える」、「黒坂」に「砺波山から倶利伽羅峠に上る道。ここも火打合戦に見える」と注をつけている。

＊＊原文は「タレトハ不知、敵一人寄合、刑部坊ガ首ヲトル」。法師武者の名が「刑喜坊現覚」と「刑部坊現覚」の両様に記されているが、以下においては仮に「刑部坊現覚」を用いる。

が、天理本『承久三年具注暦』により六月二十四日とすべきであろう（山下二〇一五）。『武家年代記』も同日とする。『慈光寺本承久記』が、六月十五日の巳の時に泰時が六波羅に着いたのに続けて、十七日の午の時に朝時が六波羅に着いたと記すのは、事実と異なるものであろう。

五　おわりに

以上、承久の乱北陸道合戦について、義時袖判消息を基準にしながら、『吾妻鏡』と『承久記』諸本の記事を検討してきた。

『承久記』諸本のなかで、『慈光寺本承久記』は北陸道合戦についての記事を欠くが、『古活字本承久記』と『前田家本承久記』が、五月三十日に名越朝時が越後国府に到着し、そこに着到した各地の武士を軍勢に編成したことを記しているのは貴重であり、事実と考えてよいと思われる。

市振に宮崎左衛門尉が設けた防衛線を朝時が火牛の計を用いて突破したという『古活字本承久記』の載せる挿話は虚構であろう。『古活字本承久記』はこの挿話を朝時軍が越中・越後国境の蒲原に差し掛かった時のことと記し、市振は蒲原の内と読めるのであるが、義時袖判消息によれば、蒲原を攻め、宮崎左衛門尉を追い落としたのは市河六郎刑部であって、朝時はこの戦いに間に合っていない。『古活字本承久記』が蒲原の戦いを朝時軍によるものとしたのは虚構であるが、蒲原で戦闘が行われたこと自体は義時袖判消息により史実と認められる。

虚構と断定することはできないけれども、確実な記録ではなく伝承により記述されたと思われる箇所は『吾妻鏡』にも認められる。『吾妻鏡』が佐々木信実の加地庄願文山の戦いについて記述し、信実の子実秀が越中国般若野で受け取った宣旨を読んだことを記すのは、信実・実秀の子孫加地氏の伝承によっているのではないか。その後の官軍との戦いで結城朝広が武功をあげ、官軍に従っていた加賀の住人林次郎・石黒三郎が朝時・朝広の陣に下ったことを記すのも結城氏の伝承によったかと思われる。『吾妻鏡』が北陸道大将軍として名越朝時とともに結城朝広・佐々木信実の名をあげるのは、結城氏・加地氏に伝わった伝承を取り入れて構成されたことによるのではないか。

『承久記』諸本のなかでは前田家本が相対的に『吾妻鏡』に近いように見える。京方の大将軍が仁科・宮崎・糟屋であること、仁科次郎の実名が盛朝であること、砺波山合戦が六月八日であること、糟屋が討死したことなどである。

以上に考察してきたことを、『承久記』を中心にまとめると以下の通りである。

『承久記』はもちろん虚構や潤色を含むけれども、そのこと自体は『承久記』のみならず『吾妻鏡』においても想定しておかなければならないことである。しかし『承久記』の記事を他の史料と比較検討するならば、『承久記』にしか見えないけれども史実としてよい記事も認められる。

◎主要参考文献

日下力・田中尚子・羽原彩編『前田家本承久記』汲古書院、二〇〇四年。

近藤成一「史料を読むということ」『宮城歴史科学研究』第九一号、二〇二三年。

栃木孝惟・日下力・益田宗・久保田淳校注『新日本古典文学大系43 保元物語 平治物語 承久記』岩波書店、一九九二年。

長村祥知「承久の乱にみる政治構造―戦況の経過と軍事動員を中心に―」同『中世公武関係と承久の乱』（吉川弘文館、二〇一五年）所収。

長村祥知編『龍光院本承久記絵巻』思文閣出版、二〇二三年。

保立道久『義経の登場』日本放送出版協会、二〇〇四年。

山下克明「『承久三年具注暦』の考察」同『平安時代陰陽道史研究』（思文閣出版、二〇一五年）所収、初出一九九八年。

湯山学『相模武士 第5巻 糟屋党・渋谷党・その他の諸氏・和田、宝治合戦と相模武士』戎光祥出版、二〇一二年。

龍粛「承久軍物語の成立」同『鎌倉時代―上・〈関東〉―』（春秋社、一九五七年）所収、初出一九一八年。

北条時頼廻国伝説

大喜直彦

北条時頼《ほうじょうときより》（一二二七〜六三）の項を事典などで調べると、その中には必ず「廻国伝説」が見られる。廻国伝説とは出家した時頼が忍んで諸国を巡察し、その際、所領を奪われ困窮する相手に取り戻してやるなどで、全国的に見られる。この伝説の論争の一つは史実か否かである。これは戦前から論議されている（豊田「北条時頼と廻国伝説」、金井、石井「北条時頼廻国伝説の真偽」、佐々木）。

本稿はこの廻国が事実か否かを検討するのではなく、伝説の広がりに焦点を当て考察するものである。特に全国展開する伝説を集め、そこより論を進めていく。

一　伝説の場

まず「北条時頼廻国伝説の全国分布一覧」を作成した（二四六頁）。一覧は、諸論文や研究書の情報、およびインターネット検索で北条時頼を検索して得た情報を基本に作成した。検索結果の選択は信頼できると思う情報の採用に心がけた。ネット情報は不正確なものもあるので、できる範囲で他の資料などで重ねて確認した。不正確な情報もあるが、ネット検索は全国的な情報収集作業には有意義であった。もちろん、これらですべての情報を収集できたわけではないが、各地の伝説をこれまでより、多く収集できたことは確かである。

まず都府県の分布状況をみれば、これまでの指摘通り日本全土に広がっている。詳細にみると、東北地域が多く、山形が最多である。また関東地域にも集まっている。長野や兵庫も多い。地域の区切り方にもよるが、東北地域も日本海側（秋田・山形・新潟・富山）地域や、瀬戸内海地域を一として考えれば、このエリアも多いと思える。

奥富氏の「北条氏所領概略一覧」をみると、北条氏の所領は全国展開している。ここからみると、伝説の全国展開と得宗領の拡大が関係するという豊田説は説得力を持つ。ただ、この考えが成立するには、全国に見られる伝説が、鎌倉時代には成立していなければならないだろう。もし伝説が室町時代や江戸時代に成立していたら、もう得宗領は存在しないので、この説は成り立たないからである。

次に一覧より伝説を種類として次の①~⑦に区分し、その各事例を一部示してみた。従来の研究も区分しているが、ここでは①~⑦【】(当該の府県名)の後に事例をあげた。

①時頼が寺院を創建、開基となる。また深く信仰↓【長野】時頼の創建と伝える最明寺(址)、【三重】時頼開創と伝える最明寺、【神奈川】時頼が深く信仰したという西明寺。

②宗派を改宗させる↓【宮城】延福寺が円福寺と改称、天台宗から禅宗と改宗させる。【山形】立石寺を天台宗から禅宗へと改宗させる。【新潟】最明寺が法相宗から真言宗に改宗。

③一泊とそのお礼↓【大阪】老尼への止宿に対する礼としての所領安堵。

④山伏の悪行に対して閉山を命ずる↓【山形】明光寺・甑山《こしきやま》・御所山などの事例。山形に集中する。これは修験との対立が背景にあると考えられる。しかし、修験は山形のみではなく、奈良・和歌山が有名だが、そこにはこのような伝説が残っていないので、山形の修験との間に特別な事情があったのであろう。

⑤弘法大師系伝説↓【愛媛】時頼の腰掛石。【広島】覗堂で時頼が突き立てた杖が一本杉となる。これらは弘法大師の腰掛石や杖立伝説の時頼版である。弘法大師の行いを時頼に置き換え、弘法大師の影響力を利用して、当該地域に時頼の威光を広めたものである。

⑥廻国のみ↓【千葉】御宿町最明寺に時頼が来訪すると伝える。

⑦その他↓【秋田】釈迦堂光明寺に時頼作の釈迦如来像を安置。【静岡】時頼の分骨を願い長

岡妙心寺を建立。

伝説は、寺院創設や別宗派への改宗や修験への圧力、弘法大師系伝説の取り込みなど、仏教に関わる内容が多い。建長寺を創建し、蘭溪道隆《らんけいどうりゅう》などの禅僧を保護し、禅宗の強力な庇護者だったなど（高橋）、時頼が仏教に深い造詣を有していたことが伝説成立のベースにあるのだろう。これを別の事例で紹介しておく。

文暦二年（一二三五）二月十八日、幕府は鎌倉明王院五大堂建立に際し一切経の供養（『吾妻鏡』）修行。それに先だち一切経校合を実施した。これに浄土真宗の宗祖親鸞《しんらん》（本願寺の開祖）も招かれ参加した（峰岸）。その時、親鸞と九歳の開寿（北条時頼の童名）との問答が、『口伝鈔』「一切経御校合の事」に伝えられている。『口伝鈔』は本願寺第三代覚如《かくにょ》（親鸞ひ孫）の著作で、元弘元年（一三三一）に成立。親鸞が孫如信《にょしん》へ語り伝えた仏法の話を、覚如が如信より口授された内容を記したもの。

問答は、校合作業中の宴会で、親鸞が袈裟を着けたまま、魚・鳥を食べたことに、開寿がなぜそうするのかと尋ねたことに始まる。最終的に開寿は親鸞が説く救いの考えを理解するのであった。『口伝鈔』では「一天四海の棟梁、その器用はおさなくよりようあるなり」と、この話を時頼が幼少より高い器量を有していたと評価している。念仏を弾圧した鎌倉幕府に親鸞が協力した話が、真宗史料に採用されていることは、かなり事実に近い話であろう（平松『親鸞聖人絵伝』）。とすれば、時頼が幼少頃より聡明で、仏教を深めようとしていたとみてよかろう。したがって伝説の多くが寺院創建などの宗教的内容であることは、このような実態が反映したのであろう。

二　廻国伝説の特徴

ここでは、古い形を持つと考えられる伝説の内容の特徴を示してみる。まず、一宿とお礼である。『太平記』巻三十五「北野通夜物語事付青砥左衛門事」と『増鏡』「草枕　最明寺時頼のこと」にその事例がある。

『太平記』は以下の内容である。時頼は、守護・地頭などが所領を押領して、人々を困難させる事態を是正するため、密かに身を窶して、日本全国を修行して廻った。途中、摂津国難波の浦に到着。そこで一夜の宿を求め貧困の老尼に宿を借りた。老尼によると、惣領のために所領を奪われ困窮したという。そこで時頼は老尼に一首の和歌を与え、後日、鎌倉に召して旧領を取り戻してあげたのである。

『増鏡』は以下の通りである。出家した時頼は、本人とわからないように身を窶し、困っている人々などの話を見聞するため、忍んで諸国を巡察した。その中で、粗末な家の家主の話を聞き、助けるための手紙を書いて、鎌倉へ行くように進め、そこで鎌倉で時頼の手紙と判明し、幕府は憂い無き対応をさせたのであった。そして時頼の行為を「仏神のあらはれ給へるか、とて、みな額をつきて悦びけり」と評している。

表の各地域の伝説のほとんどは発祥時期の特定はむつかしい。伝説の内容が鎌倉時代であっても、生じたのは江戸時代も多いであろう。しかし、南北朝期成立の『太平記』や『増鏡』の伝説は、時頼没後百年以内には成立していたことになる。これは伝説の初期的形態といえるだろう（豊田「北条時頼の廻国伝説」）。

両伝説に共通するのは、身なりを落とした僧侶（時頼）が、突如、貧困な家に止宿を願い、泊めてくれた住人を助けるという点である。住人は得体の知れない僧侶を助けて、そのお礼（所領など）を受けた話である。このモチーフにそっくりな伝説が、真宗史料の「真楽寺略縁起」（本願寺史料研究所編『本願寺教団史料』関東編、浄土真宗本願寺派、一九八三年）にみられる。相模国国府津で夕陽になり、親鸞はある夫婦に「一夜の宿を乞」うた。夫婦は「左右なく」宿を提供。その夜、親鸞は夫婦に阿弥陀如来の「他力本願、専修念仏易行の道をすゝめ」たという。親鸞のこのような話は、他でもみられる。

夫婦は得体の知れない者（親鸞）に躊躇無く宿を貸したことは、いわゆる「異人」（マレビト）歓待の事例である。これは地域共同体が来訪する「異人」＝神を手厚くもてなす、古くからある風習である。神への歓待をなす風習の存在が、遍歴民や遊行者の受け入れを可能にしたのである。

廻国伝説の初期的形態は、このようなマレビト歓待の風習に基づき形成されたものと思われる。この風習は廻国伝説より起源が古いので、全国に見られるこの風習が利用され、廻国伝説が全国へ広がることができたのであろう。時頼の行いを「仏神のあらはれ」と評することは、まさに時頼をマレビトであることを示している。

これ以外の古い内容は改宗の話である。この事例は文明二年（一四七〇）正月十五日「天台記」の内容である。これは現在、宮城県松島町の瑞巌寺が所蔵する。ここには同寺前身の由来が記されている。平安時代創建という延福寺（瑞巌寺前身）は、鎌倉時代に入ると幕府とつながるが、その後衰退。鎌倉中期になると、執権北条時頼は法身性西を擁して中興開山とし、宗派を禅宗へ改宗させ、寺号も円福寺とした。円福寺二世は蘭渓道隆となり、幕府の関係を深めた（入間田「東の聖地・松島」）。

円福寺の流れをくむ瑞巌寺には、源頼朝と伝える遺骨と、それを北条政子が寄進したことを記す消息が伝来する（河田）。このように鎌倉幕府との関係は当初からあったようである。ここからみて改宗の内容を持つ事例は、古い伝説の可能性がある。改宗については、ここでは禅宗へということであるが、禅宗に限定されるものではない。また、改宗も含め全体的に寺院創建の話も多い。これらは、時頼が仏教に深い造詣があったことが伝説に影響したのであろう。

初期的形態の伝説や改宗の伝説は中世の成立だが、一覧の初期的形態や改宗伝説以外は、すべて古いものとはいえないだろう。おそらく江戸時代の成立ではなかろうか。

三　おわりに　――伝説を広げた人々――

最後にこの伝説を誰が広げたのかを考えてみよう。これは難しい課題であるが、日本全土に及ぶ伝説のなか、ここでは中世で語られた伝説を通じて考えてみたい。『太平記』の伝説には、この話を語る三人がいる。一人目は鎌倉幕府の引付頭人を歴任したと思われる坂東声の「年ノ六十許ナル遁世僧」、二人目は朝廷に仕官してきた貧しく学問に通じた「雲客」(殿上人)、三人目は門跡辺に伺候してきた顕密の律師僧都「法師」(僧侶)である。ここで注目すべきは、一人目の坂東声＝東国の僧である点である。なぜなら、時頼伝説がやはり東国の幕府関係者から広がったことが考えられるからである。

ただ、東国発祥としても、それだけでは広がらない。そこで次に金井氏が「最明寺入道時頼の回国伝説」で指摘する廻国の時衆僧が広げた説についてみてみよう。江戸中期成立の天野信景の随筆「塩尻」巻二十七(日本随筆大成編『日本随筆大成』第九巻、吉川弘文館、一九七七年)には、時頼みずから廻国したのでなく、時衆の遊行上人に廻国させて民情を視察させたとしている。金井氏は、伝説の成立と拡散にも時衆が関与していたのではないかと指摘する。廻国する時衆説は非常に興味深い。

しかし疑問が残るのは、時衆がどうして時頼の伝説を広げる必要があったのかである。何のメリットがあったのか。もし時衆の勢力の拡大なら、改宗も時衆が多いはずであろうが、改宗の伝説をみると、時衆ではなく禅宗が多い。ただ、全国には時頼の号である「最明寺」（または西明寺）がみられる。この中には、時頼伝説に関わる寺院があり、その内、時頼開基と伝える鎌倉山北条院最明寺（滋賀県守山市勝部町）のような時衆寺院（金井）も少なからず存在する。

しかし、伝説の広がりを時衆のみが要因とは考えにくい。中世の情報伝達については、うわさが天狗により、ものすごく速いスピードで伝えられ、そこには神仏の力があると考えられていた。天狗とは「天狗山伏」とされ、実態は山伏であった（酒井）。「山伏と商人は兄弟の流れ」とか、山伏が「流通、商業、金融業と深い関わりもっている」と指摘されるように、両者は同じと認識されていた。つまり情報伝達は商人・山伏（宗教者）などがその主体と想定される（及川、網野善彦ほか「市・山伏・芸能」）。

先の『太平記』で話を語った三人の内二人が僧であった点は重要である。ここに僧がいることは、時衆も含め、やはり伝説拡散は、商人か宗教者が大きな役割を果たしていたと考えられる。しかし現状ではここまででしか指摘できない。

本稿はデータが紙幅を取り、広く分析に紙幅をさくことができなかった。今後は伝説を伝える人々をさらに追求する必要があると、明示して稿を終えたい。

○表　北条時頼廻国伝説の全国分布一覧

都府県	所在地	伝承物・事象	内容	備考（典拠など）
青森県	藤崎町	護国寺→満蔵寺 臨済宗→曹洞宗	北条時頼、廻国して、護国寺から満蔵寺に改める。	藤崎町ＨＰ／入間田宣夫「鎌倉建長寺と藤崎護国寺と安藤氏」小口雅史編『津軽安藤氏と北方世界』河出書房新社 一九九五年／愛妾唐糸御前の古跡
岩手県	名川町	観音寺→法光寺 ？→曹洞宗	北条時頼、廻国中、宿を観音寺に拒否され、別の草庵の庵主王峰損城指城和尚よりもてなしを受ける。帰還後、観音寺を廃寺にして、その跡に損城和尚を開山として法光寺を建立する。	青森県観光サイト
秋田県	にかほ市象潟町	蚶満寺　天台宗	円仁開創と伝える。正嘉元年（一二五七）、北条時頼、象潟を「四霊の地」と定め再興するという。近世初期、曹洞宗に転派。	秋田の昔話・伝説・世間話サイト
	仙北市西木町西明寺	薬師堂→光明寺 ？→真言宗	弘長二年（一二六二）北条時頼が愛妾唐糸姫供養を薬師堂で営み、同堂を光明寺と改めた。元亀年間（一五七〇～七三）同寺は三七日山阿弥陀堂と改称。明治の廃仏毀釈で大国主神社に転じた。	仙北市ＨＰ
	秋田市旭北町	釈迦堂光明寺	北条時頼作の釈迦如来像安置。	朝日新聞デジタル みちのく週末【勝手に東北世界遺産】第一八四号［唐糸伝説］
	大館市釈迦内	釈迦堂	釈迦堂は明治の神仏分離以後、現在の神明社となる。北条時頼、廻国中、釈迦内で唐糸の供養に釈迦如来像を刻み、この地に残した。釈迦内の地名はこの釈迦像に由来するという。	秋田県神社庁ＨＰ「神明社」
宮城県	松島町	〝延福寺（松島寺）→円福寺　天台宗→禅宗〟	延福寺は、天長五年（八二八）淳和天皇勅願寺として円仁が開山した天台宗の寺。鎌倉時代、北条時頼は天台派の僧徒を追い、法身性西を住職に据えた、円福寺に改称させたという。	「天台記」松島町史編纂委員会編『松島町史』資料編一 同町 一九八九年

都府県	所在地	伝承物・事象	内容	備考（典拠など）
宮城県	登米市迫町北方	山王の桜	北方の相ヶ沢の桜（樹齢六〇〇年）。八〇六年、坂上田村麻呂が、蝦夷討伐の際に植えたと伝える。北条時頼、廻国中、山王権現と書いた柱を建てて以来の名称となると伝える。	じゃらんサイト「山王のさくら」
山形県	山形市山寺	立石寺　天台宗→禅宗	貞観二年（八六〇）円仁、立石寺を創建。北条時頼、廻国中、立石寺に立ち寄り、天台宗の隆盛をねたみ、禅宗に改宗させたと伝える。	山本博文『あなたの知らない山形県の歴史』洋泉社 二〇一三年
	山形市瀧山	瀧山　瀧山寺　天台宗　三百坊跡	醫王山瀧山寺は、仁寿元年（八五一）円仁の開創。瀧山頂上に薬師如来を祀り、鎌倉時代初期まで西蔵王一帯に繁栄を極めたが、北条時頼により朝日山・御所山ともに閉山を命ぜられたと伝える。	「瀧山」日本歴史地名大系6『山形県の歴史』平凡社 一九九〇年
	秋田県湯沢市と山形県新庄市・金山町の境	神室山 修験道	修験の山の神室山は信仰を集め繁昌した。道者の献ずる賽銭をめぐり、廻国する北条時頼が閉山を命じたと伝える。	真室川町教育委員会編『鮭延城記』同委員会 一九七八年／新庄市教育委員会編『増訂最上郡史』（復刻版）同委員会 一九七二年／新庄市編『新庄市史』第一巻 同市 一九八九年
	真室川町	甑山 僧坊跡	甑山への山形県側登山道入り口に在する祠。僧坊跡。同山麓には十の僧坊が盛大を極めたが、山伏の悪行により、廻国中の北条時頼が同山への参詣を禁止し僧坊破却、廃山とすると伝える。	新庄市編『新庄市史』第一巻 同市 一九八九年
	尾花沢市大字高橋	翁山　明光寺	明光寺の開基は大和国春日大明神の使いの告げを受けた京都の浪人曽我明監。同寺門前に四〇〇の宿坊が立つ繁栄をみせた。廻国中の北条時頼、悪行する同寺別当を流罪にすると伝える。室町幕府により閉山とされ山麓の明光寺村は焼き払われたという。	原田傳六『現説 明光寺盛衰記全』明光寺盛衰記保存会 一九七二年／新庄市史編『新庄市史』第1巻 同市 一九八九年／「御所山」日本歴史地名大系六『山形県の地名』平凡社 一九九〇年
	尾花沢市	御所山	廻国中の北条時頼が山伏の悪行を聞き、閉山を命じたという。	「御所山」日本歴史地名大系六『山形県の地名』平凡社 一九九〇年／尾花沢市編纂委員会編『尾花沢市史』上巻 同市 二〇〇五年
	朝日町	朝日連峰 修験道	朝日修験は白鳳八年（六六八）役小角が朝日連峰を開山したことに始まり、朝日修験は盛況を極め強大な勢力となり、平家落人が同連峰山麓に逃げ込んだとして、執権北条時頼は閉山を命じた。	「瀧山」日本歴史地名大系6『山形県の歴史』平凡社 一九九〇年

都府県	所在地	伝承物・事象	内　容	備　考（典拠など）
山形県	最上町赤倉温泉	赤倉温泉	赤倉温泉は、貞観五年（八六三）円仁が温泉を確認したとも、川縁を掘って源泉を発見したとも伝わる。一説では北条時頼が行脚で翁山霊場に訪れた時に偶然発見したともいう。	日本名泉ＨＰ「赤倉温泉・温泉街」
	戸沢村	月山登拝口の角川口	廻国中の北条時頼が、山伏の悪行を聞き不法の山として、参詣を禁止、僧坊破却などを命じたと伝える。	新庄市史編『新庄市史』第一巻　同市　一九八九年
福島県	いわき市久之浜町	龍光寺　臨済宗妙心寺派	徳一が小久村堂ヶ崎に開山。建長七年（一二五五）執権北条時頼が中興開基となり、現在地に移転させる。	いわき市観光サイト
新潟県	三条市院内	最明寺　法相宗→真言宗智山派	法相宗の甚諦法師が千手観世音を安置し開創。北条時頼、廻国時、同寺に寄り千手院を最明寺と改め、真言宗に改宗させる。	越後三十三観音ＨＰ
	南魚沼市思川	天昌寺　密教	天昌寺は泰澄大師（白山の開山）の開山と伝わる。執権北条時頼が定めた越後三十三番観音霊場第十二番札所となる。	南魚沼市観光サイト
栃木県	益子町益子	益子寺→西明寺	天平九年（七三七）行基草創。建長七年（一二五五）執権北條時頼が境内の堂宇再建、益子寺から西明寺に改めたという。	金岡秀友編『古寺名刹大辞典』東京堂出版　一九九二年
群馬県	高崎市佐野町	鉢の木伝説	旅僧姿の北条時頼は、鎌倉への途中、大雪で上野国佐野（高崎市）で貧しい家に宿を求めた。家の佐野源左衛門尉常世夫婦は時頼とは知らずもてなした。のち、時頼は鎌倉で、常世に押領されていた所領ほかを与えた。	謡曲「鉢の木」
茨城県	常総市蔵持平将門公史跡	平将門公赦免菩提供養之碑	「平将門公赦免菩提供養之碑」など建長五～七年（一二五三～五五）銘の板碑は、執権北条時頼が民政安定のため、当地の先霊を慰めるため、豊田四郎将基（平貞盛四代の孫）の供養碑建立。さらに将門を赦免し霊供養の板碑建立を命じたという。	常総市・同市教育委員会「平将門公赦免菩提供養之碑」解説板

都府県	所在地	伝承物・事象	内　容	備　考（典拠など）
埼玉県	川越市小ヶ谷町	最明寺　天台宗	第二代将軍源頼家二男千寿丸は落ち延び出家し当地で草庵を結んでいた。北条時頼、廻国時に老僧の千寿丸と参会。弘長二年（一二六二）に同寺創建、千寿丸を別当に任じたと伝える。	瑶光山最明寺ＨＰ
埼玉県	行田市白川戸	西明寺	正嘉年間（一二五七～五九）頃、北条時頼が、現在の西明寺の東に文殊堂を建立したことが始まりと伝える。	天州山西明寺ＨＰ
千葉県	富津市天羽町	鉄杖山　火守神社	山上に火守神社。文応元年六月、北条時頼が訪れ、鉄杖を地に挿して、永く火を守れと唱え社名となったという。	千葉県の伝説　上総 富津市鉄杖山「火守神社」
	御宿町須賀	最明寺　天台宗	弘仁一三年（八二二）創建という。北条時頼、廻国時、同寺を訪れる。地名「御宿」は時頼が宿泊したことに由来するという。	同寺解説版「最明寺のあゆみ」（年表）／御宿町役場ＨＰ
東京都	板橋区東新町	安養院（武王山最明寺）真言宗	北条時頼によって創建されたという。	同院解説版・板橋区ＨＰ
	品川区	鮫洲海晏寺　曹洞宗	北条時頼によって創建されたという。	「新編武蔵風土記」／高橋慎一郎『北条時頼』吉川弘文館 二〇一三年
神奈川県	川崎市中原区小杉御殿町	西明寺　真言宗智山派	弘法大師高弟泰範の創建。北条時頼が深く信仰したと伝える。	「龍宿山金剛院最明寺縁起」
	大井町金子	最明寺　真言宗	信濃善光寺を深く崇敬する浄蓮坊源延、松田山頂に最明寺を創建。善光寺如来の信仰篤い北条時頼、堂宇を造立し荘園を寄附、蓮華王院西明寺と名づけたという。	新編相模国風土記稿
山梨県				
長野県	長野市塩生甲	西明寺　浄土宗	廻国する北条時頼が、当地に立ち寄り、当観音を時頼山西明寺と名付けたという。	西明寺朱印帳由来解説
	佐久市岸野	最明寺	北条時頼が廻国して当地に立ち寄るという。	小布施町教育委員会編・発行『最明寺址推定確認調査報告書』一九八七年

都府県	所在地	伝承物・事象	内　容	備　考（典拠など）
長野県	小布施町	最明寺址	北条時頼が廻国して創建という。	小布施町教育委員会編・発行『最明寺址推定確認調査報告書』一九八七年
	長野市平林	西明寺殿御菩提所	北条時頼墓所。	高橋将人『長野県町村誌』郷土出版社、一九八五年
	長野市真島	最明寺　浄土宗	北条時頼開基という。	高橋将人『長野県町村誌』郷土出版社、一九八五年
静岡県	伊豆の国市長岡	最明寺　臨済宗妙心寺派	当地の人々が鎌倉幕府に北条時頼の分骨を願い建立した寺院。	同寺北条時頼の墓解説板
	静岡市清水区	最明寺　臨済宗妙心寺派	北条時頼の開基、一山一寧の開山と伝わる。	最明寺ＨＰ
愛知県	西尾市上羽角町池下	最明寺　曹洞宗	北条時頼が元寇のため九州博多へ赴いた折り、占部（岡崎市）の釈迦堂に参拝宿泊。礼として寺領を寄進。時頼没後、その子時宗が寺領を寄進し、釈迦堂を最明寺と改めたという。	岡崎市制一〇〇周年記念事業 岡崎まちものがたり
岐阜県				
富山県	高岡市福岡町五位山地区	西明寺塚五輪塔	北条時頼、廻国中、西明寺付近の丘に寄る。滞在中に家臣が没し、塚を造った（市指定史跡「西明寺塚五輪塔」）と伝える。	高岡市教育委員会編・発行『高岡市福岡町埋蔵文化財分布調査報告Ｖ』二〇〇七年
	富山市山田鎌倉	北条時頼自作の地蔵半伽像	北条時頼自作と伝える。	富山市ＨＰ
石川県				
福井県	池田町水海（みずうみ）	鵜甘神社 水海の田楽能舞	北条時頼、廻国中、水海を訪れた際、村人が田楽を舞い歓待したお礼に能舞を教えたことが始まりとされる。	福井県池田町観光情報サイト／日本歴史地名大系一八『福井県の地名』平凡社 一九八一年
三重県	熊野市二木島里町	最明寺　曹洞宗	北条時頼が廻国の際、開創したと伝える。	日本歴史地名大系二四『三重県の地名』平凡社 一九八三年
滋賀県	湖南市朝国	朝国観音寺跡宝篋印塔	「時頼小塔」と呼ばれ、北条時頼の供養塔と伝承される。時頼が朝国山観音寺の開基と伝える。	市指定文化財

都府県	所在地	伝承物・事象	内容	備考（典拠など）
滋賀県	守山市勝部町	最明寺　時衆	北条時頼が入洛途中当地に立ち寄り開くと伝える。	守山市役所ＨＰ
京都府	京丹波町出野	長源寺　真言宗	文徳天皇第一皇子惟喬親王（素覚）が開山。北条時頼、廻国して当地に立ち寄り、民衆に禅の悟法を説くという。	和知町誌
大阪府	大阪湾	難波の浦の老尼	身をやつして旅する北条時頼は難波の浦に至り、地頭により先祖代々の土地を押領された老尼の話を聞く。時頼は鎌倉に帰り押領した地頭の財産を没収し本領に加えて所領を尼に与えた。	『太平記』巻第三五「北野通夜物語事付青砥左衛門事」廻国伝説の初期形態。
奈良県	宇陀市三本松	生き返った魚の話	廻国中、北条時頼は止宿で病を得た。村人は付近の瀧へ、時頼が回復するなら生き返れ、と祈願して焼き鮎を投げ入れた。すると鮎は生き返り、それに合わせて時頼も回復した。	杉谷流翠「生き返った魚の話」『旅と伝説』5巻三号通巻五一号　一九三二年
奈良県	宇陀市三本松	三本松	北条時頼が実を蒔いたと伝わる。	とっておきの奈良『県民だより』Vol47　二〇一四年
和歌山県	橋本市隅田町	護国寺　真言律宗	行基創建の畿内四十九院の一つ。北条時頼が再興と伝える。	橋本市ＨＰ
兵庫県	神戸市	最明寺内　北条時頼噛み割りの梅の木	北条時頼、廻国中、当地に立ち寄り、開基法道仙人遺言と法華経を石箱に入れ地中に埋め、その上に自分が噛み割った梅の実の半分を植えた木と伝える。	兵庫県立歴史博物館ＨＰひょうご伝説紀行―神と仏―　神の坐す山と神出の里
	宝塚市	最明寺滝	北条時頼が出家して修行したといわれる滝	宝塚市ＨＰ雲雀丘・山本エリア
	芦屋市	芦屋の浦	北条時頼は、民情視察のため僧の姿で廻国、摂津国芦屋の里の貧しい塩屋に宿を借りる。家主の少年月若は、父の地頭藤左衛門没後、叔父藤栄に所領を押領されていた。時頼は藤栄より所領を月若に返させた。	謡曲「藤栄」
	姫路市野里大日町	最明寺　高野山真言宗	法道仙人の開基。鎌倉時代北条時頼が再建と伝える。	姫路市教育委員会ほか『野里地区めぐり』二〇〇六年
	佐用町春哉	最明寺　時頼座像　真言宗御室派	北条時頼が廻国中、当地で病を得て村人より看護を受ける。礼として自彫りの木像を与える。	佐用町観光協会ＨＰ

都府県	所在地	伝承物・事象	内　容	備　考（典拠など）
兵庫県	淡路市生穂	西明寺 高野山真言宗	北条時頼が廻国時、当寺に滞在、それに合わせて時頼の法号「最明寺」を寺号としたという。	淡路島西国三十三ヶ所霊場HP
	神河町	最明寺　高野山真言宗	北条時頼が廻国の時、鎮守山王権現の神託を受け建立という。	神川町観光協会『神川咲く物語 第三章』
徳島県	美馬市脇町北庄	西光寺→最明寺　真言宗大覚寺派	北条時頼が来訪したと伝える。寺号は江戸時代初期、時頼法名にちなみ最明寺とする。	最明寺解説板
香川県	高松市塩江町	如意輪寺→最明寺 真言宗御室派	行基が如意輪寺と開基。文応元年（一二六〇）北条時頼が鎌倉御祈願所と定め、寺号を最明寺と改めたという。	福寿山来迎院最明寺HP
愛媛県	松山市難波	最明寺 臨済宗妙心寺派	奈良時代の創建と伝える。康元元年（一二五六）、北条時頼が道隆蘭渓を招き寺を再興、最明寺と名付けたという。	愛媛県生涯学習センター「えひめの記憶」
	東温市	時頼腰掛石	廻国する北条時頼が当地に立ち寄り、腰を掛けたと伝える石。	愛媛県生涯学習センター「えひめの記憶」
高知県				
岡山県				
広島県	安芸太田町	硯堂	北条時頼が宿ったと伝える。また、時頼が突き立てた杖が根を張り成長し、現在の一本杉となるという。	「芸藩通志」巻六一／公益財団法人ひろしま文化振興財団HP「ひろしま文化大百科」
	福山市駅家町	最明寺　真言宗高野山	北条時頼が年来廃居となっていた寺院を再興したと伝える。	びんなびHP「高野山真言宗 馬宿山 最明寺」
鳥取県				
島根県	奥出雲町亀嵩	湯野神社	北条時頼が当地に訪れた時、この社をさらに大きく造営せよと特令があり現在の地に奉還したと伝える。	島根県HP
山口県	下関市菊川町上保木	最明寺　真言宗	北条時頼、寺号の最明寺、霊仏、本尊、土地を与えるという。	真言宗 湯谷山 最明寺HP
福岡県	福津市津屋崎勝浦新原	新原・奴山二一号墳上の石塔八基	石塔は北条時頼が廻国中に、平家一族の霊を弔うため、また、蒙古襲来の戦死者供養のため、建立されたと伝える。	「新原の百塔板碑」説明盤

都府県	所在地	伝承物・事象	内　容	備　考（典拠など）
福岡県	福岡市西区今津	勝福寺　臨済宗大徳寺派	蘭渓道隆を開基に、北条時頼を壇越として、建長元年（一二四九）創建されたという。	今津大原小葎遺跡調査会ほか編・発行『小葎遺跡 福岡市埋蔵文化財調査報告書』第五四一号、一九九七年
大分県	中津市大字北原	原田神社「万年願」北原人形芝居	北条時頼、廻国中、北原で病となるが、村人の看護で快気。その祝いに、村人が手の甲に目鼻を描き袖口からのぞかせ人形のように踊らせた。時頼はその踊りを気に入り、その芸の振興を勧めたことに始まると伝える。	一般社団法人 中津耶馬渓観光協会 HP
佐賀県	佐賀市鍋島町	新庄八幡神社	北条時頼、廻国時、当地で病を得た。そこで同神社へ祈願し回復。その礼に同社に所領などを奉納したと伝える。	新庄八幡神社 HP
	嬉野市嬉野町	両岩宮 両岩の小浮立	北条時頼、廻国時、両岩宮参詣余次に病を得た。回復後、時頼は、礼に宮へ狛犬を奉納し、自ら舞を舞ったと伝える。	木下之治「藤津郡嬉野町に残存する踊浮立」佐賀県教育庁社会教育課編『佐賀県文化財調査報告書』第九集 同県教育委員会 一九六〇年
	佐賀市北川副町	大応寺　禅宗南禅寺派	北条時頼が廻国中、大風で肥前国への入国に難航。海底に潜らせて石を八個拾い八代竜王として祀ると、無事に入国できた。その内四個を八田江畔の当地に祀り寺を創建（大応寺）である。	大応寺解説板「大応寺縁起」
長崎県	長崎市	岩屋神社	文応元年（一二六〇）北条時頼が廻国の途次、岩屋山神宮寺に及ぶ。	長崎年表サイト
宮崎県				
熊本県	玉東町西安寺	西安寺白山宮跡	延応元年（一二三九）北条時頼、廻国中に病を得て白山宮へ祈願し全快。時頼は礼として相良頼平に命じ同寺を建立させたという。	玉東町 HP
鹿児島県				

＊注（1）所在地は伝承物・事象のある場所　（2）伝承物・事象の宗派は時頼当時のものと考えられるものを記した。（3）注（2）の際に改宗・転派した場合は、→で新たな宗派を示した。

◎主要参考文献

網野善彦ほか「市・山伏・芸能」(『列島の文化史』九、日本エディタースクール出版部、一九九四年)
石井進「北条時頼廻国伝説の真偽」(『石井進著作集』第四巻、岩波書店、二〇〇四年、「新たな北条時頼廻国説の提起に思う」『日本歴史』第五九九号、一九九八年)
入間田宣夫「東の聖地・松島」(網野善彦ほか編『よみがえる中世7 みちのくの都 多賀城・松島』平凡社、一九九二年)
及川亘「情報と社会―「商人の絵巻」と知識・伝承の伝播―」(『歴史と地理』五一七、一九八八年)
大島廣志「北条時頼回国伝説」『日本文學史の新研究』(三弥生書店、一九八四年)
奥富敬之『鎌倉北条氏の基礎的研究』(吉川弘文館、一九八〇年)
金井清光「最明寺入道時頼の回国伝説」(『時衆文芸と一遍法語』東京美術、一九八七年)
河田貞「瑞巌寺蔵水晶六角五輪塔仏舎利容器について」(『東北歴史博物館研究紀要』一、二〇〇〇年)
酒井紀美『中世のうわさ』(吉川弘文館、一九九七年)
佐々木馨『執権時頼と廻国伝説』(吉川弘文館、一九九七年)
菅原路子「北条時頼説話の分布と成立要因」(『伝承文学研究』第四五号、一九九四年)
大喜直彦「東国における『親鸞』のイメージ」(『佛教史研究』No.三四、一九九八年)
高橋慎一朗『北条時頼』人物叢書(吉川弘文館、二〇一三年)
豊田武「北条時頼の廻国伝説」「北条時頼と廻国伝説」(『中世の政治と社会』豊田武著作集第七巻)(吉川弘文館、一九八三年)
平松令三『親鸞聖人絵伝』(本願寺出版社、一九九七年)
峰岸純夫「鎌倉時代東国の真宗門徒」(北西弘先生還暦祈念会編『中世仏教と真宗』吉川弘文館、一九八五年)

足利義詮をとりまく人々

髙鳥　廉

足利将軍家は、公武の社会において、はじめから突出した地位にあったわけではない。具体的には、三代将軍足利義満の時代にその地位を確立させたと考えるのが一般的な理解であろう。では、足利義満の時代と、前代にあたる二代将軍足利義詮《よしあきら》の時代には、どのような連続性が認められるのであろうか。この点を理解するためには、まず義詮期の状況を整理するという基礎的作業を行なうことが肝要である。

そこで小稿では、多くの先行研究の成果に学びつつ、軍記物語の記事も活用しながら、①義詮と足利一門との関係の概観、②石橋和義を素材とした個別事例の検討、③武家家礼の形成に関する若干の考察を行ないたい。

一　義詮と足利一門

『難太平記』が記した著名なエピソードに、「我等が先祖は当御所の御先祖には兄の流のよし宝《義》篋院《経》殿に申されて系図など御目にかけられたる人ありき。御意大きに背て後に人に御物語有し也」というものがある。これは、義詮に対し、「我々の先祖は足利将軍家の先祖にとって兄の流れにあたる」ことを、系図を見せつけて主張する一門が存在したことを示すものである〈市沢二〇一一〉。当然ながら、系図を見せつけられた義詮は大いに嫌悪感を示したというが、このことは、当時の将軍家が足利一門に優越する地位を確立していなかったことを示していよう。だからこそ、将軍家は一門に対する優位性や絶対性を確立せねばならなかったのであり、実際にも、尊氏・義詮期は、そのための取り組みを積み重ねた段階にあたる〈川合二〇〇四〉。義詮が一門との関わり方に難儀したであろうことは想像に難くない。

このことは、将軍となった義詮が大友氏時に発給した文書からも推察しうる。義詮は、大友氏の庶子等が大友名字を「自称」することを「甚だ謂われ無し」と断じ、その使用を禁じているのである〈足利義詮御判御教書写〈「大友家文書録」『南北朝遺文』九州編第四巻、四一五〇号〉〉。これは、大友氏時の申請により出されたものであろうが〈奥富一九九九〉、義詮にとっても重大な関心事であり、義詮が惣領の突出した地位を認めることに何ら不自然はなかろう。そこでまずは、義詮と足利一門との関係を、将軍と「執事」「管領」との関係から瞥見しておく。

延文三年（一三五八）に将軍となった義詮は、足利一門の細川清氏を執事職に据えた。清氏の前任執事たる仁木頼章も足利一門であり、執事職がそれ以前の高氏から一門の仁木氏へと渡ったことは「執事制度上の一画期」で、のちの三管領の成立に向けての一段階だと評価されている〔森一九七七、二一頁〕。頼章と清氏の決定的な相違点は、頼章が「執事」と呼ばれた一方、清氏は「管領」とも表記されたこと（『後深心院関白記』延文三年十月十日条）、清氏が尊氏・義詮派の軍功著しい最有力の武将であったこと、そして職権自体も、頼章のそれに比して一段と拡大していることの三点である〔小川信一九八〇〕〔村尾一九七〇〕。つまり義詮は、尊氏期に変化を迎えた執事のあり方を継承しつつ、有力な一門である清氏を補佐役に据えることで、自身の立場を安定化させようと目論んだと推察されるのである。

その清氏は、『太平記』（巻第三十六）において傍若無人ぶりが指弾されたように、佐々木導誉《どうよ》の反感を買って失脚する。執事不在の期間を経て、後任には足利一門の名門たる斯波《しば》氏から義将が迎えられ、その父・高経が「世務」を担った（『太平記』巻第三十七）。高経は、康安元年（一三六一）十二月に南朝軍が京都へ進出した際、兵を率いて近江の義詮のもとに参じてから「家僕之専一」や「管領之器用」と評されたという。それゆえ、翌康安二年三月には、義詮の病（腫物）快癒のために青蓮院尊道が行なった冥道供において、「祈禱事等」を「専執沙汰」し、義将も、義詮の代官として祈禱を聴聞するなど、義詮のための祈禱では斯波父子が重要な役割を果たした（『門葉記』巻第六十八、冥道供五、〔小川信一九八〇〕）。

一方で、義将の執事就任は康安二年七月のこととされるから（『執事補任次第』）、斯波父子はすでにそれ以前から義詮に重んじられていたことになる。『太平記』（巻第三十九）が、幕府から離反していた高経を「若将軍義詮朝臣ヨリ様々弊礼ヲ尽シテ頻ニ招請」したと描くように、義詮は自陣営に高経を取り込むことに腐心していた。そうなると、義詮が一門中の有力者を「執事」「管領」に登用することで自身に奉仕させるとともに、将軍との身分差や将軍を支える斯波氏という構図の明確化を意図していた可能性はきわめて高いといえる。

研究史上でも、斯波氏を執事に任じ、「足利譜代の家来なみに扱うことによって、将軍家を絶対化する」ことを企図したという見解が古くからある〔佐藤一九六五、三七三頁〕。ただし、高経は「天下ノ政務」を担当する、足利直義に近い役割を期待されたと目され、従前の執事とは異なる性格を有していた（『斯波家譜』、『太平記』巻第三十九）。したがって、斯波氏の執事就任は、ただちに「足利譜代の家来なみに扱」われることを意味しないが、（たとえ斯波氏が消極的であったとしても）斯波氏に然るべき位置づけを与えることで、「将軍家を絶対化」しようとする志向性をもった人事であることは認められるであろう。

二　義詮と石橋和義

続いて、義詮と一門との関係につき、石橋和義を素材に掘り下げてみたい。石橋氏は、足利一門のなかでも吉良・渋川両氏と並び最も高い地位にあった「御一家」（御三家とも）に位置づく家柄となることや〔谷口二〇一九・二〇二二〕、和義が斯波氏庶流の人物でありながら、足利一門のなかでも名門グループの一員として扱われたことが知られている〔山田徹二〇二〇〕。一方、観応の擾乱時の和義は直義派として活動していたが、のちに義詮は豊富な政治経験を有する和義のような直義派の人材を登用していくという〔亀田二〇一三〕。

延文三年（一三五八）六月三日、北朝は、四月に亡くなった尊氏に対して従一位の位階と左大臣の官職を贈った。その御礼のため、凶服中の義詮から指示を受けて朝廷に出向いた人物こそ、石橋和義であった。本件については、「足利尊氏への贈位・贈官（従一位・左大臣）につき、義詮の使者・代理人として、足利一門を代表して、将軍と一体・親密な関係にある、本昇殿の人たる石橋和義が、装束・行粧を整えて、朝廷に参上、後光厳天皇に対し、畏まってお礼を申し述べている。これを聞いたある学識豊かな公家は、「将軍の一族として参内し、天皇と対面するというのは、通常ならありえず、名誉なことである」と書き残している」と先行研究で整理されている〔谷口二〇二一、二五一〜二五三頁〕。和義が、一門のなかでも特に義詮に近い存在であったことがよく窺えよう。この整理をふまえると、和義が①「足利一門を代表」する人物であったこと、②「将軍と一体・親密な関係にある」こと、③「本昇殿の人」であったことが、和義を「使者・代理人」たらしめる要素であったように見受けられる。

なお、「ある学識豊かな公家」とは洞院公賢《とういんきんかた》のことで、その日記『園太暦《えんたいりゃく》』に先述した和義の動きの要点が記されている。この記事は、義詮と和義の認識を示す貴重なものであるため、もう少し深掘りしてみよう。まず、『園太暦』延文三年六月十九日条では、和義が公賢に対し、当日の装束・行粧などについて教示を乞うている。そこには、和義が、凶服を憚る義詮から「代官」として参内するよう指示を受けたため領状したとあり、義詮が和義を自らの「代官」として位置づけていたことが窺える。そして、六月二十四日条で公賢は、和義が後光厳《ごこうごん》天皇と「御対面」に及んだことに言及し、「一族として参上すること常儀にあらず」と記しつつ、続けて「義詮代官として進《まいら》す旨、これを称す。よってかくのごときか」とも記している。ここからは、「一族として参内するのは普段の礼式にはない」という原則が読み取れるとともに、「義詮が和義を「代官」として派遣したと称しているために、和義は後光厳と対面することができた」と、公賢は推察したことがわかる。公賢は、この数日前に和義本人と本件に関してやりとりをしているため、和義の立場を理解していたと思われる。そうなると、和義も自らを義詮の「代官」と認識したうえで参内したものと考えられよう。

さらに公賢は、義詮と和義の関係を「随分合体の上、近く親昵《しんじつ》なり」と記し、「よってこれを進《まいら》すと云々」とも記したように、義詮が和義を参上させたのは、両者が「大いに心を合わせており、近ごろ親しくしているから」だという。そうなると、和義の一門という側面もさることながら、義詮と親密な存在だという側面がより重視されたことになろう。換言すれば、単に〝有力な一門だから〟という理由のみで和義が特別扱いされたわけではない、ということである。

義詮の側からいえば、一門の名門に連なる和義が、自身と心を合わせるほどの親密さを築いたからこそ、「代官」として「面目」を施すことができたのだと、和義やその周囲に認知させる意味を有した点に、本件の重要性を見出せるのではなかろうか。

なお、近衛道嗣の日記である『後深心院関白記』の延文三年六月二十四日条は、和義の立場を「武家使者」としており、公賢の認識と通ずるところがある。そして道嗣は、和義が「本昇殿之仁」であったことから黒戸に召されたと記している。この記述もふまえると、『園太暦』や『後深心院関白記』における和義と後光厳との対面に関する記事では、和義が足利一門あるいは「一族」であるという観点は、やや後景化していることが読み取れよう。

以上を総合して考えると、数ある人材のなかから和義が選ばれた背景と、後光厳と対面することができた背景を、次のように整理できるのではないか。まず、和義は「本昇殿之仁」であり、出家しているとはいえ、昇殿に値する身分を備えていたという前提がある（むろん、それには一門中の名門という出自が作用している。上述のとおり、祈禱時の代官も斯波義将が務めたように、一門中の名門であることの意味は大きい）。そして、将軍家の「一族として参上（参内）するのは普段の礼式にはない」という原則がある以上、人選と参内時の待遇において最も重視されたのは、義詮の「代官」すなわち〝身代わり〟だという事実であったとみられる。義詮の「代官」を務めることができたのは、義詮との信頼関係や昵懇な間柄という将軍との親密さが重視されたためであり、それが石橋和義という一門のなかでも高い地位にある人物であるところに、義詮の志向性を読み取ることができるように思われる。

三　武家家礼の形成

義詮期には、公家衆との関係にも変化があった。いわゆる、「武家家礼」の充実化である（百瀬一九八六）。『太平記』（巻第四十）は、義詮の家礼として①冷泉為秀・為邦父子、②世尊寺行忠、③正親町実綱を挙げている。彼らは、貞治六年（一三六七）の中殿御会で義詮が参内した際、「ことなる由緒につきて庭上におりた」ったといい、彼らは義詮と親密で「ただならぬ関係」を構築していたとも評されている（『貞治六年中殿御会記』、（山田邦明二〇〇七、九一頁））。以下、先行研究に拠りつつ、義詮と家礼との関係について概観していこう。

冷泉家は、鎌倉幕府以来の関東祇候廷臣《かんとうしこうていしん》の家柄で、為秀は義詮の和歌の師範であった。上述の中殿御会では、すでに御製講師が二条（御子左《みこひだり》）為遠に決まっていたにもかかわらず、義詮は為秀を猛烈に推挙し、要望が容れられなければ出席を取り止めるとまで豪語したと伝わる（『後愚昧記』同年三月二十九日条）。義詮が為秀を推すのにも理由があった。それは、為秀が義詮にとって和歌の師範であることに加え、尊氏の時代から将軍家に「出仕」する武家家礼の一人だったからである（『冷泉時雨亭叢書第五十一巻　冷泉家古文書』一三二号）。

為秀自身が記した申状の案文では、早期から将軍家に奉仕して諸社に御願の歌題を献じたり、将軍家関連仏事で御布施取役を担ったりと、家礼としての活動実績が強調されている（同上一四九号、〔小川剛生二〇〇八〕）。そうした将軍家との関係から、為秀は中納言任官を所望し、義詮もこれに応えて武家執奏を行なった（同上二七五号ほか）。このように、為秀は、師弟関係や尊氏・義詮への奉公などによって、その存在感を示したのであった。

続いて世尊寺家は、世尊寺流の書風で知られ、行忠は義詮の側近として活動した人物である。文和二年（一三五三）十月十六日、尊氏の発病により、青蓮院尊円が冥道供を修した。これは、義詮の依頼により行なわれた祈禱で、祭文を清書したのは行忠であった（『門葉記』巻第六十六、冥道供三）。このあたりから、行忠は義詮との関係を強めていったようである。延文四年（一三五九）十二月、義詮が南朝軍との合戦のため軍勢を率いて出陣した際、後光厳は義詮に「御旗」を与えたといい、その「御旗」の「銘」は行忠が執筆し、行忠はその「賞」によって正三位に叙せられたとされる（『園太暦』同年十二月十九日条、『公卿補任』、〔小松一九九九〕）。

では、このあとの行忠による幕府訴訟への関与についてみてみよう〔岩元二〇〇七〕。三条公忠は、家領である丹波国畑荘が、守護仁木義尹による押妨の危険にさらされたため、幕府に対し家領の保全を依頼し、引付奉書が発給されたことで事なきを得る。公忠は、奉行の依田時朝のみならず、行忠にも御礼として松茸一合を贈っているから、行忠も引付奉書発給までの過程に関わっていたのであろう（『後愚昧記』貞治二年七月十九日条、八月十四日・十七日・三十日条）。中原師守は、義詮への内々の書状は行忠が処理しているという説があることや、実際にも行忠が内奏手続きを進めたことをその日記に書き留めている（『師守記』同年二月二十七日条）。行忠は、貞治三年（一三六四）の右京職下司職をめぐる義詮への内奏にも関与しており、義詮期にその周辺で幅を利かせていた（『師守記』同年九月十七日・十八日条）。

義詮側近としての活動には、①足利義詮・基氏—外記官人間でなされる文書類（補歴〈略〉、県召除目聞書）の授受、②北条高時三十三回忌仏事における義詮の願文の清書、③高麗の牒状に対する義詮の返牒の清書なども確認される（『師守記』貞治二年閏正月二日・四日条、貞治四年五月二十二日条、『後愚昧記』貞治六年六月二十六日条）。さらに行忠の居宅は、義詮と、義詮を朝廷へと引き込もうとする二条良基の対面の場として機能した（小川剛生二〇二〇）。これには、行忠が義詮から居住地を与えられていたことが背景にあるようだ（『後愚昧記』貞治三年二月二十九日条）。義詮は依然として公家社会へ積極的に足を踏み入れなかったが、行忠亭が摂関家と義詮とを結ぶ数少ない場の一つであった事実は注目に値する。

ところで、鎌倉末期から南北朝初期にかけての世尊寺家当主であった行房は、後醍醐天皇に仕える側近として隠岐へも同道し、のちには尊良親王らとともに越前で自刃している（『花園天皇宸記』元弘二年三月七日条、『太平記』巻第四・十八、〈小松一九九九〉）。さらに『尊卑分脈』によると、新田義貞の室となった勾当内侍は、行房とは兄弟姉妹の間柄にあるというから、当時の世尊寺家がいかに南朝方に傾倒していたかが窺えよう。行房の死後、世尊寺家を継いだ弟の行尹とその後継者行忠は、行房とは異なり北朝で活動した。特に行忠は、義詮との関係を深め、北朝と幕府に対する忠誠を明示したものと考えられる。行忠は、義詮に自身の栄達と世尊寺家の家運上昇を賭けて、家礼としての活動に励んだのであろう。

正親町実綱《おおぎまちさねつな》は忠季《ただすえ》の子である。正親町家と将軍家とのあいだには、ミウチ関係が認められる。忠季の母は赤橋（北条）久時の娘で、尊氏の正室である赤橋登子とは姉妹の関係にあった。したがって、尊氏にとって忠季は義甥に、義詮にとっては従兄弟にあたる（『尊卑分脈』、〔家永二〇一六〕）。それゆえ正親町家では、公蔭―忠季―実綱の三代が、将軍家に関係する活動を展開した。例えば公蔭は将軍家とのミウチ関係を背景に、義詮が院参する際の装束につき光厳上皇に問い合わせているし、文和二年八月には、尊氏との「縁」があることから、美濃にいる尊氏の上洛予定について公賢から問い合わせを受けている（『園太暦』観応元年九月七日条、文和二年八月二十五日条）。忠季や実綱も、将軍家仏事に家礼として出仕した。特に実綱は、後光厳への一貫した奉仕が評価され、庶流ながら武家執奏により洞院家の家門を分割安堵されている（『後愚昧記』貞治二年正月一日条。この点、見解の相違はあるが、〔桃崎二〇〇三〕〔松永二〇一三〕で詳述されている）。

以上のように、『太平記』が記す武家家礼たちが、和歌や血縁関係、そして自身の上昇志向を通して、実際にも義詮との関係を深めていたのである。このほか、佐々木導誉や三宝院光済など、『太平記』に登場する義詮の側近的な存在は少なからず確認される。一次史料と摺り合わせを行なうことで、義詮の周辺が今後さらに鮮明になっていくであろう。

◎主要参考文献

＊副題等省略。紙幅の関係で、論文初出時の情報を省略した。

家永遵嗣「光厳上皇の皇位継承戦略と室町幕府」（桃崎有一郎・山田邦和編『室町政権の首府構想と京都』文理閣、二〇一六年）

市沢哲『日本中世公家政治史の研究』（校倉書房、二〇一一年）

岩元修一『初期室町幕府訴訟制度の研究』（吉川弘文館、二〇〇七年）

小川剛生『武士はなぜ歌を詠むか』（角川選書、二〇一六年、初刊二〇〇八年）

小川剛生『人物叢書　二条良基』（吉川弘文館、二〇二〇年）

小川信『足利一門守護発展史の研究』（吉川弘文館、一九八〇年）

奥富敬之『日本人の名前の歴史』（吉川弘文館、二〇一八年、初刊一九九九年）

亀田俊和『室町幕府管領施行システムの研究』（思文閣出版、二〇一三年）

川合康『鎌倉幕府成立史の研究』（校倉書房、二〇〇四年）

小松茂美『小松茂美著作集15　日本書流全史一』（旺文社、一九九九年）

佐藤進一『日本の歴史9　南北朝の動乱』（中公文庫〈改版〉、二〇〇五年、初刊一九六五年）

谷口雄太『中世足利氏の血統と権威』（吉川弘文館、二〇一九年）

谷口雄太「石橋和義」（亀田俊和・杉山一弥編『南北朝武将列伝　北朝編』戎光祥出版、二〇二一年）

谷口雄太『足利将軍と御三家』（吉川弘文館、二〇二二年）

松永和浩『室町期公武関係と南北朝内乱』（吉川弘文館、二〇一三年）

村尾元忠「室町幕府管領制度について」（『学習院史学』七号、一九七〇年）

桃崎有一郎「洞院家門「割分」と正親町家の成立」（『年報三田中世史研究』一〇号、二〇〇三年）

百瀬今朝雄「将軍と廷臣」（『週刊朝日百科　日本の歴史14』通巻五四二号、朝日新聞社、一九八六年）

森茂暁「室町幕府執事制度に就いて」（『史淵』一一四号、一九七七年）

山田邦明「足利義詮と朝廷」（佐藤和彦編『中世の内乱と社会』東京堂出版、二〇〇七年）

山田徹「初期室町幕府における足利一門」（元木泰雄編『日本中世の政治と制度』吉川弘文館、二〇二〇年）

史学における『応仁記』の有益性
――「東岩蔵合戦并南禅寺炎上之事」を事例に――

下川雅弘

『応仁記』が軍記である以上、その描写にさまざまな脚色が含まれていることは当然である。細川勝元・山名宗全の対立と将軍の跡継ぎ争いを軸とするかつての応仁の乱の捉え方は、『応仁記』の影響を強く受けたものであった。近年の研究では、古文書・古記録といった同時代史料によって応仁の乱を再検討し、いかに『応仁記』史観から脱却するかが、一種のトレンドとなっていると言えよう。

ただ、『応仁記』の叙述を史料としてそのまま受容することには大いに危険性があるものの、『応仁記』が史料としてどこまで活用できるかといった積極的な検討は、これまで十分になされてきたとは言いがたい。史学における『応仁記』の有益性は、あらためて検証されるべきであろう。紙幅の関係上きわめて部分的にはなるが、本稿はこうした課題に取り組むものである。

ところで、史学における軍記の有益性を、本稿では以下の①〜③の点に見出したい。まずは軍記が、①合戦そのものの推移について歴史的事実をどこまで伝えているか、②合戦と当時の社会との関係をどこまで正確に伝えているかを、同時代史料や戦跡の現状調査・考古学的調査の成果などと付き合わせて検証し、史学に有益な情報を抽出して活用することである。また、③作者個人を通した評価にはなるものの、作品が成立した当時における合戦の捉え方の一面を知り得ることも、軍記がもたらす有益な情報と考える。

以上を踏まえて本稿では、①応仁の乱の合戦そのものに関する史実や、②応仁の乱が社会に与えた影響の実態を、『応仁記』がどれだけ正確に伝えているかについて、「東岩蔵合戦并《ならびに》南禅寺炎上之事」の章段を事例に検証する。さらに、③作者による応仁の乱の捉え方から、『応仁記』が成立した頃のこの合戦に対する世評の一端を確認する。これら三つの観点から、史学における『応仁記』の有益性を検討することが、本稿の目的である。

一 「東岩蔵合戦并南禅寺炎上之事」の引用

『応仁記』という作品は、作者・成立年代ともに不明で、原本も伝存しない。かつては『応仁記』と言えば、『群書類従』所収の三巻本が流布し、特段の検証もなく使用されるのが通例であった。ところが、三巻本『応仁記』は、二巻本（あるいは一巻本）『応仁記』と、これとは別系統の『応仁別記』という二つの軍記に基づいて、後世に再編纂された作品であることが、松林靖明氏によって明らかにされると、史料として『応仁記』を扱う場合には、三巻本に先行する一巻本や二巻本を使用することが一般化していく。

一巻本『応仁記』には両足院本・聖藩文庫本・早大本・書陵部本、二巻本『応仁記』には龍門文庫本・尊経閣文庫本・鈴鹿文庫本と呼ばれる写本が伝存する。後述するように、一巻本と二巻本の成立をめぐる先後関係は、諸説あって定まらない。また、龍門文庫本が永禄六年（一五六三）の写しである他、両足院本・早大本・書陵部本も室町末期の写しと見られており、これらが写本としては古いものである。このうち書陵部本は、自らの判断で文章を改変したと思われる独自異文が多く、二巻本の上巻末と下巻頭に相当する箇所に改丁があることなどから、本文としては両足院本・聖藩文庫本の方が先行すると指摘されている。

ただし、一巻本・二巻本ともに本文的には諸写本の間で異本をなすだけの相違はなく、和田英道氏により『古典文庫三八一　応仁記・応仁別記』として全文が翻刻された書陵部本が、広く利用されているため、本稿ではこれを底本とし、必要な箇所には諸写本による補正を括弧内に示すこととした。それでは、本稿が検討対象とする「東岩蔵合戦并南禅寺炎上之事」の章段の大部分を、以下に引用する。なお、一部にルビや濁点を補った。

（前略）其後、摂津国衆、大内ヲバ禦《フセ》ギ得ズト云ヘドモ、其儘《ママ》国ニ有ベキニアラネバ、敗北セシ赤松衆ト牒合テ、京都へ打上ル、其勢三千計ナリ、東寺ヨリ大宮ヲ上リヘ、讃州陣へ取リ入ント五条マデ打テ上ト云ヘドモ、讃州陣ヨリハ手ヲ合テ出合ズ、山名ノ方ヨリハ馳向テ拒《フセギ》留ント欲スル間、其勢五条ヲ東へ六条河原ヘナダレテ、卅三間ノ北ヲ汁《シル》谷越ニ山科ヲ経テ、南禅寺ノ上ナル東岩蔵ニ陣ヲトル、日モ既ニ暮、辺《アタリ》ノ材木ヲ切楷《クベ》テ数万ノカヾリ火ヲ焼ケレバ、京中ハ只昼ノ如シ、山名方ニ見レ之、卒《イザ》ヤ人々、彼へ衝《ツキカケ》駆テ打落サント僉議シテ、九月十八日ノ早天ニ、明ルヲ遅シト押寄ケル、兵書ニ、相図違則ンハ軍ニ無利ト云ガ如ク、此諸勢ノ攻口皆誂《ソロ》ハズシテ、最前ニ大内方、南禅寺ヨリ攻アガル、山ノ上ニハ寄来ル敵ノ大勢ナルヲ見テ、既ニ藤ノ尾(木カ)越ニ三井寺へ取姥ントセシガ、嶮難《ケンナン》ヲツタイテ唯一筋ニ攻上ル間、イザヤ石ヲ頽サントテ、大石ヲ投カクレバ、サシモニ剛ナル大内衆モ、ナジカハ此ニモタマルベキ、谷底へコソ潰《ツエニ》ケレ、其次ニ山名ノ一家ノ軍兵共、粟田口日岡峠ヨリ攻上ル、是モ唯一口ナレバ、前ノ如ク磐石ヲ崩シカク、是モ不レ留、引退ク、三番ニ畠山ノ一族衆、遊佐、誉田ヲ先トシテ、山科口ヨリ攻上ル、城ノ中ニハ前両度ノ敵ヲ追頽《ヲトシ》テ心勝ツニノル故ニ、嶮《ケハ》シキ峰ヨリ切崩事ハ、サナガラ龍田、泊瀬ノ山下風ニ紅葉ヲ散ス如ク也、其後、半時計リアツテ、甲斐、朝倉衆、如意ガ嵩ヨリ下シケリ、此岩倉山ト云ハ四方切タル山ナレバ、如意ガ嵩《マ》ヨリ下《マ》シケリ、谷深ク隔レバ、下リ渡テ潜《カヅク》処ヲ、石礫《ツブテ》ニテゾウチ退ケニケル、若、諸口同時ニ攻上ル物ナラバ、城中ハ一支モサ、ヘマジキ物ヲトゾ申ケル、其時、猛勢ニ付テ洛中洛外ノ物取リ、悪党共、乱入テ南禅寺ヲ壊《ヤブリ》トリ、粟田口ニハ花頂、青蓮等ノ諸門跡、北ハ元応寺、法城寺、岡崎ノ諸寺院家ナリ、去ハ、京中コソ軍場ト成ヌルトモ、東山南禅寺辺ハ何事カ有ベキトテ、京中ノ重宝財産ヲバ皆東山へ隠シ置シニ、不レ計ラ如クレ是ノ成行事、洛陽同時ニ滅亡ノ時節トゾ見ヘニケル、去程ニ、諸大名ノ軍勢ト京中辺土ノ乱妨人、乱入テ数日ヲ経テトル間、諸商人受レ之、奈良ト坂本ニハ日町（市カ）ヲ立テゾ売買シケル、就中、岩蔵山ノ城衆ハ勝鬨《カチドキ》ツクツテ、神楽岳ヲ経テ御霊口ヘト入ケル、（後略）

二　『応仁記』は合戦の史実を伝えているか

先に引用した「東岩蔵合戦并南禅寺炎上之事」で描かれている東岩倉合戦について、そこに至るまでの応仁の乱の経緯を概観しておく。応仁元年（一四六七）五月に大乱の火蓋が切られると、細川勝元らの東軍が戦いを優位に進めていた。山名宗全の呼びかけに応じて、同年八月に大内政弘が上洛すると、西軍は反転攻勢に出る。「東岩蔵合戦并南禅寺炎上之事」の引用部分の冒頭は、東軍で赤松政則家臣の浦上則宗らと摂津の細川勢が、同年九月に大内勢を追って上洛する場面である。

『応仁記』では、上洛した赤松・細川勢は三千ばかりの兵で、当初は東寺から大宮を北上して「讃州陣（細川成之の陣）」に入ろうとしたが、山名勢により阻まれたため五条を東に進み、汁谷越（現渋谷越）から山科を経て南禅寺裏の東岩倉山に陣取ったとある。その日時は記されていないものの、これを見た山名勢が「九月十八日ノ早天ニ、明ルヲ遅シト押寄」せたと続くことから、九月十七日の夕刻に着陣したような描写となっている。

『東寺長者補任』は「九月十四日、赤松方、細川方、播州摂州両国勢五六千人、当寺ニ陣トル、十六日陣替南禅寺山」と伝え、兵力は五、六千で、陣替えは九月十六日とする。『宗賢卿記』や「野田泰忠軍忠状」にも東岩倉山着陣は十六日と記されており、『応仁記』の叙述はこの点ではやや不正確である。『経覚私要鈔』には「南禅寺辺正護院、岡崎等ニ欲取陣処、其辺ヲモ地下人不入立之間、其近辺山ニ引上テ取陣」とあり、赤松・細川勢は、聖護院・岡崎の住民たちに阻まれたため、南禅寺近くの山上に陣取ったと伝える。わざわざ山科を迂回して京都とは反対側から東岩倉山に入ったとする『応仁記』の描写は、こうした実情を想起させよう。

つぎに東岩倉合戦の戦闘場面であるが、『応仁記』はこれを九月十八日早朝からの出来事と伝える。そして、西軍は大内勢が南禅寺より、山名勢が粟田口・日ノ岡より、畠山勢の遊佐・誉田が山科口より、甲斐・朝倉勢が如意ヶ嶽より、同時ではなく別々に東軍の東岩倉山城を攻撃したため、城中の赤松・細川勢は、西軍の諸勢を撃退できたのだと説明する。

『経覚私要鈔』の「管領ニハ朝倉、右衛門佐ハ甲斐庄、山名ニハ垣屋、一色、土岐各一頭ツヽ出之、彼勢ヲ可責トテ罷上ケル」との記載と『応仁記』を比べると、寄せ手の人名にやや違いは見られるが、『後法興院記』に「去十八日、自山名方推寄云々、寄手以外損事云々」とあることから、西軍は十八日に東岩倉山城を攻撃したものの、大きな損害を出したことが確認できる。『宗賢卿記』には「十七日、於東山合戦」、「野田泰忠軍忠状」には「十七日、八日合戦」とあり、実際の戦闘は十七日から始まっていたのかもしれないが、東岩倉合戦の激戦は『応仁記』が伝えるとおり、十八日の出来事であったと考えられよう。なお、『経覚私要鈔』のみが、九月二十日に赤松勢三百人が南禅寺内に誘き出されて土岐勢に討たれたとの情報を伝えている。以上が東岩倉合戦の戦闘の様子を書き留めた同時代史料のほぼすべてである。

さて、ここからは合戦の舞台となった東岩倉山城跡の現状と、『応仁記』の叙述を照らし合わせてみたい。東岩倉山城の主郭と思われる曲輪は、東岩倉山（大日山）山頂から南西方向に直線距離で数百メートルほどのところにある尾根の先端に位置し、東側が尾根とつながっているものの、残る三方は斜面となっている。『応仁記』の「此岩倉山ト云ハ四方切タル山ナレハ」という描写に近い立地である。主郭のすぐ西にある思案ヶ辻からは、北西に行けば南禅寺、西に行けば粟田口、南東に行けば山科、北東に行けば東岩倉山山頂に至る四つの道が延びている。これも西軍の諸勢が四つの方面から東岩倉山城を攻撃したという『応仁記』の説明と一致する。なお、東岩倉山山頂から北に行けば如意ヶ嶽に至り、さらに東に進むと三井寺に通じる。

主郭の北側の谷下に広がる平坦地は、桟瓦が見つかることから寺院跡と考えられ、かつて東岩倉山にあった観勝寺などの所在地の可能性もあろう。三千とも五、六千ともいう赤松・細川勢が東岩倉山に陣取ったのであれば、観勝寺のような寺院が陣所に含まれたことも十分に想定できる。また、主郭は自然の平坦地を利用していると考えられ、人為的な遺構と思われるものは、堀や帯曲輪などわずかである。『応仁記』にあるとおり、赤松・細川勢が当初の予定になかったこの場所を、急遽陣所に定めたことから考えると、人為的な遺構が少ないのも納得できよう。

ところで、『真如堂縁起絵巻』には、「去る応仁の大乱により、同（応仁）二年戊子八月三日、如来を黒谷青竜寺へこれを移し奉る、その刻、東岩倉合戦の狼煙雲になひき、鯢波風にひゝきておひたゝし」という詞書とともに、手前に櫓門を設け、山頂部の周囲に楯を並べた簡易な城郭施設を背景として、合戦の場面が描かれている。応仁二年（一四六八）八月三日頃には、真如堂の近辺で合戦のあったことが、『後法興院記』などから確認できるため、ここに描かれた光景はその時の様子であるとも考えられる。けれども、詞書には「東岩倉合戦」とあり、城郭の陣幕に見える巴紋を赤松氏のものと捉えると、これが東岩倉山城を描いたものである可能性は十分にあろう。ここに描かれた城郭は、少なくとも三方が斜面となっている尾根の先端に位置し、向かって左側の谷間には三棟の板葺きの建物が存在する。『真如堂縁起絵巻』の成立は大永四年（一五二四）であり、そもそも応仁の乱の同時代史料でさえないため、軽々な推測は慎むべきであるが、ここに描かれた光景は、東岩倉山城跡の主郭と北側の寺院跡のイメージを想起させるものではある。

以上、「東岩蔵合戦并南禅寺炎上之事」の章段を事例に、同時代史料との比較検証や、東岩倉山城跡の現状との照合を試みてきたが、東岩倉合戦の場面に関する限りではあるものの、『応仁記』の叙述は合戦の史実をそこそこ正確に伝えていると考えて差し支えなかろう。

三　『応仁記』は合戦による社会的影響の実態を伝えているか

「東岩蔵合戦并南禅寺炎上之事」の引用部分の後半では、足軽や諸大名の軍勢などによる乱妨・狼藉の様子が活写されている。応仁元年（一四六七）五月に京中で市街戦が始まると、重宝・財産を持つ人々は、東山の諸寺院にこれを避難させていた。ところが、東岩倉合戦をきっかけに、こうした戦闘の混乱に便乗した足軽たちは、南禅寺をはじめとする東山の寺院に押し入り、預けられていた重宝・財産を略奪したのである。彼らは手にした戦利品を諸商人に売り渡し、これらの転売品は、奈良や近江坂本の日市で取り引きされたという。以上が『応仁記』の伝えるところである。

九月十八日の東岩倉合戦以降、西軍が武田勢を攻撃した十月三日の相国寺合戦に至るまでの期間には、連日のように東山辺りで火事のあった様子が『後法興院記』などに記されている。『後法興院記』には九月二十二日に六角勢が上洛して東山に陣取ったこと、『経覚私要鈔』には九月二十七日に上洛した古市勢が黒谷法然房寺に陣取り、付近には朝倉勢・土岐勢も陣取っていたことが見える。これらの西軍諸勢はいずれも、東岩倉山城の赤松・細川勢に備えての対陣であり、十八日の東岩倉合戦以降には、二十日の南禅寺内における赤松勢への騙し討ちを除き、大きな戦闘はなかったと考えるのが自然である。つまり、この間の東山における連日の火事は、戦闘によるものではなく、足軽たちの乱妨・狼藉によるものと判断できよう。

『東寺長者補任』には、足軽の乱妨・狼藉による東山諸寺院の焼亡をきっかけとして、東寺が九月二十一日に御道具などを醍醐寺に避難させたと記録されている。ところが、『東寺私用集』によると、文明二年（一四七〇）七月十九日に、武田勢の籠もる勧修寺が西軍の攻撃により焼失し、翌二十日には近辺の醍醐寺も足軽に放火され、預けていた嵯峨天皇筆の東寺額などが失われたという。『東寺百合文書』所収の「廿一口方評定引付」には、同年八月十日に醍醐寺より東寺へ戻された御道具などの一部が披露されたとある。これらの御道具うち、たとえば印三個は乗俊という僧侶が焼失した醍醐寺理性院の庭で見つけたもので、聖天像は宗承という僧侶が八幡の市で買い戻したものであるなどの注記がなされている。

足軽たちが合戦の混乱に乗じて寺院に乱入・放火し、他所より預けられていた宝物などを略奪・転売するという光景が、応仁の乱の戦闘が繰り広げられる状況下で横行していたという実態は、ここで紹介した同時代史料の記述によっても明らかであり、『応仁記』が合戦による社会的影響の実態を、リアルに描き出していることは確かであろう。

四　『応仁記』の作者は合戦をどう捉えているか

一・二巻本『応仁記』は、応仁の乱を『野馬台詩《やばたいし》』末六句の予言に当てはめて描く点に特徴がある。『野馬台詩』とは、梁の宝誌和尚の作に擬せられた日本の未来記（予言詩）である。全二十四句中十八句まではすでに先人が注解しており、残る末六句「百王流畢竭　猿犬称英雄　星流鳥野外　鐘鼓喧国中　青丘与赤土　茫々遂為空」の注解を、『応仁記』の作者自身が行っている。作者は末六句の「猿犬」を、申歳生まれの山名宗全と戌歳生まれの細川勝元に比定し、両者の戦いにより王法・仏法ともに破滅して、諸家諸宗は絶え果てると予言したのである。

伝存するすべての一巻本と、二巻本のうち鈴鹿文庫本には、『野馬台詩』迷文（回文）の引用と全二十四句の先人注、末六句の作者注が示されているのに対して、鈴鹿文庫本以外の二巻本では、末六句の作者注のみが示され、迷文や二十四句の先人注は引用されていない。けれども、末六句の予言と応仁の乱を結び付けようとする作者の意図は、迷文や二十四句の先人注がなくても十分に理解でき、一巻本と二巻本に本質的な差異はないと考える。

一巻本と二巻本の成立をめぐる先後関係については定説を見ない。国文学者の間でも、和田英道氏・黒田彰氏・池田敬子氏らが一巻本の先行を主張するのに対して、小林賢章氏・柳本由紀夫氏・山上登志美氏らは二巻本の先行を説き、松林靖明氏は明確な判断を保留している。このうち特に池田氏は、現存するすべての一巻本（および二巻本の鈴鹿文庫本）の迷文にある

「宋自元喜至大永三年一千九十八年歟」という頭注が、それぞれの本文と同筆であることから後世の書き入れではないと判断し、また、『応仁記』が『野馬台詩』の迷文を取り入れた際にこれをそのまま移記したとの考えなどに基づいて、一巻本『応仁記』の成立は、大永三年（一五二三）にごく近い頃であるとの見解を示した。

　これに対して歴史学者では、家永遵嗣氏が独自の説を提示している。家永氏は一巻本の先行を前提に、「大永三年」の頭注は後人の加筆と判断して、むしろ大永三年以前の成立である証拠と見た。そして、『応仁記』では畠山政長の重臣神保長誠と細川勝元の重臣安富元綱の活躍が詳しく描かれていることから、畠山尚順（政長の子）と細川高国（勝元の子である政元の養子）の作品への関与を推定し、両者が協力して将軍足利義稙（義視の子）を支えていた永正五年（一五〇八）から大永元年（一五二一）の間に、『応仁記』は成立したと考えたのである。また、作者を高国周辺の人物と捉え、義稙と高国との提携を寿《ことほ》ぐ必要から、応仁の乱における義視と勝元の対立をなかったように虚構し、亡き日野富子に濡れ衣を着せる目的で、『応仁記』が書かれたとの仮説を立てている。

　家永氏の仮説は興味深いものの、『野馬台詩』末六句の予言によって応仁の乱を説き起こそうとする『応仁記』の作者像から考えると、氏の見解には違和感を覚える。末六句に「百王流畢竭」とあるように、『野馬台詩』は百王思想（皇位が一〇〇代を過ぎると絶え間ない争乱を経て国土滅亡に至るという考え）の母体とも考えられている。応仁の乱時の天皇は後土御門であるが、『蕉軒日録』では彼を一〇二代と数えており、『野馬台詩』は当時の公家や僧侶たちに少なからぬ影響力を持っていた。一・二巻本『応仁記』の作者による注では、猿犬（すなわち山名宗全と細川勝元）の争いによって、公家は屋敷を失い、京中の人家は荒廃して青い耕地となり、西山・東山の寺院は赤い焦土と化し、下剋上によって戦乱は国中に及び、公家は落ちぶれ、商人・足軽が栄える世になると、末六句の解釈が示されている。続いて作者は、王法・仏法の破滅と身分秩序の崩壊を強く嘆いた後、在りし日の華やかな京都の光景を延々と描写した上で、大乱によりこれが荒廃した現実を、飯尾彦六左衛門尉の和歌「ナレヤシル都ハ野辺ノ夕雲雀アガルヲ見テモ落ル涙ハ」を引用して悲しむのである。

以上の壮大な導入部を経て、いよいよ応仁の乱に至る経緯の説明が始まるのであるが、一・二巻本『応仁記』は、応仁元年十月の相国寺合戦までしか描かない。文末では、応仁の乱が文明九年（一四七七）十一月に終結したことを唐突に告げ、兵士が諸国に下ったことで争いは絶えることなく、国中が修羅道となることを宣言して、『応仁記』は擱筆するのである。『野馬台詩』末六句が予言した未来を、そのまま印象づける結びと言えよう。

応仁の乱を『野馬台詩』のような未来記と結び付ける捉え方は、開戦の直前より現実に存在した。興福寺大乗院門跡の尋尊（関白一条兼良の子）は、『大乗院寺社雑事記』応仁元年五月十七日条に、京都の不穏な状況を「仏法、王法、公臣之道此時可断歟、可歎々々」と記した上で、『聖徳太子未来記』の一種である『天王寺馬脳記牌文』の「本朝代終　百王尽威　二臣論世兵乱不窮（後略）」という句を引用している。また、『東大寺法花堂要録』応仁元年八月条では、朝倉勢が近衛邸・鷹司邸を焼き払ったことについて、「是ゾ野馬台ニ星流烏野外テト云ルニアヘル者哉」のように、すぐさま『野馬台詩』の一句を連想しているのである。こうした捉え方は、当時の権門寺院の僧侶にとって珍しいものではなかったのであろう。

また、一条兼良は『樵談治要』の中で、「此たびはじめて出来れる足がるは、超過したる悪党也、其故は洛中洛外の諸社、諸寺、五山十刹、公家、門跡の滅亡は、かれらが所行也」と述べている。先に引用した「東岩蔵合戦并南禅寺炎上之事」では、足軽による乱妨・狼藉の描写に続けて、『応仁記』の作者は「洛陽同時ニ滅亡ノ時節トゾ見ヘニケル」との見解を示しており、足軽による秩序の崩壊と王法・仏法の滅亡を結び付ける発想は、『樵談治要』に通じるものであった。

以上のように『応仁記』の作者は、王法・仏法の破滅と身分秩序の崩壊を予言する合戦として応仁の乱を捉え、京都の荒廃を心から嘆いている。こうした視点と心情は、当時の公家や権門寺院の僧侶と共通することから、一・二巻本『応仁記』の作者像を、たとえば公家出身の僧侶のような階層の人物と想定することは、十分に可能であろう。

五　まとめにかえて

『応仁記』は、たとえば将軍足利義政とその近習伊勢貞親や御台所の日野富子らを、必要以上に悪辣な存在として描いていることが知られるとおり、そこに作者の主観に基づく脚色が含まれているのは確かである。一・二巻本『応仁記』の作者が、王法・仏法を破滅に導く合戦として応仁の乱を捉えている以上、彼らに厳しい視線を向けるのは、むしろ文学作品として自然なことであろう。

けれども、「東岩蔵合戦并南禅寺炎上之事」を事例とした限りではあるが、①合戦の史実や、②合戦の社会的影響の実態を、『応仁記』は比較的正確に伝えており、史学に有益な情報が多く含まれていることを、本稿ではそれなりに検証できたと考える。また、③『応仁記』の作者が、当時の公家や権門寺院の僧侶たちと同様に、この合戦を王法・仏法の破滅と身分秩序の崩壊を予言するものとして捉えていたことは、この軍記が成立した頃の応仁の乱に対する世評の一端を示しており、こうした事実を知り得る点においても、『応仁記』は「史学に益あり」と言えよう。

最後に本稿の当初の目的から考えると蛇足にはなるが、一・二巻本『応仁記』の成立時期についても私見を述べておきたい。

伝存する一・二巻本が、原本の姿をどの程度伝えているのかが不明である以上、その成立時期を断定することはそもそも不可能である。ただし、すべての本文中に共通する「七百余歳ノ花洛」や「後土御門院」という一節が、原本にも存在していたのであれば、『応仁記』の成立は、平安遷都七〇〇年に当たる明応三年（一四九四）から数年を経た頃であり、かつ、「後土御門院」の追号が贈られた明応九年（一五〇〇）十一月以降となる。また、一巻本の迷文に共通する「大永三年」の頭注が、一巻本の成立当初から存在するものであったとしても、そもそも迷文もこの頭注も持たない二巻本の成立については、明応九年十一月までは遡ることが可能である。

そこで注目されるのが、二巻本の先行を説く山上登志美氏が示した「『応仁記』が書かれた時期は、『野馬台詩』のいう終末が真実味を帯びて人々に受け入れられていた頃といえるだろう」との見解である。応仁の乱から時代が下るほど、この合戦を根拠に未来を予言する意味が薄れていくのは言うまでもない。応仁の乱とこれに伴う足軽の乱妨・狼藉により荒廃した京都の光景が、少なくとも人々の記憶に残る時期に、『応仁記』は成立したと考えるのが自然であろう。そして、その作者もまた、こうした光景を実際に目撃した人物と思われることから、二巻本『応仁記』は、明応九年に限りなく近い頃に成立したと判断するべきではなかろうか。本稿で検証したように、『応仁記』が合戦の史実やその社会的影響の実態を、ある程度正確に叙述していることも、これを裏付ける傍証となろう。

◎主要参考文献

家永遵嗣「軍記『応仁記』と応仁の乱」(学習院大学文学部史学科編『歴史遊学—史料を読む—』山川出版社、二〇〇一年)
池田敬子『軍記と室町物語』(清文堂出版、二〇〇一年)
石田晴男『戦争の日本史9　応仁・文明の乱』(吉川弘文館、二〇〇八年)
「東岩倉山調査報告」(『第48とれんち』京都大学考古学研究会、一九九七年)
京都府教育庁指導部文化財保護課編『京都府中世城館跡調査報告書三　山城編一』(京都府教育委員会、二〇一四年)
黒田彰「聖藩文庫蔵応仁記について」(『中世説話の文学史的環境』和泉書院、一九八七年)
黒田彰「応仁記と野馬台詩注」(『中世説話の文学史的環境　続』和泉書院、一九八八年)
小林賢章「「応仁記」一、二巻本の書承」(『語文』四十二、一九八三年)
小峯和明『「野馬台詩」の謎—歴史叙述としての未来記—』(岩波書店、二〇〇三年)
桜井好朗「室町軍記における歴史叙述—『応仁記』の前田家本と類従本の比較から—」(『名古屋大学日本史論集　上』吉川弘文館、一九七五年)
藤木久志「村の隠物」(『村と領主の戦国世界』東京大学出版会、一九九七年)
松林靖明『室町軍記の研究』(和泉書院、一九九五年)
柳本由紀夫「2巻本「応仁記」について」(『法政史学』四十六、一九九四年)
山上登志美「『応仁記』一巻本・二巻本の成立」(松尾葦江編『軍記物語講座　四』花鳥社、二〇二〇年)
和田英道編『古典文庫三八一　応仁記・応仁別記』(古典文庫、一九七八年)

結城晴朝から見た小川台合戦について

千葉篤志

一つの合戦を当時の史料から実証的に論じることは、「その合戦とそれを取り巻く政治・社会の実像を明らかにする」という意味で、とても重要であることは言うまでもないであろう。しかし、一つの合戦が後の時代にどのように見られていたかを考えることも、その合戦の歴史的意義を考える上で重要であろう。

本稿は、天正六年（一五七八）六月の小川台合戦を題材として、この合戦の覚書である『小川岱状』、戦国時代の下総結城氏当主で合戦勃発の契機に関わる結城晴朝を中心に考察する。特に、晴朝が慶長十二年（一六〇七）に自家の歴史を著した『結城家之記』に小川台合戦の記述がない理由について、単なる記憶違いや偶然とは言い切れないものであることに言及したい。

一　合戦を記すこと

笹川祥生氏の著書『戦国武将のこころ』によると、「軍記」という用語は、その語源から概ね二つの意味に分かれ、一つは「合戦の記録」、もう一つは「合戦やそれに関わる人物および時代を題材にした文学作品」であるという。前者は、覚書・書上・聞書・戦功書などと称されて歴史学における史料の一形式を指すようになり、後者は「軍記物」・「軍記物語」という国文学のジャンルの一つとして確立されるようになったと言及している。現在では、「軍記」と聞くと大半の人は後者の意味で捉えるであろう。

本書の構成も、Ⅰ部で扱う『平家物語』と『太平記』は後者の意味の「軍記」に属するもので、Ⅱ部はその周辺の事柄について著述される。歴史学や国文学の研究では、『平家物語』と『太平記』は合戦が起きた後の時期に成立した文学作品でありながら、作品中の描写は、その時期の雰囲気を反映しているものとして、当時の史料と内容を吟味して検討した上ならば、歴史学の研究でも有用であることが指摘されている。

Ⅱ部で扱う「その周辺の事柄」については、本書では広義に捉えて、『平家物語』や『太平記』に関すること以外も含むが、その中には前者の意味の「軍記」も範疇に入る余地はあろう。前者と後者は、著者の主観や成立した時期に違いはあるものの、「合戦について記されたもの」という大きな枠組みの中では共通しており、また、合戦について特化して記された「軍記」以外でも、部分的に合戦について記された史料は存在する。

本稿で言及する『結城家之記』と『小川岱状《だいじょう》』は、前者が慶長十二年（一六〇七）に成立した史書であり、後者は天正六年（一五七八）に作成され、天正八年（一五八〇）に書写された覚書である。また、本稿の対象時期である戦国時代の合戦については、合戦が起きた後の早い時期に記録が作成されることはさることながら、特に江戸時代では、近世文学や軍学の隆盛、各藩の藩史編纂事業などで取り上げられることが多く、江戸時代前期に戦国時代を生きた古老が当時の話を語ることが流行したこともあり、いわば戦国時代の事績を顕彰するような現象が見られる時代でもあった。

しかしながら、史料によって同じ合戦について記述に差違が生じることは勿論であるが、その理由を著者の単純な記憶違い・主観・錯誤という理由だけで済ませるのは早計であろう。そこには、一つの合戦が後の時代にどのように見られていたかを考える必要があるのではないだろうか。本稿では、『結城家之記』の著者である結城晴朝と天正六年六月に勃発した小川台合戦の関係を、『結城家之記』と『小川岱状』の記述を比較検討して考察する。

二　小川台合戦と『小川岱状』について

本稿で検討する小川台合戦とは、天正六年（一五七八）六月、常陸国西部の小河台（現在の茨城県筑西市）で、小田原北条氏と常陸佐竹氏を中心とする北関東の諸領主が、鬼怒川を挟んで対陣した合戦である。合戦の呼称や表記については、小河台合戦、小河の原合戦、常陸小河合戦という呼称もある。呼称の妥当性については紙幅の都合により省略するが、本稿では「小川台合戦」で統一する。

この合戦の歴史的意義は、小田原北条氏においては、天正二年（一五七四）閏十一月の第三次関宿合戦に勝利した後の北関東進出が、常陸佐竹氏を中心とする北関東の反北条氏勢力の連合によって一時的に停止したことで、常陸佐竹氏を中心とする反北条氏勢力においては、天正六年三月に上杉謙信が死去し、常陸佐竹氏を中心に北関東の諸領主が小河台に集結したことから、関東における反北条氏勢力の中心が越後上杉氏から常陸佐竹氏に変わったことである。先行研究では佐竹氏の勢力台頭を象徴する合戦として評価されている。

この合戦に関する史料については、当時の小田原北条氏側の古文書として天正六年六月二十三日付の白川義親に宛てた遠山政景書状（東北大学文学部日本史学研究室保管白河文書）、同年六月二十四日付の白川義親に宛てた北条氏舜書状（東京大学文学部所蔵結城白川文書）などが確認できる。

二つの史料の合戦に関する部分を要約すると、「佐竹氏・那須氏・宇都宮氏を始めとする東方の諸領主が連合して、絹川（鬼怒川）を隔てて陣取っているので、速やかに合戦を行なって決着をつけたいが、佐竹氏を始めとする敵方は切所（地形の険しい場所）に陣取っているので、決着を付けられず今日までに至っている。」という内容である。

書状の差出人の遠山政景は北条氏の重臣で武蔵国江戸城代、北条氏舜は北条氏の一族の玉縄北条氏の当主で常陸国飯沼城主、宛先の白川義親は陸奥国白河城主で、当時は佐竹氏と陸奥国高野郡（通称「陸奥南郷」）の領有を巡って対立していた。

これに対して、常陸佐竹氏を中心とする反北条氏勢力側の小川台合戦時の動向を詳細に記す史料が『小川岱状』で、合戦の呼称の根拠ともなった史料である。国立公文書館の写本の末尾の記載によると、天正六年七月下旬に作成され、天正八年（一五八〇）正月二十日に妙覚坊秀舜という僧侶が書写したとあり、合戦後の早い時期に作成されたことがわかる。

本文の内容は、天正五年（一五七七）夏から天正六年七月上旬までの時期を範囲として、先述した遠山政景書状や北条氏舜書状など当時の古文書と一致する部分が多いことから、先行研究では史料自体の信憑性は高いものと指摘されている。

三　小川台合戦と結城晴朝について

このように、小川台合戦は関東の戦国時代において重要な歴史的意義を持つ合戦であったが、そもそも、この合戦が勃発した直接の契機は、天正五年夏頃に小田原北条氏と手切れとなった結城晴朝が佐竹義重に救援を要請したことである。

結城晴朝は、天文三年（一五三四）に小山高朝の次男として生まれた。永禄二年（一五五八）八月に祖父の結城政勝（下総結城氏第十六代当主）が死去すると、孫の晴朝が二十六歳で下総結城氏の家督を継承した。晴朝が家督を継承した頃、下総結城氏は古河公方の足利義氏を擁立する小田原北条氏と手を組んでいたが、永禄三年九月に小田原北条氏と対立する越後の上杉謙信（当時は長尾景虎）が本格的に関東へ出兵してくると、晴朝はこれと提携した。これ以降、謙信が関東から越後へ帰還すると晴朝は小田原北条氏と提携するなど、情勢によって両者への提携と離脱を繰り返していた。

天正二年（一五七四）閏十一月に小田原北条氏が第三次関宿合戦に勝利すると、同氏は北関東へ本格的に侵攻を開始し、天正三年十二月には下野国祇園城（小山城。現在の栃木県小山市）を攻略した。当時の祇園城主である小山秀綱は晴朝の兄で、祇園城を攻略された後は佐竹氏を頼って常陸国の古内宿（現在の茨城県城里町）へ逃れた。

これにより、晴朝は天正五年六月初旬（『小川岱状』では夏頃）に小田原北条氏と手を切り、佐竹氏と手を組むことになった。同年末には、宇都宮広綱の次男で母が佐竹義昭（義重の父）の娘である朝勝を晴朝の養子とすることが決定した。これにより佐竹氏・宇都宮氏・下総結城氏が血縁関係で結ばれ、反北条氏勢力がより強固に結束することになった。

一方、下総結城氏と手切れとなった小田原北条氏は、攻略した祇園城に北条氏照（氏政の弟）を入城させて城郭の普請を行い、天正五年閏七月には結城領への攻撃を開始した。これに対して、同年九月に佐竹氏と小山氏が小山方面と榎本城（栃木県栃木市）を攻撃した。このような情勢は天正六年に入っても続き、北条氏は同年五月十五日から結城・山川方面への攻撃を続け、それを救援する中で天正六年六月に小川台合戦が勃発した。

小川台合戦に勝利した後、北条氏は同時期に越後で発生していた御館の乱において上杉景虎（氏政の弟で上杉謙信の養子）を支援するため、軍勢を上野方面に移動させ、佐竹氏を中心とする反北条氏勢力は、主に下野方面で北条氏勢力との抗争を繰り返し、これに晴朝も加わるようになった。以上のように、当時の晴朝を巡る政治情勢を確認すると、少なくとも下総結城氏にとって小川台合戦は、鎌倉時代から続く下総結城氏の領国支配の危機を諸領主の連合によって防いだ合戦であったということができる。

四　『結城家之記』に見える「小河台」について

結城晴朝は、晩年に下総結城氏の歴史をまとめた史書として、慶長十二年（一六〇七）十月二日に『結城家之記』を完成させた。この書物が作成された契機は、完成から約半年前の閏四月八日に養子であった結城秀康が三十四歳で死去したことである。結城秀康は徳川家康の次男で、天正十二年（一五八四）末に小牧・長久手合戦の和睦に際して、羽柴秀吉（豊臣秀吉）への人質となり、のちに秀吉の養子となった人物である。

その後、秀康は天正十八年（一五九〇）七月に結城晴朝の養子となり、先に晴朝の養子となっていた朝勝に変わって下総結城氏の家督を相続した。慶長五年（一六〇〇）の関ヶ原合戦の際は、家康と敵対する上杉景勝の抑えとして下野国宇都宮城（栃木県宇都宮市）に入り、合戦後に越前一国などを与えられて北庄城（福井県福井市）に入り、六十八万石の大名となった。この時、晴朝も秀康と共に越前へ移住した。

そのような中で、後継者の秀康に先立たれた晴朝は、鎌倉時代から続く下総結城氏の断絶の危機を憂慮して、代々の当主の事績と一族の栄光の歴史を残すべく、『結城家之記』を作成した。その構成は、初代朝光から晴朝までの当主ごとに事績を列挙して著述されている、奥書に政勝が自筆で書いたものを書写したことが書かれていることから、政勝までの記述は晴朝による書写で、晴朝の事績は自身で追記したことがわかる。

そうして作成された『結城家之記』の中で、小田原北条氏との関係について、氏康の代では古河公方の足利義氏を助けるために従っていたが、北条氏政・氏直の代になって北条氏との仲が悪くなり、佐竹氏と手を組み、祇園城主の北条氏照などと争うようになったことが記されている。しかし、天正六年（一五七八）の小川台合戦ついては全く記述がなく、その代わりに晴朝と「小河台」に関係する事績として、永禄三年（一五六〇）正月に勃発した小田氏・宇都宮氏・佐竹氏・那須氏・小山氏の連合軍と晴朝が戦った合戦について取り上げられている。

それによると、晴朝が下総国関宿城（現在の千葉県野田市）にいる古河公方を訪問している最中に、多賀谷氏が晴朝に背いて小田氏らと手を組んで結城城を攻撃した。これを聞いた晴朝は正月四日に関宿を出発し、途中で不仲の簗田晴助《やなだはるすけ》と戦って勝利し、結城城に帰還した。正月五日から六日の間に、富谷（茨城県桜川市）・小栗・大島・海老島（ともに茨城県筑西市）などから結城に軍勢が集結し、結城城の防備を固めた。この時に敵対する小田氏らは「小河台」に七千余りの軍勢で陣取った。そして、正月七日早朝、小田氏を始めとする連合軍は四方から結城城を攻撃したが、結城城に籠城した晴朝らの軍勢はこれを撃退して勝利したと記されている。

この永禄三年正月の結城城の合戦について、『結城家之記』では晴朝側の勝利を永享十二年（一四四〇）の結城合戦で戦った先祖である結城氏朝になぞらえて賞賛し、永享十二年と永禄三年の干支が同じ庚申であることから、この時に勝利した晴朝を氏朝の再来であると自ら記している。この合戦の詳細については、当時の古文書の検討など今後の研究成果に委ねるが、少なくとも晴朝は、後年になって永禄三年の結城城の合戦を自身の名誉ある合戦として考えていたことがわかる。そして、この合戦で敵方の小田氏らの軍勢が陣取った「小河台」は、結城城からの距離などの地理的な条件から見て、天正六年の小川台合戦の舞台となった場所と同一のものと考えて間違いないであろう。

五　『小川岱状』と『結城家之記』の記述の比較検討

それでは、なぜ下総結城氏にとって自家の存続に関わる重要な合戦である天正六年（一五七八）の小川台合戦の記述が『結城家之記』にないのであろうか。

まず、『小川岱状』と『結城家之記』の作成者に注目すると、『小川岱状』の作成者は詳細不明であるが、天正五年（一五七七）夏から天正六年七月上旬までの下総国結城を中心とした政治情勢、「小河の原」や「小河台」など結城近辺の地名、佐竹氏、真壁氏、江戸氏、那須氏などの小川台合戦における動向の記述から、小川台合戦に何かしらの形で連合軍側に従軍し、結城近辺の土地に知見のある人物と考えられる。『結城家之記』の作成者である結城晴朝については、合戦の契機が小田原北条氏に攻撃されている下総結城氏の救援であり、戦場が自領に最も近接する地域であることから、晴朝が小川台合戦について知らなかったということはありえない。

次に、『小川岱状』と『結城家之記』における晴朝の動向に関する記述をみると、『小川岱状』では、晴朝が多賀谷重経や水谷幡竜斎《みずのやばんりゅうさい》・勝俊父子などに佐竹氏や那須氏との外交交渉を命じる記述はあるが、晴朝が軍勢を直接指揮し、合戦で武勇を振った記述は見られない。なお、晴朝の外交交渉に関しては、天正六年五月六日に晴朝が那須資胤（下野国烏山城主）に書状を送り、下総結城氏への加勢を要請していることが確認できる（大竹房右衛門氏所蔵文書）。

これは、『小川岱状』の作成者が晴朝の動向を単純に把握していなかったのか、作成者が従軍した者から間接的に聞いて記録したのか、あるいは実際に晴朝が軍勢を指揮する場面が少なかったのかということも考えられるが、そうであっても、『小川岱状』の記述は実際に連合軍側に従軍していないとわからない記述が多い。

その中で合戦の契機となっている晴朝の動向の記述が少ないのは、作成者が連合軍の中でも晴朝とは一定の距離がある立場の人物だったのか、または作成者にとって小川台合戦は結城で起きた特徴的な出来事の一つであり、いわば結城という土地の歴史の一部として認識し、そこで起きた合戦の推移を記述することを重視したのかなど、疑問点は多々ある。

しかし、『小川岱状』の最後の部分で、北条軍が結城から軍勢を移動させて結果的に連合軍が勝利したことを、「義重と晴朝の勝利の名誉」と記している部分からは、この記述が単なる文飾ということを差し引いても、『小川岱状』の作成者にとって小川台合戦の連合軍の勝利は名誉なものという認識があったことは間違いない。

これに対して、『結城家之記』では、晴朝が家督を継いだ永禄二年（一五五九）の小田氏領への攻撃、永禄三年正月の結城城の合戦、天正年間に北条氏政・氏直と争ったことが記され、特に永禄二年と永禄三年の合戦は、晴朝が指揮をとって武勇を振るったことが記されている。

そのことから考えると、下総結城氏の栄光を伝えるために『結城家之記』を作成するにあたって、結果的に勝利したとはいえ、合戦時の晴朝の情勢から考えると、『結城家之記』に小川台合戦の記述が見られないことを、単なる偶然や年齢による記憶力の衰えなどと短絡的に考えることは難しいであろう。

六　結城朝勝の存在

そこで注目されるのが、『小川岱状』の最後の部分に記されている結城朝勝の存在である。そこには、天正五年（一五七七）末に晴朝の養子となった朝勝は兄の宇都宮国綱と共に、小川台合戦後の七月五日に連合軍に合流し、その後に北条氏に属していた壬生氏を攻撃し、これが朝勝の初陣であったと記されている。

その後、結城秀康が晴朝の下総結城氏の家督を継いだ天正末期頃に、朝勝は結城を去り、実家である宇都宮氏のもとに戻っていた。慶長二年（一五九七）に宇都宮氏が改易された後、慶長五年（一六〇〇）の関ヶ原合戦時には上杉景勝のもとにあって白河城（福島県白河市）に在城し、上杉氏と佐竹氏の外交を仲介していた。

このことから考えると、『結城家之記』に小川台合戦の記述がないのは、この合戦を取り上げることによって、晴朝のかつての後継者で徳川氏に敵対する陣営に属した朝勝の存在を想起させる可能性があり、それを危惧した晴朝が『結城家之記』を作成する際に小川台合戦について記述しなかったのではないだろうか。

この点に関しては、市村高男氏の論稿である「隠居後の結城晴朝」においても、下総結城氏側の史料に朝勝の存在を示すものが少なく、朝勝が結城を去った後に、晴朝が彼の存在を語ることがなかったことに言及している。そうなると、小川台合戦が結果的に勝利した合戦であったとはいえ、徳川氏が統一政権の主催者となる情勢下で、徳川氏の一族である秀康を後継者とした晴朝にとっては、下総結城氏の栄光を伝えるために『結城家之記』を作成するにあたり、朝勝の存在が自家の正統性を主張する障害になると判断した結果といえるだろう。

◎主要参考文献

『結城市史』第一巻・古代中世史料編（結城市、一九七七年）
『結城市史』第四巻・古代中世通史編（結城市、一九八〇年）
『牛久市史』原始古代中世（牛久市、二〇〇四年）
『牛久市史料』中世Ⅰ・古文書編（牛久市、二〇〇二年）
荒川善夫「古文書で見る常陸小河合戦」（『戦国・近世初期の下野世界』所収、東京堂出版、二〇一一年。初出は二〇一三年）
市村高男「近世成立期東国社会の動向～結城朝勝の動向を中心として～」（『栃木県史研究』第二四号、一九八三年。のちに江田郁夫編著『下野宇都宮氏』に収録、戎光祥出版、二〇一一年）
同「隠居後の結城晴朝」（渡邊平次郎『現代語訳結城御代記』上所収、私家版、一九九三年。後に荒川善夫編著『下総結城氏』に収録、戎光祥出版、二〇一二年）
佐々木倫朗・千葉篤志編『戦国期佐竹氏研究の最前線』（山川出版社、二〇二一年）
黒田基樹編『北条氏年表　宗瑞 氏綱 氏康 氏政 氏直』（高志書院、二〇一三年）

笹川祥生『戦国武将のこころ　近江浅井氏と軍書の世界』（吉川弘文館、二〇〇四年）
村井章介・戸谷穂高編『新訂　白河結城家文書集成』（高志書院、二〇二二年）
髙橋恵美子『中世結城氏の家伝と軍記』（勉誠出版、二〇一〇年）

軍記物語に描かれた鐘

――『平家物語』『義経記』を中心に――

湯川紅美

軍記物語に描かれた鐘、といわれて最初に思い浮かぶのは、『平家物語』の冒頭「祇園精舎の鐘の声、諸行無常の響あり。」ではなかろうか。『平家物語』冒頭は、漢語や四六駢儷《べんれい》体を意識した表現とともに「鐘」「声」「響」という語句からも音声を意識させるような表現が多い。そして、冒頭の一文を含む序章は、『平家物語』の主題や構想における意味を考える素材として重要な章と捉えられてきた。具体的には、冒頭が平家の滅亡を通して森羅万象すべて移ろいゆくという無常観を物語に通底させるものであったか、という視点である。

しかし、この『平家物語』で描かれている鐘＝無常観は、中世の人々においてどれほど一般的であったのか。そこで本稿では、軍記物語に描かれた鐘の機能という視点から、この疑問を解き明かし、「鐘」に抱かれたイメージや心性を探る手がかりとしたい。なお、取り上げる軍記物語は『平家物語』と、同時代のテーマに扱いながら成立時期の下る『義経

『記』である。この両者の比較を通じながら、一つの結論を導き出したい。

一 『平家物語』における「祇園精舎の鐘」の由来

『平家物語』冒頭の「祇園精舎の鐘」の記述の元ネタは、唐の道宣によって七世紀に成立した『中天竺《ちゅうてんじく》舎衛国《しゃえこく》祇洹寺《ぎおんじ》図経《ずきょう》』(以下、『祇洹寺図経』)である。この『祇洹寺図経』によると、天竺(インド)にあった祇園精舎の鐘が、精舎内の西北に在った終末療養施設「無常院」に四口あったとされる。さらに、無常院のなかには「無常堂」があり、そこにも鐘が四口あったという。鐘にまつわる箇所を要約すると次のようになる。

無常院の「四角」に白銀の鐘四口、無常堂の「四隅」に頗梨の鐘四口ある。無常院において比丘《びく》が逝去するとき、白銀の鐘の傍にいる白銀人が銀の槌で鐘を打ち、音は諸仏の入《にゅう》涅槃《ねはん》の法を説く。この鐘の音で他化《たけ》天人・天童が来て、比丘の死体を供養する。この病比丘は「鐘声」を聞き本心を失わず善道に生ずることができる。一方、無常堂にある頗梨《はり》の鐘は、白払(払子)を持つ金毘命が病僧に「無常・苦・空・無我」を説き、白払を挙げると鐘は自ずと「諸行無常、是生滅法、生滅々已、寂滅為楽」と鳴る。その音を聞くと僧は苦悩が除かれ、清涼の楽を得て、三禅天に入るように浄土に生まれ変わる。

この『祇洹寺図経』の「祇園精舎の鐘」の記述と類似する表現が、十世紀末ごろに日本の文献にも現れ始める。恵心僧都源信が著した『往生要集』である。『往生要集』（大文第一之七）の大経（大無量寿経）には、偈「諸行無常　是生滅法　生滅滅已　寂滅為楽」（諸行は無常なり、是れ生滅の法なり、生と滅とを滅し已り、寂滅なるを楽となす）が記されている。さらに、『往生要集』青蓮院本には祇園精舎の鐘に関して記され、要約すると以下のようになる。

祇園寺の西北角に無常院がある。病人が安置された無常堂の四角に玻璃の鐘があり、鐘の音の中にこの偈（諸行無常）を説く。病僧は、鐘の音を聞くと、苦悩が忽ち消えて、清々しい気持ちになり三禅天に上り、浄土に生まれ変わるがごとくであった。

このような「祇園精舎の鐘」の記述・表現は、これ以降、様々な文献の中で見られるようになる。例えば、十一世紀に成立した『栄花物語』巻第十七「おむがく（音楽）」より法成寺金堂供養の場面の概要を示してみよう。

天竺の祇園精舎の鐘の音は「諸行無常、是生滅法、生滅々已、寂滅為楽」と聞こえ、病の僧がこの鐘の声を聞くと、苦しみが失せ、浄土にいくことができる。「鐘の声」は今のも昔も変わらない様である。

このように、『平家物語』の成立以前に、「祇園精舎の鐘」の記述とその「諸行無常」はすでにセットで表現されている。『平家物語』の成立当時において、仏教の素養がある階層の人々には、ある程度知り得た情報であったのである。そのため、評論家の小林秀雄氏や中世史研究の大家である石母田正氏らは、『平家物語』の「祇園精舎の鐘」の記述とそこに表された無常観は、『平家物語』固有のものでなく、そして取り立てて特筆すべきものではないと解釈した。一方で、その後、諸異本の多い『平家物語』の研究が進み、異本においても冒頭が変更されなかった意義等を通じて、冒頭の表現を単なる無常観という思想を表現したものとして捉えるのではなく、『平家物語』の作者に説話文学者としての姿勢がみられるといった指摘が出ている。

いずれにせよ、以上のような『平家物語』の「祇園精舎の鐘」の記述と、その「諸行無常」や無常観をめぐる視点には、「諸行無常」とセットになっていた「鐘」そのものに対する視点が抜け落ちている。そこで、次に、「鐘」というモノに焦点を当て、『平家物語』を読み直してみよう。

二 『平家物語』に描かれた鐘

「鐘」をキーワードとして『平家物語』を読む前に、「鐘」の機能について、簡単に説明しておこう。寺にある鐘、つまり梵鐘は、本来、寺社で使用され、衆会や齋会といった様々な行事の号令に撞かれ、音そのものが衆生済度に導くことができる梵音具である。そのため、梵鐘の機能としては、①時鐘（時刻を告げる鐘）、②仏事供養の鐘（寺社の集会等の合図、儀式の鐘）、③喚鐘・呼鐘（人を呼ぶための合図の鐘）、④陣鐘・船具としての鐘（兵の進退を知らせ、士気を鼓舞する鐘）、⑤警鐘（災害など危険の迫ったことを知らせる鐘）、⑥誓約の鐘（一揆などの誓いの際に撞く鐘）などがあった。

さて、以上の「鐘」の機能を踏まえて、『平家物語』（新古典文学大系、岩波書店）に描かれた「鐘」「かね」が響く場面を具体的にみていこう。まず、巻第一「願立」では、⑥「誓約の鐘」の事例がみられる。具体的には、関白藤原師通が山法師（比叡山の僧）らを射殺したため、呪詛された場面である。その呪詛の際に導師が高座にのぼって「かねうちならし」祈誓した、と記述がある。しかし、この第巻一の事例では、「鐘」ではなく、「かね」と表記されている。その理由は、おそらくここで描かれている「かね」が「鐘」つまり梵鐘ではなく、仏事に使用する小型の金属製の打楽器である「鉦」と考えられるためであろう。

巻第三「城南之離宮」では、①「時鐘」の事例がみられる。場面は、平清盛によって後白河法皇が鳥羽殿に幽閉される箇所である。「おほ寺のかねの声、遺愛寺のきゝを驚かし、西山の雪の色、香炉峰の望をもよをす。」と白楽天の詩を踏まえながら、鳥羽殿の北殿にある勝光明院の鐘の音が寒々とした月の光が差す庭に鳴り響き、悲哀感を増幅させている。

次いで巻第五「月見」では、別れ際に聞こえる鐘が、①「時鐘」として描かれている。京から福原への遷都後、旧都の月が恋しくなった徳大寺実定が、姉の御所を訪ね、待宵の小侍従という女房とともに語り合った。翌朝、福原に帰る実定が別れを惜しむ小侍従に自分のお供の蔵人を遣わした。蔵人は、小侍従のかつて詠んだ歌「待つよひのふけゆく鐘の声きかばかへるあしたの鳥はものかは」(恋人を待っている夕べのふけていくのを知らせる鐘と恋人が帰ることを知らせる鶏の声は物の数ではない)を踏まえ、「物かはと君がいひけん鳥のねのけさしもなどかなしかるらむ」(あなたは「物の数ではない」と詠んだ鶏の声が今朝はどうしてこれほど悲しいのでしょう)と詠んだ。それを受けて小侍従は「またばこそふけゆくかねも物ならめあかぬわかれの鳥の音ぞうき」(恋人を待つ時ならふけゆくの鐘の音もつらいでしょうが、普通なら名残のつきぬ別れを告げる鶏の声のほうがつらいものです)と返した。夜更けの鐘の音と明け方の鶏を引き合いに出しながら、別れの切なさが表現された場面である。

巻第七「還亡(玄房)」では、奈良時代に乱を起こした藤原広嗣の亡霊の逸話が語られる中で、鐘の音が②「仏事供養の鐘」として記述されている。この逸話は、治承寿永の内乱終結の後、天皇による伊勢への参詣を検討する際に言及されたものである。その中で「鐘」が出てくる場面は、乱の首謀者であった広嗣を調伏した僧の「玄房」(正しくは玄昉)が、筑紫観世音寺供養の導師として鐘を打ち鳴らした箇所である。ちなみに、玄昉は鐘を打った後、広嗣の亡霊の呪いにより雷に打たれ、落ちた玄昉の首が雲の中へ入っていくという劇的なシーンへとつながっていく。

巻第十「維盛出家」においては、①「時鐘」として「鐘」が描かれている。追われる身となった平維盛が高野山にいる滝口入道を訪ねる場面である。出家の覚悟ができない維盛が、滝口入道のふるまいから「後夜晨朝の鐘の声には、生死の眠をさますらむ」（朝夕の鐘の音を聞き生死の煩悩の迷いの眠りを覚ますのであろう）と感じ取り、仏道に精進した滝口入道が鐘の音とともに生活する姿に感嘆している様子が描かれるのである。ちなみに、維盛はその後、出家して山伏姿となり、熊野参詣の後、那智で入水することとなる。

最終巻（灌頂巻）では、建礼門院の「大原入」と「女院死去」において、①「時鐘」が描かれている。平氏の敗北後に生き延びた建礼門院が大原の寂光院に入る時、「野寺の鐘の入あひの音すごく（後略）」（野寺で鳴らす入相の鐘の音がたいそう寂しく感じられる）と表現される場面である。この「鐘」の音とともに、踏み分けていく草葉に露のために、涙で濡れた袖が一層濡れ、他方で嵐によって激しく木の葉が乱れ散っていた様子が描かれている。つまり、美しい自然描写が冷たさといった触感とともに、聴覚を刺激する鐘の音が加えられたことで臨場感を生んでいるのである。また、「女院死去」では、寂光院の建礼門院のもとに後白河法皇が訪れた場面で「鐘」が描かれている。建礼門院と後白河法皇が語らう中で、「さる程に寂光院の鐘のこゑ、けふもくれぬとうちしられ、」となり、二人は名残を惜しんで、涙ながらに別れた。つまり、寂光院の鐘が二人の語らいの時間に終わりを告げる合図となったのである。

以上、『平家物語』に登場する鐘の機能をまとめると、冒頭の祇園精舎の鐘を除き、確認された七件中五件は①「時鐘」、一件は②「仏事供養の鐘」、一件は⑥「誓約の鐘」であった。なお、上述したように、⑥「誓約の鐘」の事例は、おそらく鐘ではなく、小型の金属製打楽器である鉦の可能性が高いと思われる。そして、『平家物語』では、鐘のこのような機能を踏まえながら、「諸行無常」をイメージさせるような場面で、鐘の音を響かせているのである。つまり、出家や死など別離の場面において、鐘が寂しさや切なさを表現する音響効果をもたらしていたのである。

ただし、『平家物語』の中の鐘の記述のうち、一つだけ、鐘の機能を考慮に入れていない事例がある。それが、冒頭の「祇園精舎の鐘の声、諸行無常の響あり。」である。そもそも、この冒頭に出てくる鐘は、日本の梵鐘と同じ形状や機能を持っていたとは考えにくい。というのも、祇園精舎があった天竺には、日本の梵鐘のような鐘がないからである。それに対して、冒頭の「祇園精舎の鐘」を除く七件の鐘は、日本の梵鐘として描かれているのである。つまり、「祇園精舎の鐘」は、日本の梵鐘として描かれたわけではない。それでは、この「祇園精舎の鐘」は、梵鐘のモノとしての特徴と全く関係のないものかというと、そうでもないのである。なぜなら、この有名な冒頭の鐘の記述は、梵鐘自体に残された「鐘銘」と深い関わり合いがあるからである。

三　鐘銘から読む「諸行無常」と『平家物語』

さて、梵鐘には、音を鳴らす機能とともに、豊富な鐘銘が記されるという特徴がある。鐘銘の文言には、例えば、梵字のほか、「願以此功徳　普及於一切　我等與衆生　皆共成仏道」（『妙法蓮華経』）といった偈や願文の末尾に使用される「乃至法界平等利益」といった仏教用語などがある。このような様々な鐘銘の中に、『平家物語』の冒頭で「鐘の声」として記述された「諸行無常」もしばしば見受けられるのである。その最も古い事例は、一一九六（建久七）年の銘を持つ国指定重要文化財の笠置寺鐘（京都府・現存）である。鐘銘には、「笠置山般若台　新鋳華鐘　遠振梵響　願令衆生　発菩提心　建久七年丙辰八月十五日大和和尚南無阿弥陀仏」、「諸行無常　是生滅法　生滅々已　寂滅為楽」と光明真言の梵字がある。この鐘銘にある「大和和尚南無阿弥陀仏」とは、俊乗坊重源のことを示している。彼は、一一八〇（治承四）年に平重衡によって南都焼打にあった東大寺大仏の大勧進として再建に尽力した人物である。東大寺の末寺であった笠置寺は、一一九四（建久五）年に興福寺から遁世し笠置寺にきた貞慶によって寺院が整備された。笠置寺は東大寺の復興とともに、治承寿永の内乱後の平和と秩序回復の象徴とされた。こうして鋳造された鐘銘に「諸行無常」偈が選ばれたことは、『平家物語』にも通じる思想が鐘銘を選ぶ背景になったと想定されよう。

そして、この笠置寺鐘以降、「諸行無常」偈の銘文は、鐘の銘文において鎌倉時代を通して増加していく。その事例を示すと、鎌倉時代前半に一二一〇（承元四）年銘の高野山金剛三昧院鐘（和歌山県・現存）、一二二六（嘉禄二）年銘の清浄光寺鐘（三河・現存せず）、一二四四（寛元二）年銘の浄橋寺鐘（兵庫県・現存）と畿内を中心に散見され、鎌倉時代半ば以降、一二五四（建長六）年銘の野本寺鐘（武蔵・現存せず）、一二五五（建長七）年銘の般若寺鐘（山口県・現存）、一二六一（弘長元）年銘の勝楽寺鐘（埼玉県・現存）、一二六二（弘長二）年銘の常楽院鐘（佐渡・現存せず）である。傾向として「諸行無常」偈の銘文の使用地域が全国各地に広がっていくことがうかがえる。さらに、室町時代以降、その記載は増加し続け、最終的に鐘銘として最も普及した偈と認識された。また、鐘銘には「祇園精舎」の鐘の由来を踏まえて記された事例もみられる。例えば、一三九四（明徳五）年銘の大日寺鐘の追銘（薩摩・現存せず）や、一四八一（文明十三）年銘の葛福寺鐘（肥後・現存せず）等がこの事例にあてはまる。このように、「諸行無常」という文言は、梵鐘と直接的にモノとしても結びつくイメージを持つようになったのである。

このように、「祇園精舎の鐘」と「諸行無常」という記述は、『平家物語』の成立以前から、仏教的な文言として知られていたものである。そのため、これらの文言が、寺社に設置されている梵鐘に銘文として刻まれるのは、自然の成り行きであったともいえる。そして、『平家物語』は、まさに梵鐘に「祇園精舎の鐘」と「諸行無常」が刻まれていく風潮の中で成立した軍記物語であったのである。つまり、「祇園精舎の鐘」は日本の梵鐘ではないにもかかわらず、文学的な表現技法として、日本の梵鐘とリンクしていたのである。

さて、『平家物語』では鐘の機能・特徴を踏まえながら、冒頭から最終巻まで鐘は無常観を演出していた、という結論で、本稿を締めくくっても良いのだが、もう一歩踏み込んでみよう。どこに踏み込むのかというと、鐘＝無常観であるのか、という点である。上述したように、『平家物語』では、どの箇所の鐘の記述においても、無常観が通底していた。そのため、中世の人々が鐘というモノから無常観を常に感じていた、というイメージがあるかもしれない。しかしながら、本当にそうであろうか。なぜならば、『平家物語』で示されたこのイメージが、必ずしも同時代の他の文学作品に対して一般化できないからである。そこで、『平家物語』と同じ時代や人物を主題とした軍記物語である『義経記』における鐘の記述を検討していこう。

四 『義経記』に響く「鐘の声」

十四世紀から十五世紀頃の成立とされる『義経記』八巻は、源義経の一代記である。前半は義経の幼少期牛若の物語、後半は平家追討後に梶原景時の讒言から兄の源頼朝に追われ奥州へ落ちのび、悲劇的な最期を迎えるといった構成である。『平家物語』では、巻八「法住寺合戦」において初めて登場した義経が、その後、平家追討で目覚ましい活躍を見せる。しかし、『義経記』でその描写は大きく割愛され、理想化・美化された義経像にされたことにより、顛末の悲惨さが際立っている。また、後半は『吾妻鑑』に若干記述があるのみであった弁慶が、第二の主人公として力点が置かれている。

さて、上述した鐘の機能を踏まえながら、『義経記』（新古典文学大系、岩波書店）に描かれた「鐘」場面を具体的にみていこう。

まずは、前半と後半をつなぐ巻第四「義経都落の事」の義経の逃亡劇が始まる場面において、①「時鐘」としての鐘の記述がみられる。頼朝との関係が悪化し、追われる立場となった義経一行は、船で四国九州を目指したが、途中、暴風雨に遭う。見知らぬ干潟につくと、どこから「大鐘の声」が聞こえる。義経は、「鐘の声の聞こゆるは、渚の近きと覚ゆるぞ。」と鐘の音から浜辺が近いことを判断し、見回りに行かせて敵からの危険を予め察知したのである。

巻第五「義経吉野山を落ち給ふ事」においては、②「仏事供養の鐘」としての鐘の音に、義経が反応する様子が描かれている。義経の潜伏していた吉野では、僧らが集まって義経の処遇を検討し、翌朝に評定のために大鐘をついた。この大鐘の音を聞いた義経は、不審に思い「晨朝の鐘過ぎて、また鐘鳴るこそ怪しけれ。」と言い出し、僧らが宣旨院宣はなくとも、関東へ忠節を示す為に甲冑をつけて評定するのではないか、と推測した。当初、弁慶は、寺で鐘が鳴るのは当たり前だろうと疑っていたが、彼が麓に偵察にいくと、武装した僧が集結していた。つまり、義経の予想は的中していたのであった。

最後は、巻第七「判官北国落ちの事」において、①「時鐘」としての鐘が確認できる。場面は、義経らが奥州を目指し、夜通しで先を急ぐ箇所である。「寺々の鐘の声早打鳴らす程に」夜が明けて粟田口に着き、さらに進み「関寺の入相の鐘」が打ち鳴らされる頃に大津の浦までたどり着いたのである。義経の北の方との再会と、都から離れる寂しさを表現する箇所において、鐘の音が場面転換させる効果を生み出しているのである。その後、物語は山伏姿となった義経一行が奥州を目指すのであった。

なお、『義経記』の巻第七「平泉寺御見物の事」に、「権現の前にて金を打たせ奉」ったという記述がある。ここでの「金」の記述は誓いの際に金属音を出して誓約する「金打」であり、恐らく鐘ではなく、金鼓や鉦を打ったと考えられる。とはいえ、この「金打」は、鐘の機能のうちの⑥「誓約の鐘」と同じ効果があるといえる。

以上の点をまとめると、『義経記』の鐘の記述は三件見受けられ、そのうち二件が①「時鐘」、一件が②「仏事供養の鐘」であった。なお、⑥「誓約の鐘」の機能の事例も一件見受けられたが、それは、『平家物語』に登場した「かね」と同様に、梵鐘ではなく、「鉦」を前提に記されていると考えられる。

さて、『義経記』の鐘の記述は、その音が「鐘の声」と表現されている点、さらにその機能の中心は時鐘である点において『平家物語』との類似点がみられる。しかしながら、『平家物語』では、鐘が別離や哀愁を表す音響効果となり、「諸行無常」をイメージさせる役割を果たす一方で、『義経記』では、無常観を通底するものとして利用されていない。むしろ、『義経記』において響く鐘は、場面転換や義経の危機回避の際に描かれている。つまり、鐘のもつ複数の機能を認識していた義経が自らの置かれた状況を判断する際の道具として、鐘の音が利用されているのである。

五　軍記物語に描かれた鐘と機能

最後に、『平家物語』と『義経記』における鐘の記述とその機能を振り返りながら、両者の共通点と相違点を探ることでまとめとしたい。『平家物語』と『義経記』は、描かれた鐘が時鐘や仏事供養の鐘、さらに誓約の鐘と結びつく「金打」として記述される点において、一致していた。しかし、実際の文学的表現において、両者に抱く鐘へのイメージには相違点がある。それを象徴するのは、まさに『平家物語』冒頭の「祇園精舎の鐘」と「諸行無常」であろう。『平家物語』では、貴族社会において共通意識が芽生えていた仏教に基づく無常観がその下地となっていた。そのため、鐘の描写から生まれるイメージは、無常観が冒頭から巻末まで通底していた。一方、『義経記』では、武士である義経に焦点を当てた箇所については、鐘が危機を知らせる警鐘のような役割を果たしており、そこには無常観を感じさせない。当時の社会状況のなかで、鐘の音を聞いた人々には、時鐘か仏事供養の鐘か、はたまた警鐘や一揆等の誓約の鐘であるか、といった解釈の余地が新たに生まれたことがうかがわれる。そして、軍記物語のこのような分析を重ねていくことで、軍記物語が当時の人々の心性の変化を探る重要な手がかりになるのではないか。

◎主要参考文献

久保勇「『平家物語』の成立に関する一構図―「祇園精舎」を手がかりに「灌頂巻」相当部に及ぶ―」（『千葉大学社会文化科学研究科研究プロジェクト報告書』一〇三集〈栃木孝雄編『平家物語の成立・続』〉一九九九年）
黒田彰「祇園精舎覚書―鐘はいつ誰が鳴らすのか―」（『京都語文』二〇、二〇一三年）
黒田彰「祇園精舎の鐘攷（序章）―祇洹寺図経覚書―」（松尾葦江編『文化現象としての源平盛衰記』所収笠間書院、二〇一五年）
坪井良平『日本の梵鐘』（角川書店、一九七〇年）
花井直子「「義経記」成立にみる芸能と民衆信仰」（『ふびと』第五二号、二〇〇〇年一月）
藤原正己「『平家物語』の<音>の風景」（『歴史と佛教の論集：日野照正博士頌寿記念論文集』所収、自照社出版、二〇〇〇年）
美濃部重克「「祇園精舎の鐘の声　諸行無常の響あり」論」（『南山大学日本文化学科論集』二二、二〇〇二年）
峰岸純夫「誓約の鐘―中世一揆史研究の前提として―」（『人文学報』第一五四号、一九八二年三月）
山下宏明「『義経記』の『平家物語』受容」（『国語と国文学』七三―三、一九九六年三月）

かたなとやきもの

——刀剣制作への一提言——

黒滝哲哉

『太平記』巻十の「稲村崎成㆓干潟㆒事」において、新田義貞が鎌倉攻めの際、龍神に祈願し戦況を有利に導く姿が描かれていることはつとに有名である。ここでは「金作の太刀」が大きな役割を果たしており以下の記述がそれを物語る。

自ラ佩《はき》給ヘル金作ノ太刀ヲ抜テ、海中ヘ投給ケリ。眞ニ龍神納受ヤシ給ケン、其夜ノ月ノ入方ニ、前々更ニ干ル事モ無リケル稲村崎、俄ニ二十餘町干上テ、平沙渺々《へいしゃびょうびょう》タリ。

ここでは、太刀が戦況の前進に大きな効果を果たしている様がうかがえるだろう。

この場面のみならず、軍記物の中で刀剣が様々な場面で活躍し、アイテムとして大きな役割を果たしてきた。

刀剣というものは、さまざまな視点からの分析が可能である。冒頭で示したような軍記物の中でどのような役割が与えられているかの考察や、刀剣の格と近世の身分制を関連させた業績、あるいは刀剣そのものつまり刀身ではなく、刀剣を収納する刀装をテーマとした研究などもこれまで多くなされてきた。このような多くのトピックを示すことが出来る刀剣研究の可能性を、筆者は常々「寄せ鍋」にたとえている。多くの食材を一つの鍋の中で煮て、一つの料理に作り上げる。その料理は、多くの人たちがにぎやかに食することで、さらに味が深まる。刀剣研究もそのような性格を強く持つ分野である。

その「寄せ鍋」にもたとえられる刀剣を巡る昨今の状況は、まさに「隔世の感」という言葉がふさわしい。これはゲームの「刀剣乱舞」の大ヒットと、それに続くアニメの『鬼滅の刃』のさらなる大ヒットがその根底にある。この間、筆者の勤めていた刀剣博物館でも、二〇一五年のある時から、突然女性の観覧者が増え始めた。刀剣に関する問い合わせも続々と舞い込み、一ヶ月ほどで刀剣を取り巻く状況は一変してしまった。同僚学芸員とも、その変わりように驚愕したことを語り合った思い出がある。

この後、ブームは若干和らいだ感があるものの、現在ではコアなファンの方々の定着はさらに進み、刀剣の人気は安定化しているようだ。このように刀剣に対する人々の「知へのこだわり」は深く、今後もさらに深化されていくことだろう。

軍記物などで紹介される機会の多い刀剣は、まさに「寄せ鍋」のごとく、これまでもさまざまな切り口から語られてきた。ことに地鉄や刃文の変化が古来人々を魅了し、引きつけてきた制作面からの考究は、これも「古くて新しい」の言葉通り、多くの論者が挑んできた。そしてなぜ刃文や地鉄の違いが出るのかについて、古くから考究されてきた。光忠や長光を生んだ備前刀は丁子主体の刃文であり、のたれ主体の刃文である相州刀は正宗を生んだ。その違いはどこから生まれるのか、鉄の違いか？　焼入れ温度の違いか？　一体何があのような刃文の違いを生むのか。この問いは古くて新しい。

そこで本稿では、刀剣史の概略からはじめ、刀剣作風の違いが何からもたらされるのかの素描を行いたい。まずは刀剣略史から歩みを進めて行こう。

一　五ヶ伝

刀剣史の時代区分は、日本刀の黎明期である平安末期から戦国時代の終わりまでを「古刀《ことう》」、江戸時代を「新刀《しんとう》」、幕末を「新々刀《しんしんとう》」と区分してきた。このうち「古刀」を五ヶ伝と呼んで、生産地によって分類している。以下を本間順治『日本古刀史』によって叙述して行こう。

まず、「来一派《らいいっぱ》」などが繁栄した山城国の刀工群を「山城伝《やましろでん》」と呼んでいる。この一派には、後鳥羽上皇の番鍛冶であった粟田口《あわたぐち》派や綾小路《あやのこうじ》といった名刀を残した刀工集団がいた。山城伝は、直刃《すぐは》を基調とした非常に雅やかな作風であり、山城という国の地域性をうかがわせる。

次いで「大和伝《やまとでん》」と呼ばれる一派がある。この一派はさらに「大和五派」へと細分され、「保《ほう》昌《しょう》」「手掻《てがい》」「尻懸《しっかけ》」「千手院《せんじゅいん》」「当麻《たいま》」という各派が形成され鎬《しのぎ》を削っていた。大和伝は非常に質実剛健な作風を得意として、室町期まで栄えている。この派は、後に越中の宇多派にも影響を与えた。

さらに有名な岡崎正宗を輩出した「相州伝《そうしゅうでん》」がある。この一派は自然な刃文構成を重視した一派であり、一幅の墨絵のような刃文を残して現在でも大変な評価を受けている。

そして、刀剣王国を築いた「備前伝《びぜんでん》」を上げなければならないだろう。この一派は刀剣と言えば備前ともいわれるように一大流派をなした。丁子を主体とした刃文は、古備前・一文字・長船へと継承され、今日の作刀界においても大きな影響を残している。

最後に独特の刃文を創始し、刀剣の世界に名を残した「美濃伝《みのでん》」がある。いわゆる三本杉といわれる独特の刃文を得意とする兼元をはじめ、多くの名工がこの一派から輩出された。

刀剣は、こののち近世になり、新刀期へと歩みを進める。この時代、主に京都には堀川国広をはじめとする堀川派、あるいは日本鍛冶惣匠であった伊賀守金道《いがのかみきんみち》をはじめとする三品《みしな》派が興隆した。

また大坂には濤瀾刃《とうらんば》の津田越前守助広《つだえちぜんのかみすけひろ》や助直、新刀の横綱とも言われる井上真改《しんかい》などが生まれた。「鉄」にこだわり銘文に「宍粟鉄《しそうてつ》」や「千種鉄《ちぐさてつ》」といった記述を残した多々良長幸《たたらちょうこう》なども大阪出身である。

江戸には、有名な長曾根《ながそね》虎徹《こてつ》や和泉守兼定《いずみのかみかねさだ》・上総介兼重《かずさのすけかねしげ》が生まれ、新々刀期の幕末には源清麿《みなもときよまろ》、大慶直胤《たいけいなおたね》、水心子正秀《すいしんしまさひで》という名工が生まれている。

次いで西の肥前には近世になり「肥前刀《ひぜんとう》」と言われる刀工群がうまれ、忠吉、忠広とその名跡は継承され、幕末へと続いていった。

刀剣は、ここで述べたように約千年前ほどから制作され、多くの名品が残されてきた。現在でも制作に精を出す刀匠つまり刀鍛冶は全国に多く散在している。

古今東西の刀鍛冶は各々独創的な作風を生み出し、そして名を残してきた。そして刀剣の制作方法に関しては、金属工学の分野から様々に研究されている。その代表として、俵国一《たわらくにいち》の業績を上げることに異論は出ないであろう。

俵は一八七二（明治五）年島根県に生まれ、東京帝国大学工科大学採鉱及冶金学科を卒業し、教授になる。氏の残した『古来の砂鉄製錬法』（一九三三年 丸善）は「たたら製鉄」研究における金字塔ともいえる業績であり、多くのたたら関係研究者はこの恩恵に浴している。

さらに刀剣制作つまり作刀分野では、『日本刀の科学的研究』という、これも記念碑といえる研究を残している。この第七章において「日本刀の肌模様と焼入」（初発表は一九一九年）を氏は著した。この中で、「日本刀は如何なる地金を用ゐしや」や「日本刀の肌模様は如何にして生ずるや」といった問題関心のもと考察を加えている。前者においては「日本刀に使用したる鐵は本邦古来の地鐵に特徴なる諸點を具備せり」とし「滿俺・硫黄の含有量は極めて少なし。燐は屢々多少に達するものあり。・・・」といった記述がみられる。また後者で肌模様として氏が述べているものは、いわゆる「沸」や「匂」「砂流し」などのことであり、これらの現象の出現理由を考察している。そこでは「硬軟種々なる鐵類（鐵中に含有する炭素量の異なれる種類）を相重積し鍛錬せり」をはじめとする三点の根拠から肌模様の違いを考察している。いずれにしても、化学式や化学記号などで解析されるような方法論を用いており、この論文の三節目である「日本刀の受けたる過熱作業は如何」においても、温度の議論が展開されている。

このような古典的研究のみならず、近年の研究ではこの分野を北田正弘氏が精力的に進めている。『日本刀の材料科学』（二〇一七年　雄山閣出版）においても、走査電子顕微鏡を用いての微細な研究がなされている。古刀からはじめ、新刀・新々刀とそれぞれの刀剣を分析し、炭素量の比較はいうまでもなく、チタン・リン・イオウなどの含有量から比較を行い、精緻な研究が進められている。

二　刀工の意見

これまで刀剣の作風の違いを鐵から考察した研究を紹介してきた。鐵の組成や原産地、その他炭素量などの違いなどから作風に差異が生じるというわけである。もちろんこういった研究は、俵国一氏への敬意とともに大いに参照し活かしていくことが今後も必要である。しかしながら、ここで日々日々刀剣制作つまり作刀活動に邁進している刀工の意見を紹介しておきたい。

奈良県に在住する河内国平《かわちくにひら》（本名道雄）刀匠は、人間国宝宮入行平《みやいりゆきひら》氏の弟子として活躍し、現在では公益財団法人日本美術刀剣保存協会主催現代刀職展「作刀の部無鑑査」という斯界最高位の刀匠つまり刀鍛冶である。氏の作刀歴はすでに半世紀をこえ、作刀意欲は衰えることなく、現在でも新たな作品づくりに精力的に取り組んでいる。

河内氏は、長年の作刀経験のなかで以下の考えを持つに至ったという。「作刀において刃文や作風の違いを導き出すための最大要因は「土」である。」「鐵はたたらで出来た鐵であれば大差ない。」「作風の違いは「土」が決める。」「刀は五〇年以上作ってきた。鐵の違いが作風の違いになると思ってやってきた。しかしながら、やっと「土」の重要性がわかってきた。」

このように、どれもこれも極めて刺激的で示唆に富む発言である。また、これが実験室での研究ではなく、毎日作刀に励んでいる刀工つまり職人の発言であることにここでは特に留意したい。

刀剣のみならず、熟練にして高い技倆をもつ職人は、一種の研究者である。日々対象物と格闘し、その歴史を学び、考察し、成功や失敗を積み重ね、作品を残す。その情報量そして経験値はまさに学者・研究者のそれと大差ないだろう。否、それ以上だとも言える。ここまで紹介した研究は、どれも鐵の違いにこだわり、鐵の分析をし、それを科学的かつ化学的に意義付けたものであった。しかしながら、日々日々、鐵や刀と格闘している刀匠は、鐵よりも「土」が大切であると主張しているのである。熟練職人のこの主張は、決して看過できないだろう。

最も、こういった類の指摘は決して河内氏がはじめてではない。備前刀の研究者である臼井洋輔氏は、かつて著書の中で刀剣への理解がなかなか得られないことを指摘した。そして「刀剣が及ぼした日本の文化への影響としての鍛工、熱処理、彫金」などをあげ、そのほか象嵌、漆彫といった他の諸分野へのアプローチをすることで、刀剣理解が深まる一助となることを提案している。そしてもう一点、後述するやきものの備前焼を備前刀をはじめとした刀剣理解のための媒介物として捉え、「どちらの作者も「トウコウ（刀工・陶工）と言う。」ということばとともに、やきものを刀剣理解の補助線とすることを提言したのである。

この両者の指摘を受け、次項では「やきもの」の歴史を祖述してみよう。

二 「やきもの」の歴史

我が国に「やきもの」が現れるのは、縄文時代と言われる時代からであり、そこには長い歴史がある。ことにその出現は、世界四大文明よりも古いとも言われ、一万八千年前にまでさかのぼると考えられている。

この縄文土器は一万年以上の歴史を刻んで、次の弥生土器へと変貌していく。この時代になると土器の型が「整う」ようになっていった。この時代をうけて須恵器が登場する。ここで、「窯」と「ろくろ」という技術を獲得することとなった。奈良時代に入ると、いよいよ釉薬が姿を現す。平安から鎌倉時代には、中国陶磁を手本とする制作がなされるようになった。

室町時代になると、やきものはさらに大きな展開を見せる。日本各地に民窯が設けられ、そして全国化していく。この時代には、かつては「六古窯」と言われた主要な民窯をはじめとして、北は現在の宮城県から南は鹿児島県にまで窯が作られ生産が行われた。

さらに桃山時代にやきものは格段の飛躍を見せる。志野茶碗や楽茶碗などが相次いで生まれていった。その後近世に入り、有田焼などが生まれ、やきものの歴史は華やかに展開していく。

さて、ここで、改めて、刀剣の歴史と生産地、同様にやきものの歴史と生産地を比較対照してみたい。それが別表である（次頁）。

この表では、主なやきものの産地を示した。この中でも特記すべきは刀剣とやきもの双方に共通する「備前」の存在である。やきものの備前焼は周知のように土と温度だけで独特の作品を造る。それは当然ながら焼きの温度が大きな要素となるのみならず、土そのものが作品となるほどの良質なものでなければならない。この事実は「土」の重要性を大いに語ってくれている。「備前」という地域で刀剣制作が行われていたことは、決して偶然という言葉で片付けるわけにはいかないのかもしれない。

まさしく、ここで、先ほどの刀匠の意見が重い意味を持ってくるだろう。刀剣史においても

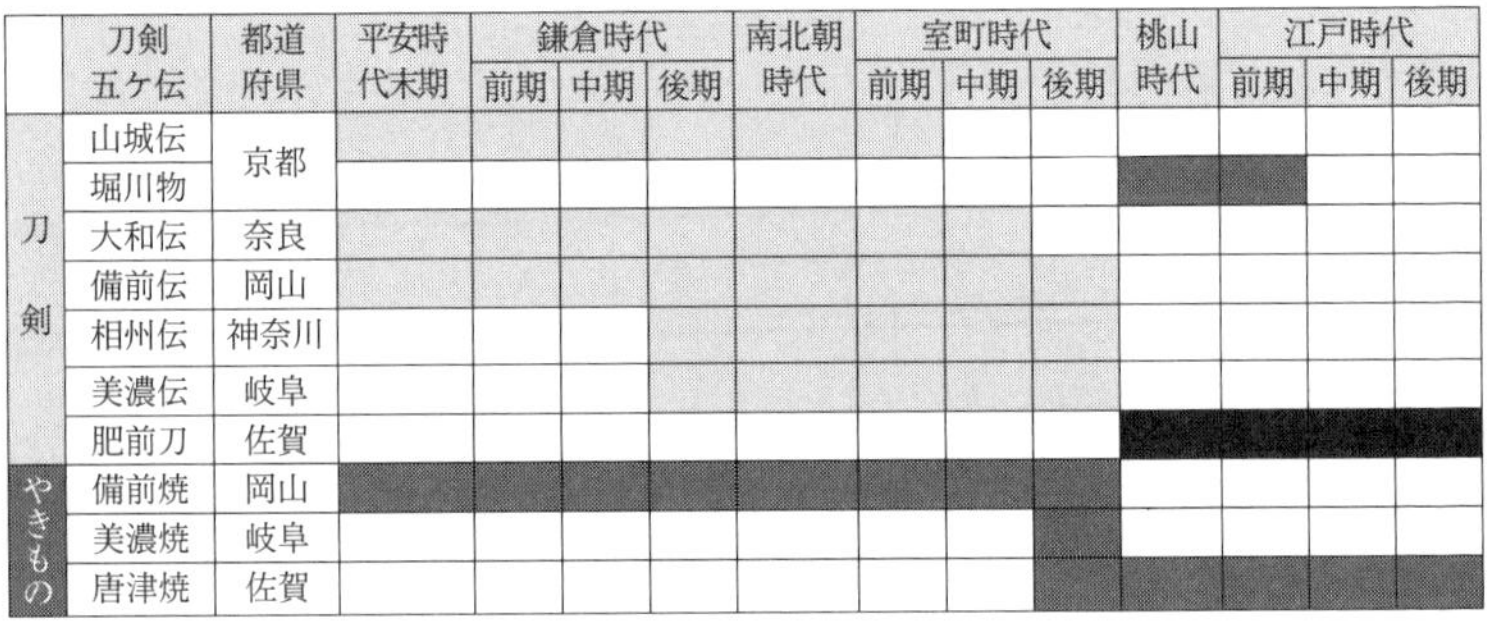

図　刀剣とやきものの歴史

「備前」は歴史も、そして刀工の質と量も群を抜いている。その備前はやきものにおいても同様の様相を示してきた。刀剣制作を語る上で、鐡のみならず「土」をも視野に置いて考えていくことの重要性は、否定出来ないと言えるのではないだろうか。

刀剣制作にとって、材料である「玉鋼」の重要性はこれも言うまでもない。この玉鋼は「たたら」で作られる。このたたらに関しても、先ほどの俵国一には『古来の砂鉄製錬法』という研究が残されており、古くから研究がなされてきた。そのたたらでは、鐡づくりの成否を左右する言葉に「一土《いちつち》、二風《にかぜ》、三村下《さんむらげ》」がある。ここでの「二風」はたたらの炉内に供給される空気つまり風の量や間隔など、そして「三村下」はたたらの最高技術者である村下の技量の高低を指している。そして、ここでも鐡の成否を左右する第一の要素は「土」なのである。この点を見落とすことがあってはならないのではないだろうか。

刀剣は鐡の芸術と言われる。確かにそのとおりである。

しかしながら、その考え方が鐵の違いを作風の違いであるとの考えに直結させていった感は否めない。そこに土の要素は入ってこなかった。今後は刀剣制作における「土」の重要性を認識していくことが求められていくこととなるのかもしれない。

軍記物に頻繁に出てくる刀剣の存在は、これからさらに重要性が増すに違いない。そのような中で、刀剣とやきものと「土」の関係性に視野を広げつつ、刀剣制作の背景を踏まえることが必要となって来たのではないか。このような考え方のもと、軍記物に出てくる刀剣の解釈や存在意義の考察についても、新たな知見や見解が出て来ると言えるだろう。

本稿は、あくまでも刀剣制作と軍記物で語られる刀剣を再検討するうえでの「試論」、または日々制作に励む職人の意見の重要性を指摘した文章として捉えていただければ筆者にとり望外の幸せである。

◎主要参考文献
本間順治『日本古刀史』（財団法人日本美術刀剣保存協会、一九五八年）
佐藤寒山『新編　寒山刀剣教室』（財団法人日本美術刀剣保存協会、一九九五年）
臼井洋輔『備前刀』（山陽新聞社、一九九〇年）
矢部良明『日本やきもの史入門』（新潮社、一九九二年）
俵国一『古来の砂鉄製錬法』（慶友社、二〇〇七年。初発表は一九三三年）

俵国一『日本刀の科学的研究』（日立評論社、一九五三年）

『本朝通鑑』と軍記

――史書は物語をどのように受容していくのか――

前田雅之

『本朝通鑑《ほんちょうつがん》』という林鵞峰《がほう》らが編纂した大部な史書がある。本書が『平家物語』諸本に描かれている源頼朝と源義仲の対立とその収拾（義高人質となる）の物語をどのように受容して、「本当にあった出来事の物語」（ポール・ヴェーヌ）である「歴史」にしていったかを考察してみた。そこから、『平家物語』諸本や『日本外史』が描く高揚感、『読史余論』が描く教訓性ではなく、理性的かつ合理的な歴史叙述にすることが『本朝通鑑』という将軍が読む史書であったことを明らかにした。

一　歴史という物語

一昨年物故したポール・ヴェーヌ（一九三〇〜二〇二二）という古代ギリシア・ローマ史

研究者として高名なフランスの歴史学者がいた。ヴェーヌは歴史の概念について、「歴史は本当にあった出来事の物語である」（『歴史をどう書くか』、法政大学出版局、一九八二年、原著一九七一年）といった、大胆な提起をしていた人物でもある。

そこで、まずはヴェーヌの歴史観というか歴史認識を検討しておきたい。この提起の肝は「本当にあった出来事の物語」となる。「本当にあった出来事」、これがいわゆる「史実」というものだろう。そこから、「本当にあった出来事」を「物語」として語る・書くという行為が「歴史」ということになるわけだ。なんのことはない、歴史とは「本当にあった出来事」という制約付きの「物語」だったのである。

言ってみれば、「本当にあった出来事」がフィクションとノンフィクションを区別する境目となる。だが、ここでの一等重要な問題は、「本当にあった出来事」と「物語」・「物語る」との曰く言いがたい微妙な関係ではあるまいか。何が言いたいのか。それは「出来事」という現象・事象を「物語」（＝「物語る」）にした場合、言語がもつ抽象化によって、現象はそのまま現象として表象されえないという、なかなか深刻な事態に他ならない。こうした事態は、目の前のもの、たとえば、手元にある鉛筆を言葉で「鉛筆」と表現したところで、眼前の鉛筆そのものとは異なる別のあるものとしてしか表象されえないという厳然たる事実からも容易に理解されよう。現象・事象をそのまま言語化できないとなると、どうなるか。それは、現象はなんらかの方向性（＝ベクトル）と筋のまとまりを備えた「物語」になるしかないということになる。

以上の説明から改めて押さえておきたいのは、「本当にあった出来事」を言語で表現する場合、歴史を記す側も記された歴史を読む側も「物語」として表現しかつ享受せざるをえないという厳然たる事実である。これは言語をもって事象を表現するしかない人間の宿命と言ってよい。とは言いながらも、歴史を書くこと、叙述することは、今日の意味においても、事実を軽視したファンタジーや勧善懲悪の物語を記すことではない。実証史学以前の前近代の歴史叙述者にあっても、現代の最尖端にいる歴史研究者にあっても、彼ら彼女なりに可能な限りの「本当にあった出来事」を物語で再現することに努めていたのである。これだけははじめにしかと確認しておきたい。

二　『本朝通鑑』という史書

『本朝通鑑』という史書がある。幕命（将軍家光）によって林羅山（一五八三〜一六五七）が編纂した『本朝編年録』（神武天皇〜宇多天皇）の続編（醍醐天皇〜後陽成天皇）を羅山の息鵞峰（一六一八〜八〇）が、やはり幕命（将軍家綱）によって、息春信《はるのぶ》（梅洞《ばいどう》）・信篤《のぶあつ》（鳳岡《ほうこう》）、羅山門人の人見《ひとみ》友元《ゆうげん》（竹洞）、坂井《さかい》伯元《はくげん》らの助力を得て、寛文二年（一六六二）に着手し、寛文一〇年（一六七〇）に完成した、編年体の日本通史である。『本朝編年録』から『本朝通鑑』へと書名が改まったのは奉行であった永井尚庸《なおつね》の発案になる。中国の『資治通鑑《しじつがん》』、朝鮮の『東国通鑑』の「通鑑」を襲ったものである。『資治通鑑』が編年体であったことも『本朝通鑑』という書名に影響を与えたと目される。

編纂に都合七年間も要しているが、その間、長男春信の死（寛文六年）に加えて、当初、資料収集において、公家や大名の非協力的態度も相俟って、編纂作業は時に難航を極めたが、なんとか完成にこぎつけた。『本朝通鑑』の中書本は将軍に、清書本は、紅葉山文庫と日光東照宮に献納された（現在、中書本・清書本は国立公文書館所蔵）。その間の経緯・事情・所感は鵞峰の『国史館日録』に詳しい。両著を併せて見て、はじめて林家による史書編纂の全貌が明らかになる。

さて、近世における日本史通史といえば、『本朝通鑑』とも深い関係を持つ水戸光圀（一六二八〜一七〇一）が編纂を命じた、名分論に基づき、水戸学の祖型を作り出したともいえる『大日本史』（両著の関係は、水戸藩の侍講であり伯元の叔父でもある人見卜幽軒《ひとみぼくゆうけん》が光圀の命で林家に赴き『本朝通鑑』の講読を聴きに来ていたことから分かる）、また、石井進（『講座日本通史中世1』、岩波書店、一九九三年）によれば、近代以降の歴史展開構図（天皇→貴族→武家）を決定づけたとされる新井白石（一六五七〜一七二五）の『読史余論』が著名である。

他方、『本朝通鑑』は全三一〇巻（前編三巻、本朝通鑑四〇巻、続本朝通鑑二三〇巻、本朝通鑑提要三〇巻、付録五巻、首二巻）の大部ながらもそれほど知られていない。その理由は、事実上、将軍だけが読める史書だったからに他ならない。加えて、鵞峰が望んだ出版の話は口約束で終わった（最初に出版されたのは、一八七五・明治八年である）。いわば、将軍・幕府の文庫・東照宮の奥深いところに秘蔵された、誰も読まない史書だったのである。

とはいえ、近世における最も大部かつ詳細な史書であり、叙述範囲も一等長い（『大日本史』は後小松天皇まで）。また、揖斐高が「鑑戒史観」（『江戸幕府と儒学者』、中公新書、二〇一四年）と命名したように、「名分史観」の『大日本史』とは大きく叙述の姿勢が異なっており、教訓性がやや強いとはいえ、それでも大義名分論と比べるならば、可能な限り「本当にあった出来事」の再現に努めている史書と言っても決して過言ではない。その意味で、『本朝通鑑』の歴史叙述を論ずることは、史書と物語の微妙な関係を考える際の恰好の題材となると考えられる。

そこで、本稿では、『本朝通鑑』において、叙述が膨らみ物語的叙述となっている箇所の一つである、寿永二年（一一八三）三月に勃発した、源頼朝と木曾義仲の対立から義仲男の義高が頼朝の人質になったことで一応の収拾をみた事件を採りあげてみることにする。

二　寿永二年三月記事をめぐって

寿永二年三月、源頼朝（一一四七〜九九）と木曾義仲（一一五四〜八四）との間に対立関係が生まれた。この年の『吾妻鏡』は欠巻なので、『吾妻鏡』に記される関東側の情報は分からない。となると、この事件を最も詳細に記しているのは、増補系『平家物語』諸本（『源平盛衰記』・『延慶本平家物語』・『長門本平家物語』）となる。*

むろん、他の記録類では、大日本史料データベースには、『一代要記』、『歴代皇記裏書』（＝『皇代暦』）、『保暦間記』という史書が上げられてはいる。だが、成立年代が後宇多院以降の『一代要記』、南北朝～室町期の『皇代暦』、南北朝期の『保暦間記』というように、成立年代が確定できないものの、鎌倉後期～南北朝・室町初期とされる増補系『平家物語』諸本の成立と重なるものばかりであり、逆に増補系『平家物語』諸本の影響によって、『一代要記』以下の叙述が作られたという推測も成り立ちうるが（『保暦間記』における『平家物語』引用は明らかである。佐伯真一『校本保暦間記』解題、和泉書院、一九九九年参照）、それはともかくとして、三書いずれもの記載も叙述量が、増補系『平家物語』諸本と比較すると、ずっと少ないなどがあり（たとえば、『保暦間記』では、「其比ヨリ、兵衛佐頼朝ト木曾冠者義仲ト、中悪キ事有テ、既木曾追討ノタメニ信濃ヘ下向ス。遺恨ナキノ由ヲ、義仲ガ子息、清水冠者義高ト云者ヲ以テ中サレケレバ、頼朝是ヲ請取テ、此上は子細ナシトテ鎌倉ヘ引還ス。武田五郎信光ノ讒言トゾ聞ヘシ。」〈『校本保暦間記』に拠る、濁点を施した〉とあるだけである）、事件の詳細を伝える叙述量を持つ史料としては、かなりのフィクション性を含んでいるとおぼされる増補系『平家物語』しかないというのがこの事件を考える上での現状だと言うしかない。

また、一時期、最古態として注目を浴び、歴史学研究者の一部がまま引用もし、参照枠にもした『延慶本』とて、新旧本文の混合が指摘されているので（『平家物語研究大事典』、東京書籍、二〇一〇年参照)、どこまでが古態でどこまでが事実・史実であるかは確定できない。よって、ここでは、増補系作者群・書写者群が対象とした事象を「本当にあった出来事」として叙述したと考えるほかはないのである。

さらに付け加えれば、『平家物語』諸本において、これまで、何をおいても重視されていた『覚一本』他語り本系諸本にもこの事件は触れられているものの、増補系諸本と比べると、かなり簡略であり、事件の鍵を握る、十郎蔵人行家と上記三書でも言及される武田信光のことが『覚一本』には触れられていない(但し、八坂流の『中院本』には行家が原因という記述がある)。よって、『覚一本』では、どうして両人が対立に至ったかが分からないのである。この章の小見出しも「清水冠者」となっていて、事件が頼朝の人質となった清水冠者義高に絞られてしまっている。他方、『延慶本』では「兵衛佐木曾と不和ニ成る事」、『源平盛衰記』・『長門本』では「頼朝義仲中悪しき事」となっており、増補系諸本は、『覚一本』に比べれば、事件の核心を明確に表象しえていると言えようか。

＊この事件について最も早く詳細かつ実証的に論じているのは、佐々木紀一「『平家物語』「頼朝義仲不和」の成立について」(『山形県立米沢女子短期大学附属生活文化研究所報告』二五号、一九九八年)である。本論文には、『皇代暦』が「武田」とあるのは信義であると推定するなど、後段論述する林鵞峰の比定と等しい指摘があるばかりか、『皇代暦』が平家諸本よりも「先立つ」という重要な結論を呈示している。とはいえ、本稿の趣旨はあくまで増補系『平家物語』諸本と『本朝通鑑』との比較を通した史書と物語の違いの考察であるので、これ以上は佐々木論文には深入りしないが、その学恩には深く感謝したい。

そこで、『本朝通鑑』が史料としたことが判明している『長門本平家物語』によって、まずは事件の概要を押さえてくことにしたい。

三　『長門本平家物語』における頼朝と義仲の対立

物語は冒頭から「去比《さんぬるころ》より兵衛佐と木曾冠者と不和の事ありて、木曾を討たんとす」（本文は、国書刊行会本、一九〇六年を用い、適宜、句読点・濁点・会話「　」・心中話『　』を補う。以下も同じ）とやや唐突に始まる。頼朝は義仲を討とうとしているのだ。それに続いて、不和の理由が明らかにされるという結構である。やや長くなるが、頼朝の木曾征討の理由を引いておこう。

兵衛佐は先祖の所なればとて、相模国鎌倉に住す。伯父十郎蔵人行家《ゆきいえ》は、太政入道の鹿島詣でと名付て、東国へ下《くだり》あるべかりけるに、大庭三郎がさたとして、作りもうけたりける相模国松田の御所にぞ居たりける。所領一所もなければ、近隣の在家を追捕し、夜討強盗をして世をすごしけり。或時、行家兵衛佐の許へいひ遣しけるは、「行家御代官として美濃国の墨俣へ向ふ事十一ケ度なり。八ケ度は勝て、三ケ度は負ぬ。子息を始として家の子郎等ども多く打取られぬ。其歎き申ばかりなし、国一ヶ国預けたまへ候へ。是等が孝養せん」とぞ書たりける。兵衛佐の許より則返事あり。其状にいはく、「木曾ノ冠者は信濃、上野両国の勢を以て北陸道七ヶ国を討取て、已に九ヶ国の主に成て候也。頼朝は僅六ヶ国こそ打従へて候へ、御辺もいくらの国を討んとも御心にこそ候はめ。院、内よりも当時頼朝が支配にて、国庄を人に分与ふべしと云仰をも蒙り候はず」と有ければ、行家「兵衛佐を頼て、世に有ん事有がたし、木曾を頼まん」とて、千騎の勢にて信濃へ越にけり、兵衛佐是を聞て、「十郎蔵人がいはんことに附て、木曾は頼朝をせめんと思ふ心附てんず、おそはれぬ先に急ぎ木曾を討ん」とぞ思ひける

何のことはない。事の起こりは、源為義の十男である叔父行家(一一四〇年代前半〜一一八六)の無理難題にあった。事の経過を『長門本』は以下のように記している。

行家は大庭三郎景親の世話で相模国松田にいたところ、所領が一つもないので、近隣の在家を襲うなどといった夜討や強盗といった不法行為を働いて過ごしていた。言ってみれば、ならず者である。ある時、頼朝に「自分は美濃国墨俣川(美濃・尾張の国境)で平家と闘い八回勝って三回負けた。子息をはじめとして家の子郎等が多く討たれた。その嘆きは言いようがない。よって、彼等の供養のために、一国を与えよ」と頼んできたのである。これが無理難題である。対してそれに対して、頼朝は「木曾冠者は北陸道七箇国を打ち取り、既に九箇国の主である。頼朝は六箇国の主にすぎない。あなたもご自分で国をとることを考えられたい、また、院・天

皇から国庄を人に与えてもよいという仰せを蒙っていない」といって話を義仲に逸らしつつ、院・天皇まで持ち出してその要求を拒絶した。これを受けて、行家は、もう頼朝は頼りにならぬ、義仲を頼ろうと、千騎の軍勢を従えて、義仲の許に走った。頼朝はこの事実を知り、義仲は、行家が言うことを信じて、自分を攻めようという気持ちが起こるだろう。ならば、襲われる先に急いで義仲と討とうと思った。以上である。

ここから了解されることは、一人平家と戦って意気がっている行家が無理な要求をし、頼朝にやんわりと拒絶されるや、頼朝が自分よりも国をもっていると言っている義仲を頼るという、やはり無理筋の行動がなければ、もともと対立も木曾征討も存在しなかったということである。もっとも、相模国松田に身を寄せたという事態それだけで頼朝にしてみれば、面倒な叔父だったので、体よく追い払ったはずなのだが、やや計算が狂ったか。

さらに言えば、頼朝は、行家と義仲が結託して、自己に向かっていると考えたのは早計すぎるとも思われるが、『長門本』の捉える頼朝はそのような人間として捉えられているということだろう。

加えて、もう一つ対立の要因を作った男が登場する。甲斐源氏の棟梁武田信光（一一六二〜一二四八）である。信光は、頼朝に讒言する。これまた引用しておこう。

折節甲斐源氏武田五郎信光兵衛佐に申けるは、信濃木曾ノ次郎は去年六月に越後城四郎長茂を討落してより以来《このかた》、北陸道を管領して、其勢雲霞のごとし、梟悪の心をさしはさみて、平家のむこになりて、佐殿を討奉らんとはかる由承る、平家をせめんとて京へ打上る由聞ゆれども、まことは平家の小松内大臣の女子の十八に成候なるを、伯父内大臣の養子にして、木曾をむこに取らんとて、内々文ども遣し候なるぞ、其御用意有るべし

義仲が重盛の娘を宗盛の養子としてその聟として義仲を迎えようという話であった。義仲が平氏と強固に繋がっていると信光は頼朝に伝えたのである。この噂というか、捏造された謀略を聞いた頼朝は大いに怒り、義仲追討を決意する。だが、この話の前に信光が義仲に近づいていたことも『長門本』は後段で明らかにしてくれている。

武田五郎信光木曾をあだみて、兵衛佐に讒言しける意趣は、彼《かの》清水冠者を信光聟に取らんと云けるを、木曾請《うけ》ひかで返事に申けるは、同じ源氏とてかくは宣ふか、娘持たらば参らせよ、清水冠者につがはせんといひけるぞ荒かりける、信光是を聞て安からず思ひて、いかにもして木曾を失はんと思ひて、兵衛佐に讒言したりけるにと後には聞えけり。

信光は清水冠者義高を聟にとろうと義仲に頼んだものの、義仲の返事は、お前に娘がいたら連れてこい、清水冠者と関係をもたせよう（妾にでもするということだろう）とあったので、

信光は義仲を失おうと思い、頼朝に讒言するに及んだのであった。

ここで明らかなことは、義仲男である清水冠者を聟にとろうとして拒絶されたばかりか娘を差し出せと言われた信光が、讒言に際しては、重盛の娘（宗盛の養女）の聟に義仲がなるという話に変換していることである。二つの記事から分かることは、『長門本』の論理では、すべてが信光の屈折した野望が生み出した虚構の所産ということになるだろう。

こうして頼朝は、信光を先陣に立てつつ、十万余騎で臼井の坂（臼井峠）に陣を敷いた。これに対して、義仲は冷静であり、両者が戦うことを「平家の悦にて有べし」と、関山を固めさせて、信濃から越後に軍を引いた。そして、頼朝に書簡を出した。そこには、頼朝は大将軍、自分は次男、平家を滅ぼすことだけを考えていると説いたが、頼朝はこれを虚偽として無視した。義仲は二度目の書簡を出したが、頼朝はまたも無視した。

しかし、この度は、天野藤内遠景《とうかげ》と岡崎四郎義実二人を使者として立てて以下のことを義仲に言わせたのである。信光が言ったことが本当かどうかを試すために出兵した。頼朝が敵ではない証拠に、行家をこちらに差し出せ、それが無理なら、嫡男清水冠者義高を人質として出せというものであった。

義仲側では、今井兼平のように主戦論者もいたが、義仲は、軍勢として多勢に無勢であることに加えて、新参の家臣が逃げるだろうとして、新参が勧める義高を人質にすることを決断した。行家を出さなかったところに、義仲の情誼に厚い人間性を『長門本』は見ていたと思われる。

その後、話題は、清水冠者が去って行く場面となるが、これで一応この事件は終わるのである。頼朝の疑い深さと義仲の潔癖さの対比が際立つ叙述であり、正論を吐く兼平の人間像もしっかりと伝えており、「木曾最期」の兼平像にそのまま繫がっている叙述であった。

四　『本朝通鑑』における頼朝・義仲の対立――不和の原因をめぐって――

『本朝通鑑』安徳天皇の寿永二年三月は、冒頭後白河院の伊勢勅使をめぐって勅使を辞する平氏に対して、法皇と右大臣兼実の議論を載せた後、「是月《この》」とあって、まず藤原敦周の卒伝を上げる。そこには、藤原信西が敦周を「良博士」と言い、その根拠として「人の問ひに答ふれば、則ち、知らず、知らずと曰ふ者数《ことしばしば》なり」（原漢文、以下同じ）と答えて、それは「才薄きなり」と反論する聴者に対して、知ることと知らないことを知っていることを知るというのだ、敦周はそれが分かっていた学者だったと答えて納得させたというエピソードが上げられている。この話の典拠は『続古事談』（巻二―一六、五二話）であるが（大日本史料データベースに言及されている）、そこには「敦親」とあり、新大系本の底本（肥前島原松平文庫旧蔵本）では、「敦隆」であったという。これを信ずれば、敦周とは別人ということになるが、敦親は一一二〇年に没しており、信西と会うことはできないし、敦隆は信理の男であり、信理の兄である能通の玄孫が信西であるから、やはり時代が合わないだろう。おそらく林鵞峰らは、それらの史実を押さえた上で、この話を信西と時代が合っている敦周の話としたのではないだろうか。

　何が言いたいのか。鵞峰らの考証がかなり深いレベルに到達していたということが言いたいのである。そして、このエピソードをわざわざ挿入したのは、鵞峰が儒者だったからだろう。さして時代を画する人物でもない文章博士の敦周であるが、当時における大儒である信西に褒めさせるという話によって、実は過去における亀鑑たるべき儒者であったことを明らかにしたかったに違いない。そこに儒者が叙述した史書の特性を見ることもできるのではないか。

　そうして、「頃間《けいかん》」と始まって、頼朝義仲不和の事件の叙述に移っていく。冒頭は「頼朝木曾義仲と隙有り」と唐突に始まる。「隙」はこの場合は「スキマ」あるいは「ウラミ」と訓むのではあるまいか。増補系諸本の「不和」「中悪しき」とほぼ同意である。その後、話は、不和の原因である行家に移る。原文を引いておきたい。

　初め行家尾州に進屯す。早く京師に入らんと欲す。以て戦功を誇る。然るに、墨俣戦敗るるの後。兵勢振るはず。退きて参遠の間に留まる。既にして又退き相模国に到り、松田亭に在り。書を頼朝に寄せて曰く、「某《それがし》、平氏と戦ふこと数なり。児輩《じはい》従者多く死す。我采《さい》地《ち》なし。死者のために葬祭する能はず。伏して請ふ一国を賜はり之を賞すれば、則ち幸なり」と。頼朝報ひて曰く、「我独身にして勃起し、東関を平らげて服従する者は既に十州なり。義仲、北陸道に横行す。而して属する所の国居多し。叔父亦盍《なん》ぞ兵威を振るひ自ら之を取らざらんや。且つ頼朝未だ勅許を蒙《こうむ》らず。故に私に国を封ずる能はず」と。行家、其の報を見て、之に恚《いか》る。去りて義仲に属す。義仲時に越後に在り。頼朝之を聞き謂ふ。「方今、源平割拠す。行家若《も》し我を恨みて、義仲に勧めて平氏と和して我を襲はば、則ち恐らく其れ拒み難し。如かず、唯だ兵を出し、之を襲撃せんに」と。

話の内容は、前述した『長門本』はさして変わらない。但し、人物呼称は、「兵衛佐」ではなく、「頼朝」、「十郎蔵人行家」ではなく「行家」、「木曽冠者」・「木曽」ではなく「義仲」とあり、正式な名に統一されている。よって、『長門本』のように、「木曽冠者」「木曽」といった表記の揺れもない。そこにはある種の公式化および対象化が見られると言ってよいだろう。

次に、『長門本』にあった大庭三郎景親が省略されている。叙述の焦点を頼朝対義仲にした結果だろうが、そのためになぜ行家が相模国松田亭にいるのかが分からなくなっている。

そして、『長門本』では、頼朝の支配する国は六ヶ国、義仲は九ヶ国、『源平盛衰記』では、頼朝十箇国、義仲五箇国、『延慶本』では、頼朝六ヶ国、義仲九ヶ国とあるが、『本朝通鑑』では、頼朝「十州」、義仲については国数ではなく「北陸道に横行」したので、「而して属する所の国居多し」とされるのみである。『長門本』と『延慶本』は同じだが、『源平盛衰記』とは異なる。三書はいずれも『本朝通鑑』と見事なまでにどれとも一致していない。かかる異同に対して、

『本朝通鑑』が採った方法は、頼朝の支配する国を最大（十箇国）とする『源平盛衰記』を採用した一方で、国数においてばらつきがある義仲を「属する所の国居多し」として敢えて数値化しないという叙述であった。些細な問題かもしれないが、ここに『本朝通鑑』の叙述態度が現れていると言ってもよい。それは、一等妥当かつ「本当にあった出来事」に近い叙述を目指しているということである。現代で言えば、教科書的な通説に近い叙述なのである。

とはいえ、上記で一等重要なのは、頼朝が出兵した理由であろう。『本朝通鑑』は、行家は自分が憎んで、義仲に平氏との和議をなせば、どうしようもないので、出兵するという叙述としている。ここでのポイントは、行家が平氏を絡めてくるということだろう。これはどこから採ってきたのか。三書を見ていく。

まず、『長門本』では、行家の主張に義仲が同意して、頼朝を攻めてくるから、その前に、討つという叙述である。次に、『源平盛衰記』では、「木曾と十郎蔵人と一に成つて、義仲、平家に親しみて、頼朝をそむかば、由々敷《ゆゆしき》大事」（藝林舎、一九一二年に拠る。以下同じ）と義仲・行家と平家の連合が予想されている。『本朝通鑑』が拠ったのは、『源平盛衰記』であろう。ついでに、『延慶本』に触れておくと、上記の叙述の後に記される武田信光の讒言が加わり、「佐大ニ怒テ十郎蔵人ノ語ニ付テサル支度モアルラムトテヤカテ北国ヘ向ムトシ（ケ）ルヲ」（『延慶本平家物語全注釈』、汲古書院、二〇一三年に拠る。以下同じ）となる。『延慶本』では、信光の讒言が平家を加えることと接続しているのだ。

それでは、『本朝通鑑』はどうして『源平盛衰記』になったのか。『長門本』では動機として弱いと認定したのではないか。簡単に言えば、話が単純すぎるのである。となると、平家を絡めるしかない。だが、その絡め方が『源平盛衰記』では、まず、信光が義仲男の義高を聟にとろうと提案したが義仲に拒絶され、娘がいたら、それを義高に仕えさせようと言われたので、怒り、頼朝に義仲が重盛の娘の聟になるという讒言をし、その後、行家が登場するという叙述である。これでは、頼朝の出兵は陰謀論めいてくる。よって、基本文脈として『源平盛衰記』に拠りながらも、『延慶本』のように、行家と義仲の連合に対する頼朝の疑いの後に、信光の讒言をもってきたのであると考える。これが一等、歴史的展開にとって分かりやすい論理だからである。ここで、上記に続く信光の讒言を引いておきたい。

時に、武田信義、頼朝に告げて曰く、「義仲越後を破り、威を北陸道に振るふ。既に公に従ふの意なし。頃聞《けいぶん》す、平氏と婚を結び鎌倉を囲まんと欲す。彼、平氏を攻むると称するは、皆其れ偽りなり。公、彼のために欺かるるなかれ」と。頼朝曰く、「義仲の謀る所は、行家の為すことなり。即日、将に兵を出さんとす」と。

まず、『本朝通鑑』では、讒言の主体を信光ではなく、父信義（一一二八〜八六）としていることである。増補系諸本ではいずれも信光である。この事件が出来したのは寿永二年（一一八三）である。信義は五十六歳、信光は二十二歳となる。頼朝は三十七歳となると、まだ父存命中に若い息子の義光が頼朝に讒言に及ぶとは考えにくいとしたのではないか。信義は富士川の戦の軍功に拠り、駿河守護となっている。だが、事件の翌年である元暦元年（一一八四）に息一条忠頼が誅せられ、以後不遇な晩年をおくることになったが、事件当時は堂々たる駿河守護である。『本朝通鑑』は、増補系諸本やその後の『吾妻鏡』などが明らかにする歴史的展開などを踏まえて、讒言主体を信義として、信義のことを、頼朝に臣従しつつ、義仲も取り込んでどっちに転んでも武田の立場が盤石になるように動こうとしたが、義仲に拒絶されたので、頼朝を絡めて義仲を滅ぼす方に傾いた人間と見ているのだろう。しかし、この讒言に対して、頼朝は、「義仲の謀る所は、行家の為すことなり」と答えて、すべては行家に原因があると考え、讒言を信じたようには思われない。となると、上記の「平氏と和して」とあるのは、信義の讒言とは無関係に、政治家として頼朝は、義仲・行家＋平氏という連合の可能性を想定していたこととなるだろう。こうしたところに、『本朝通鑑』は、信義などとは比較にならないくらいの現実的かつ合理的な政治家たる頼朝を見ていたのではないだろうか。

歴史叙述の大きな流れや個別情報は増補系諸本に拠りながらも、深い考証と時系列重視、さらに合理的かつ理性的とも言える人物判断に基づいて、「本当にあった出来事」としての歴史を「物語」っていたのが『本朝通鑑』という史書だったのである。だから、増補系『平家物語』群と似ているようで全く似ていないものとなったのだ。

五　おわりにかえて

これ以上の分析は紙幅の都合に拠り省略に従うが、この事件の最後に以下のように記されていることは、やはり触れておかねばならない。

信義、曽てその女《むすめ》を義高に嫁せんと欲す。使を義仲に遣はし之に謂ふ。義仲報じて曰く、「卿、同族の故を以て爾云《しか》ふか、伉儷《こうれい》の為なれば、則ち能はざるなり、女有れば則ち之を納めん、義高、箕箒《きしゅう》の妾と為さんのみ」と。信義怒る。故に辞を託して義仲を頼朝に間《へだ》つ。

この情報は、増補系諸本では前述したように、事件叙述の前半部におかれていたが、『本朝通鑑』はわざわざ最後に、しかも、字下げをして特記しているのだ（内閣文庫本・清書本で確認）。これはどういうことか。頼朝は、前段で信義の讒言には乗らなかったが、なぜ信義がそんなことを言うのかについて頼朝はどう思ったかは記していない。最後の特記は、信義の讒言に至った理由を解き明かすためにあったと言ってよいだろう。頼朝は乗らなかったが、信義はかかる侮辱を受けたので讒言に及んだということだろう。だが、翌年の信義の失脚という事態を念頭に置いてみると、『本朝通鑑』は、信義なる人物をこの程度であったという事実をさりげなく記していたのではなかったか。

さて、歴史とはポール・ヴェーヌが言うように「本当にあった出来事の物語」でしかない。とはいえ、様々な資料・情報を用いながらも、観察・叙述する立場によって、「本当にあった出来事」は容易にかつ多様に変化してやまないので、複数の「本当にあった出来事」が生まれてしまう。

ここで『本朝通鑑』に戻ると、『本朝通鑑』の歴史叙述が冴えわたるのは、言うまでもなく、上記のような叙述のベースに物語をもっている場面である。『平家物語』・『太平記』とかぶる時代がそれらに相当する。対して、物語を持たない場面では、儀式・年中行事・除目（＝人事）・卒伝の羅列となりがちである。鵞峰ら執筆陣も物語をベースにもつ時は上記のように筆が躍るとまでは言えないものの、叙述が精彩を帯びてくるのは疑いえない。

そうした中で『本朝通鑑』が採った方法は、増補系平家物語の一本に偏ることなく、また、物語内の登場人物が語る内容をそのまま事実とせず、スキャンダラス性やお涙ちょうだい（増補系の義高の別れと従者との和歌贈答など）物語ともせず、可能な限り、理性的かつ合理的な歴史叙述にすることではなかっただろうか。この視点は、新井白石『読史余論』に見られる、歴代の権力は贅沢によって衰えていったとする「贅沢は敵だ」的な妙な教訓性もなく、江戸後期の頼山陽『日本外史』の同じ場面が信光（『日本外史』は信光とする）の讒言に頼朝は怒り、行家の要求にも怒っており、出兵後、義仲に対して、行家を追放するか、義高を人質にせよと要求し、義仲は兼平の進言に従わず、義高を質に出すが、『本朝通鑑』と比較するならば、やはり扇情的な内容になっているのは否定できない。

将軍が読むべき日本史として編まれた『本朝通鑑』にとって、読んで昂揚感をもたらすよりも、理性や合理的な良識が支配する歴史こそ「本当にあった出来事の物語」だったに違いあるまい。

吉井 宏
東北福祉大学名誉教授。共著に、『源頼朝のすべて』（新人物往来社）など。主な論文に、「北条政子の実像―その生涯と性格」（『源頼朝のすべて』新人物往来社、1995年）、「奥羽国境の城・湯原館とその周辺」（『城郭史研究』(36)、2016年）など。

II部

倉本一宏
国際日本文化研究センター教授。主な著書に、『一条天皇』（吉川弘文館、2003年）、『増補版　藤原道長の権力と欲望』（文春新書、2023年）、『藤原氏』（中公新書、2017年）、『紫式部と藤原道長』（講談社現代新書、2023年）など。

岡田清一
東北福祉大学名誉教授。主な著書に『相馬氏の成立と発展』（戎光祥出版、2015年）、『北条義時』（ミネルヴァ書房、2019年）、『中世南奥羽の地域諸相』（汲古書院、2019年）など。

菊池紳一
元前田育徳会常務理事・尊経閣文庫主幹。北条氏研究会代表。主な著書に『図説前田利家』（新人物往来社、2002年）、『加賀前田家と尊経閣文庫』（勉誠出版、2016年）、論文に、「「院分」の成立と変遷」（『国史学』128号、1986年）など。

八馬朱代
日本大学通信教育部非常勤講師。主な論文に、「円融天皇と石清水八幡宮―神社行幸を中心に―」（『日本歴史』684号、2005年）、「九〜十二世紀の臨時奉幣における諸源氏と石清水八幡宮との関係について」（『史叢』106号、2022年5月）など。

近藤成一
放送大学教授、東京大学名誉教授。主な著書に、『執権 北条義時』（三笠書房、2022年）、『シリーズ日本中世史2　鎌倉幕府と朝廷』（岩波書店、2016年）、『鎌倉時代政治構造の研究』（校倉書房、2016年）など。

大喜直彦
山形大学地域教育文化学部教授。主な著書に、『中世びとの信仰社会史』(法藏館、2011年)、『神や仏に出会う時』(吉川弘文館、2014年) など。

髙鳥 廉
北海道武蔵女子短期大学教養学科専任講師。主な著書に、『足利将軍家の政治秩序と寺院』（吉川弘文館、2022年）、論文に、「室町・戦国期の大徳寺と尼寺―養徳院と曇華院との関係を中心に―」（『仏教史学研究』63巻2号、2022年）など。

下川雅弘
駒沢女子大学人間総合学群教授。主な著書に、『室町幕府全将軍・管領列伝』（共著、星海社、2018年）、論文に、「『上杉本洛中洛外図屏風』の注文時期とその動機に関するノート」（『駒沢女子大学研究紀要』22号、2015年）、「山科言経の医療行為と贈答文化」（『生活文化史』66号、2014年）など。

[執筆者一覧]

Ⅰ部

佐伯真一
青山学院大学文学部日本文学科名誉教授。主な著書に、『戦場の精神史』（NHK ブックス、2004 年）、『建礼門院という悲劇』（角川学芸出版、2009 年）、『軍記物語と合戦の心性』（文学通信、2021 年）、『四部合戦状本平家物語全釈』（共著、和泉書院、2000 年）、『平家物語大事典』（共編、東京書籍、2010 年）など。

川合 康
大阪大学大学院人文学研究科教授。主な著書に、『源平合戦の虚像を剥ぐ』（講談社、1996 年）、『鎌倉幕府成立史の研究』（校倉書房、2004 年）、『日本中世の歴史 3　源平の内乱と公武政権』（吉川弘文館、2009 年）、『源頼朝』（ミネルヴァ書房、2021 年）など。

鈴木 哲
元日本大学国際関係学部教授。主な著書に『文明と文化の諸相』（南窓社、1997 年）、共著に『中世日本の地域的諸相』（南窓社、1992 年）、『怨霊の宴』（新人物往来社、1997 年）、『闘諍と鎮魂の中世』（山川出版社、2010 年）など。

伊藤一美
逗子市・藤沢市・葉山町文化財保護委員、ＮＰＯ法人鎌倉考古学研究所理事、日本獣医史学会理事、日本城郭史学会理事など。主な著書に『太田道灌と武蔵』（戎光祥出版、2023 年）、『新知見！武士の都』（戎光祥出版、2021 年）など。

久保田和彦
NPO 法人鎌倉考古学研究所所員。主な著書に、『六波羅探題 研究の軌跡　研究史ハンドブック』（文学通信、2024 年）、共著に、北条氏研究会編『北条氏発給文書の研究』、同編『鎌倉北条氏人名辞典』（勉誠出版、2019 年）など。

永井 晋
関東学院大学客員教授。主な著書に、『金沢貞顕』（吉川弘文館、2003 年）、『金沢北条氏の研究』（八木書店、2006 年）、『八条院の世界―武家政権成立の時代と誇り高き王家の女性―』（山川出版社、2021 年）など

平藤 幸
文部科学省初等中等教育局教科書調査官。主な著書に『平家物語　覚一本　全』(共著、武蔵野書院、2013 年)、『中世文学十五講』(共著、翰林書房、2011 年)、論文「萩明倫館旧蔵長門本『平家物語』首両巻をめぐって」(『軍記物語の窓 5』2017 年) など。

稲川裕己
日本大学文理学部史学科助手。主な論文に、「鎌倉期足利氏所領・被官研究の現状と課題」(『歴史と文化』30 号、2021 年)、「鎌倉殿と足利義兼・義氏」(『栃木県歴史文化研究会会報　歴文だより』122 号、2022 年）など。

◎装丁・本文使用画像
『太平記絵巻』巻第七より（埼玉県立歴史と民俗の博物館蔵、部分）

千葉篤志
日本大学文理学部人文科学研究所研究員。共編著に、『戦国佐竹氏研究の最前線』（山川出版社、2021年）、主な論文に、「文禄期の結城朝勝の政治的位置について―大和田重清日記』における朝勝の表記を中心として―」（『研究論集　歴史と文化』第5号、2019年）など。

湯川紅美
日本銀行貨幣博物館学芸員。共著に、『新版 図説歴史散歩事典』（山川出版社、2019年）、論文に、「鐘銘にみる金属文化財の伝世」（『史叢』98、2018年）、「鐘銘の史料学―モニュメントとしての梵鐘」（『鋳造遺跡研究会三〇周年記念論集』鋳造遺跡研究会、2020年）など。

黒滝哲哉
日本大学生物資源科学部教授。公益財団法人日本美術刀剣保存協会学芸部たたら・伝統文化推進課元課長。刀剣博物館元学芸員。著書に、『たたら製鉄から再考する近代科学』（雄山閣、2021年）がある。

前田雅之
明星大学人文学部日本文化学科教授。主な著書に、『古典と日本人』（光文社新書、2022年）、『書物と権力』（歴史文化ライブラリー、2018年）、『保田與重郎』（勉誠出版、2017年）、主な編著書に、『画期としての室町　政事・宗教・古典学』（勉誠出版、2018年）など。

[編 者]
関幸彦（せき ゆきひこ）
歴史学者（日本中世史）。元日本大学文理学部教授。
1952年生まれ。学習院大学大学院人文科学研究科博士後期課程単位修得。学習院大学助手、文部省初等中等教育局教科書調査官、鶴見大学文学部教授を経て、2008年日本大学文理学部史学部史学科教授に就任、2023年に退任。
著書に、『英雄伝説の日本史』『武士の誕生』（講談社）、『百人一首の歴史学』『その後の東国武士団』（吉川弘文館）、『「鎌倉」とはなにか』『恋する武士闘う貴族』（山川出版社）、『刀伊の入寇』（中公新書）、『戦前武士団研究史』『戦後武士団研究史』（教育評論社）、『武家か天皇か』『藤原道長と紫式部』（朝日新聞出版）など多数。

軍記ハ史学ニ益アリ ——軍記と史学の関係を探る

2024年2月26日 初版第1刷発行

編　者　関　幸彦
発行者　阿部黄瀬
発行所　株式会社 教育評論社
〒103-0027
東京都中央区日本橋3-9-1 日本橋三丁目スクエア
Tel. 03-3241-3485
Fax. 03-3241-3486
https://www.kyohyo.co.jp
印刷製本　株式会社シナノパブリッシングプレス

ISBN 978-4-86624-096-1